Goldmann Science Fiction

Von Lin Carter
sind außerdem im Goldmann Verlag lieferbar:

Thongor am Ende der Zeit. 23265
Thongor in der Stadt der Zauberer. 23259
Thongor und die Schwarzen Götter. 23277
Die Schwarze Legion von Callisto. 23293

LIN CARTER

Jandar von Callisto

JANDAR OF CALLISTO

Fantasy-Roman

Deutsche Erstveröffentlichung

Wilhelm Goldmann Verlag

Aus dem Amerikanischen übertragen
von Heinz Nagel.

1. Auflage Juli 1978 · 1.– 8. Tsd.
2. Auflage Mai 1979 · 9.–13. Tsd.

Made in Germany 1979

Umschlagentwurf: Creativ Shop, A. + A. Bachmann, München
Umschlagfoto: Jürgen F. Rogner, München
Satz: IBV Lichtsatz KG, Berlin
Druck: Mohndruck Reinhard Mohn GmbH, Gütersloh
Verlagsnummer: 23287
Lektorat: Helmut Putz · Herstellung: Peter Papenbrok
ISBN 3-442-23287-2

INHALT

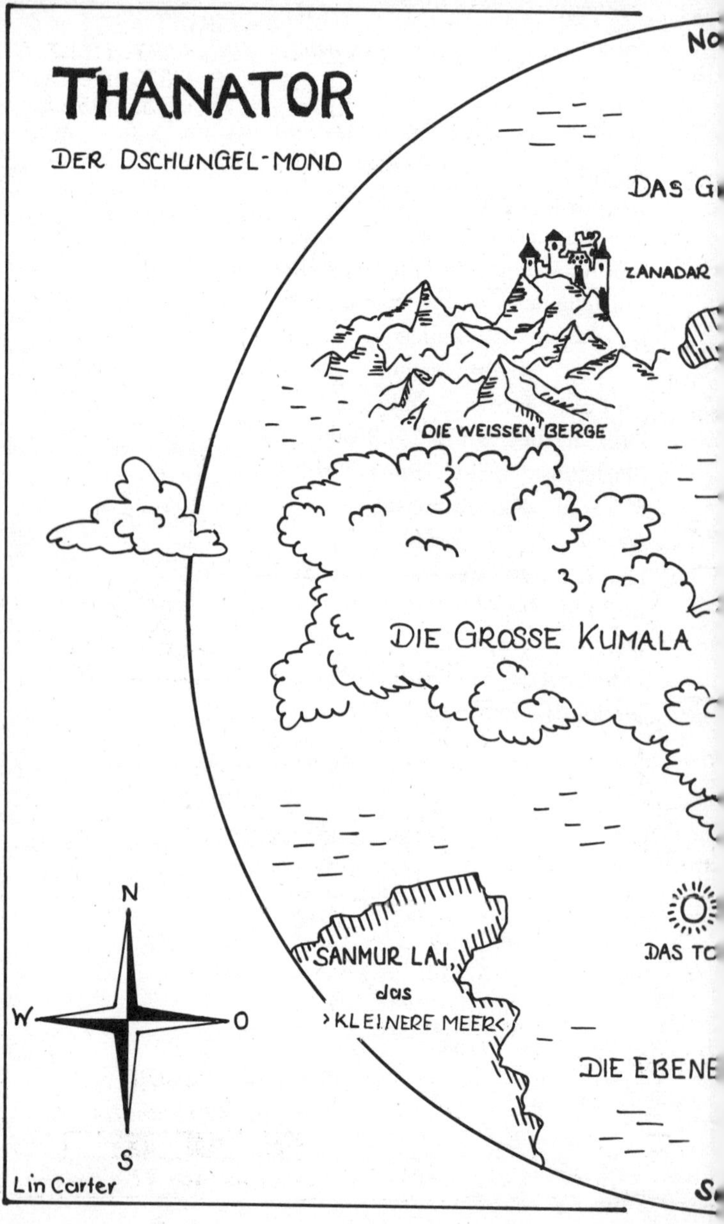

THANATOR
DER DSCHUNGEL-MOND
ZANADAR
DIE WEISSEN BERGE
DIE GROSSE KUMALA
SANMUR LAJ,
das
›KLEINERE MEER‹
N
W
O
S
Lin Carter

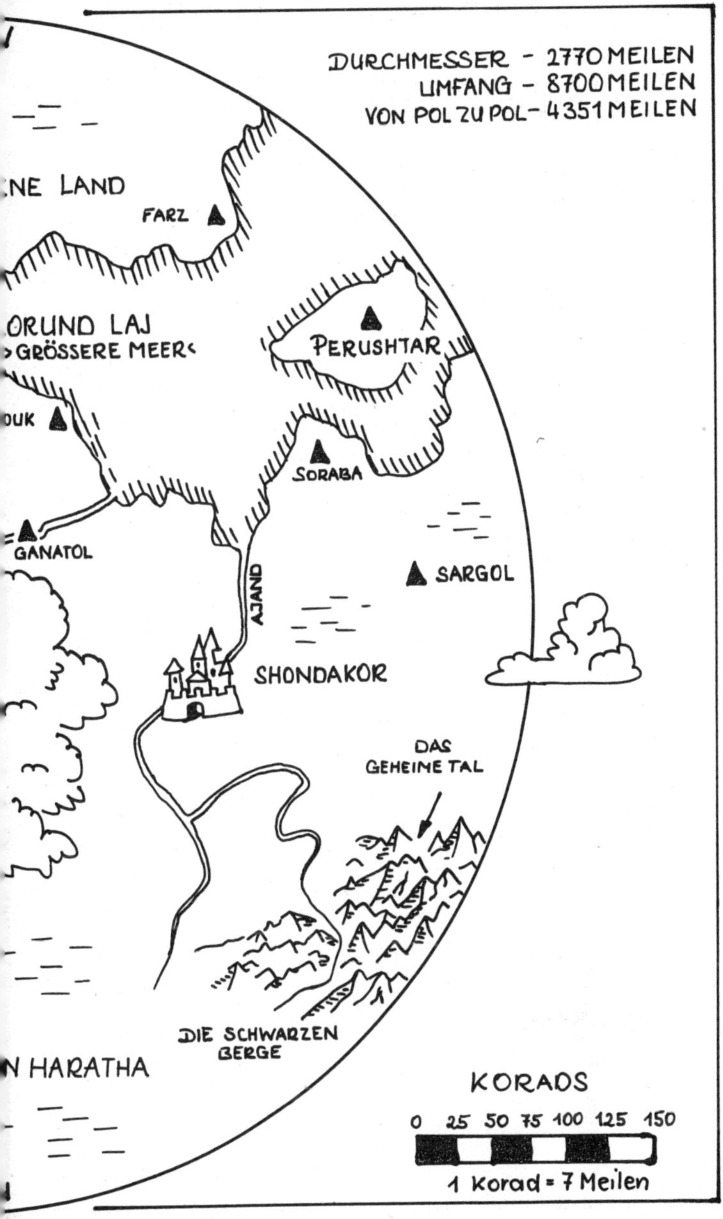

DURCHMESSER - 2770 MEILEN
UMFANG - 8700 MEILEN
VON POL ZU POL - 4351 MEILEN
NE LAND
FARZ
ORUND LAJ
›GRÖSSERE MEER‹
PERUSHTAR
DUK
SORABA
GANATOL
SARGOL
AJAND
SHONDAKOR
DAS
GEHEIME TAL
DIE SCHWARZEN
BERGE
N HARATHA
KORADS
0 25 50 75 100 125 150
1 Korad = 7 Meilen

Ein Wort des Verfassers zu diesem Buch

Schriftsteller gehören, wie jeder von Ihnen bestätigen wird, der einen solchen kennt, nicht gerade zu den bescheidensten Geschöpfen Gottes. In gewissem Maße ist das ganz natürlich und vielleicht sogar wünschenswert, denn es gehört ein gewisses Maß an Selbstüberzeugung dazu, das einem die Kühnheit verschafft, die nötig ist, sein Werk im Wettbewerb mit all den anderen guten Büchern, die es auf der Welt gibt, der Öffentlichkeit vorzulegen.

Natürlich bekenne ich mich dieser allgemeinen Schwäche schuldig – wobei ich mich von einem Satz trösten lasse, mit dem sich ein viel besserer Schriftsteller als ich es bin, der verstorbene Damon Runyon, identifiziert hat, als er einmal höchst weise schrieb: *»Der, der nicht für sich selbst ins Horn stößt, in dessen Horn soll nicht gestoßen werden.«*

Diese leicht philosophische Präambel erscheint am Anfang dieses Romans, um Sie dahingehend zu informieren, daß die Aussage, die ich jetzt machen werde, keineswegs von unprofessioneller und amateurhafter Bescheidenheit ausgelöst ist. Nachdem das nun klar ist, möchte ich die folgende Erklärung in aller gebührenden Nüchternheit und Feierlichkeit abgeben:

Obwohl mein Name, wie ich hoffe, auffällig auf dem Umschlag, dem Rücken und der Titelseite dieses Romans erscheint, *bin ich in keiner Weise der Autor dieses Buches.* Bestenfalls bin ich sein Herausgeber, und meine Bemühungen in dieser Hinsicht beschränken sich auf ein geringes Maß an Korrekturen bezüglich der Orthographie, der Interpunktion und der Grammatik und schließlich der Hinzufügung der einen oder anderen Fußnote hier oder dort im Text, die ich jedoch alle jeweils deutlich mit meinen Initialen versehen habe.

Warum erscheint dann der Name Lin Carter hier überhaupt? In erster Linie, weil Gail Wendroff Morrison, die charmante Lektorin bei Dell, die meine Werke betreut, mit fast undamenhafter Hartnäckigkeit darauf bestanden hat. Als ich das Maschinenmanuskript dieses Buches vorbereitet hatte (das Original war, wie ich gleich weiter unten ausführen werde, handschriftlich abgefaßt), brachte ich es selbst in ihr Büro, statt, wie das üblich ist, es durch meinen Agenten vorlegen zu lassen. Ich tat dies, weil ich ihr erklären wollte, daß ich *JANDAR OF CALLISTO* nur redigiert hatte, und daß der Autor jemand anderer war. Ich weiß nicht, wie weit sie meinem Bericht Glauben schenkte, jedenfalls rief sie mich etwa eine Woche später zuhause an, um mir zu erklären, daß sie das Manuskript kaufen wolle, aber nur dann, wenn sie meinen Namen als Autor verwenden dürfe.

»Aber Gail, ich habe es nicht geschrieben. Jonathan Andrew Dark hat es geschrieben!« erklärte ich. Ihre Antwort erdrückte mich förmlich.

»Okay, mag schon sein«, sagte sie mit fester Stimme. »Aber der Name ›Lin Carter‹ auf dem Umschlag wird zugkräftiger sein als der Name ›Jonathan Andrew Dark‹.«

Das verstand ich natürlich. Dennoch fühlte ich mich bei dem Gedanken nicht ganz wohl, das Werk eines anderen Mannes als das meine auszugeben. Letzten Endes stimmte ich zu, freilich erst nachdem ich ihr die Genehmigung abgerungen hatte, der Wahrheit über die Urheberschaft des Romans in einem Vorwort die Ehre zu geben. In *diesem* Vorwort...

Am 27. November 1969 überreichte mir der Postbote ein ziemlich umfangreiches Paket, dessen Packpapierhülle zerfleddert und schmutzig, dafür aber mit einer farbenprächtigen Vielfalt von Briefmarken und zu meiner großen Überraschung auch einem Poststempel von Saigon verziert war. Meine heiß geliebte Frau Noël ist es inzwischen gewöhnt, daß ich unverlangte Manuskripte von Leuten bekomme, die den Schriftstellerberuf ergreifen wollen und entweder auf meine Meinung über ihre Ergüsse oder meine Hilfe bei der Suche nach einem Verleger Wert legen. Also sah sie mir stumm zu, wie ich die Schnur durchtrennte, das Packpapier entfernte und es auf den Wohnzimmerboden legte, damit die Hunde daran schnüffeln und damit spielen konnten, während ich dieses seltsame Geschenk, das von der anderen Seite des Erdballs gekommen war, untersuchte.

Das Paket enthielt tatsächlich, wie ich angenommen hatte, ein großes, schäbig aussehendes Manuskript, das ich zur späteren Lektüre beiseite legte, sowie einen Begleitbrief auf einem Briefbogen der U. S. Air Force, den ich gleich las. Er lautete folgendermaßen:

HQ & HQ CO. 19. August 1969
U. S. A. F. GROUP
SAIGON

Mr. Lin Carter
Hollis, Long Island,
New York. N. Y.
USA

Sehr geehrter Mr. Carter:
hoffentlich macht es Ihnen nichts aus, daß ich als völlig Fremder Ihnen schreibe. Aber zumindest bin ich ein Fremder, der Ihnen ein Geschenk zu machen hat.

Daß ich ausgerechnet Ihnen und nicht jemand anderem schreibe, liegt daran, daß ich annehme, daß die beigefügte Story Sie mit einiger Wahrscheinlichkeit interessiert. Vielleicht wissen Sie das nicht, aber wir lesen hier in Vietnam eine Menge amerikanischer Science-Fiction-Taschenbücher, und Sie, Edgar Rice Burroughs und Andre Norton sind meine Lieblingsschriftsteller, wenn es um entspannende Lektüre geht, die Spaß macht. Und weil mein Kumpel Jon Dark Ihre Thongor-Bücher so mochte, bin ich sicher, daß er sich gefreut hätte, wenn Sie seinem Versuch, einen Roman zu schreiben, Ihre Aufmerksamkeit zugewandt hätten. Zumindest vermute ich, daß Sie das, was er schrieb, einen Roman nennen würden.

Jon war nicht bei der Air Force, obwohl er sich gerne hier drüben zu unserem Haufen gemeldet hätte; es gab da irgendwelche Probleme mit seiner Nationalität (er war nicht in den Vereinigten Staaten, sondern in Rio geboren). Das Beste, was er schaffte, war das Internationale Rote Kreuz, bei dem er Hubschrauberpilot wurde. Aber weil es hier in Saigon ziemlich eng zugeht, habe ich ihn recht oft gesehen, und wir sind gute Freunde geworden.

Jon wurde Anfang März dieses Jahres abgeschossen oder ist zumindest von seinem Einsatz nicht zurückgekehrt. Sein Copter war der einzige, der bei diesem Einsatz verlorenging, und niemand weiß, was geschah. Er scheint sich über die Grenze nach Kambodscha verflogen zu haben, was, wie Sie ja vermutlich wissen, hier gleich nebenan liegt. Um den ersten August dieses Jahres (reichliche fünf Monate, nachdem er als vermißt gemeldet worden war) kamen ein paar Eingeborene mit seiner Erkennungsmarke und dem Manuskript, das Ihnen nun vorliegt, aus dem Dschungel. Da Jon überhaupt keine Angehörigen hatte und ich so ziemlich sein engster Freund war, blieb dieses Manuskript am Ende bei mir hängen. Ich muß zugeben, daß ich keine Ahnung hatte, daß Jon sich darin versucht hatte, Bücher zu schreiben. Gar nicht kann ich mir erklären, warum er das Manuskript auf einen Flug mitgenommen hat; aber so war es eben.

Ich schicke das Manuskript Ihnen, weil es mich sehr an eines Ihrer eigenen Bücher erinnert und weil Jon, als ich ihn das letztemal sah, über einen Ihrer Romane sprach. *Die Sternenzauberer* hieß er, glaube ich. Sie können damit machen, was Sie wollen, es als eine Art Andenken behalten oder sogar versuchen, einen Verlag dafür zu finden, wenn Sie Lust haben. Ich weiß jedenfalls nichts damit anzufangen, außer es Ihnen zu schicken.

Sie werden zugeben müssen, daß es eine seltsame Geschichte ist. Und das Seltsamste daran ist, daß die Stellen am Anfang, alles das, worin es um Jons Familie geht, und das Zeug über seinen Flug, genau den Tatsachen entspricht, soweit ich das weiß. Jon muß lange genug im Dschungel überlebt haben, um sich eine phantasievolle Einleitung für seine Story auszudenken, die auf seinem Absturz beruhte... Anders kann ich mir das Ganze nicht erklären.

Das, was sonst noch in dem Buch steht, wage ich nicht zu glauben. Und Sie werden das auch nicht wagen!

Entschuldigen Sie, daß ich Ihre wertvolle Zeit so in Anspruch nehme – und im übrigen hoffe ich, daß Sie noch ein paar Bücher der Thongor-Serie schreiben.

Mit besten Grüßen
Gary Hoyt
Major, U.S.A.F.

Den Rest dieses Morgens des 27. September und den größten Teil des Tages – und der Nacht ebenfalls – verbrachte ich damit, das Manuskript zu entziffern, dem ich den Titel *Jandar of Callisto* gegeben habe. Lassen Sie mich noch etwas zu seinem seltsamen Aussehen sagen.

Das Papier beispielsweise sah ganz anders aus als alles, was ich vorher gesehen habe. Es war grob und faserig, braun und unregelmäßig gefärbt. Es erinnerte mich an alten Papyrus. Zufälligerweise bin ich Besitzer einer Sammlung ägyptischer Antiquitäten, die meine Frau und ich uns angelegt haben, und dabei befindet sich auch ein Stück eines alten ägyptischen Papyrus. Ich verglich die beiden und stellte eine verblüffende Ähnlichkeit fest. Das Papier, auf dem der Roman geschrieben war, scheint aus grober Faser zu bestehen, die verflochten und mit Schlägen glatt gedrückt wurde, so wie der braune ägyptische Papyrus, der in einem vergoldeten Rahmen in meinem Eßzimmer hängt.

Ich sagte schon, das Manuskript sei handgeschrieben; das stimmt auch, aber es ist mit keiner Art von Feder geschrieben worden, die ich kenne. Weder ein Kugelschreiber noch ein Filzschreiber oder gar ein altmodischer Füllhalter hätten solche Schriftzeichen hervorbringen können. Das Manuskript sah tatsächlich aus, als hätte jemand einen Federkiel verwendet – einen Kiel aus einer Vogelfeder, mit einem scharfen Messer schräg zugeschnitten und in Tinte getaucht.

Ich kam deshalb auf einen Federkiel, weil die Schriftqualität periodisch schlechter wurde, so als nützte sich der Kiel ab und verlor seine Spitze, und dann schien Captain Dark jeweils sich entweder einen neuen Kiel geschnitten oder den alten wieder zugestutzt zu haben. Die Schrift auf den ersten paar Seiten beginnt klar und sauber und wird dann rauh und verschwommen und dann ganz plötzlich wieder scharf und sauber.

Selbst die Tinte ist seltsam. Sie scheint mir selbstgemacht, zumindest kenne ich keine handelsübliche Tintensorte, die so ungleichmäßig und verschwommen wirkt wie die in diesem Manuskript.

Das Manuskript besteht aus genau sechsundfünfzig Blättern dieses seltsamen Pergaments oder Papyrus (oder was es auch sonst sein mag), und es ist in einer dicht gedrängten, sauberen Handschrift beiderseits in sehr engen Abständen beschriftet. Jedes Blatt des Manuskripts mißt etwa fünfundzwanzig mal dreißig Zentimeter, mit anderen Worten, es ist fast quadratisch. Ich weiß wirklich nicht, warum man ein so seltenes Format gewählt hat. Handelsübliches Schreibpapier mißt gewöhnlich 21 × 29,7 cm – DIN A 4, so wie ich es in meiner Schreibmaschine verwende. Ich habe auch schon japanisches Reispapier gesehen, das in kleineren Formaten geliefert wird – etwa 15 mal 20 Zentimeter, wenn ich mich richtig erinnere. Aber all das ist nicht wichtig. Es scheint fast, als wiche ich der großen Frage aus, die sich hier erhebt:

Ist dies eine wahre Geschichte oder nur ein Roman? Ist die verlorene Stadt Arangkôr ein Ort, den es wirklich gibt? Gibt es einen seltsamen Brunnen, ausgekleidet mit milchiger Jade mitten in den dschungelüberwucherten Ruinen des alten Kambodscha – einen Brunnenschacht, der irgendwie als geheimnisvolle Verbindung zwischen zwei Welten dient?

Und *gibt es* in diesem Augenblick einen Yankee auf Callisto, dem Mond des Jupiter, der heroisch und gegen alle Kräfte der Welt kämpft, um die schöne Frau, die er liebt, aus den Fängen ihrer Feinde zu befreien?

Wahrheit – oder Romanze? Tatsache – oder Erfindung? Eine ehrliche Schilderung des erstaunlichsten Abenteuers, das ein Mensch je erlebt hat – oder einfach nur ein unterhaltsamer, aufregender Roman, der irgendwie im Stil meiner eigenen Bücher abgefaßt ist?

Ich habe Ihnen alles, was ich über die Herkunft dieses höchst bemerkenswerten Buches weiß, erzählt. Was die Antworten auf die oben gestellten Fragen angeht, so fürchte ich, werden wir sie nie erfahren.

Lin Carter

Hollis, Long Island, New York
9. Dezember 1969

NB: Mr. Henry J. Robinson vom Hauptquartier des Internationalen Roten Kreuzes in Washington, D. C., hat freundlicherweise die Personalakten seiner Organisation überprüft und versichert mir, daß tatsächlich ein freiwilliger Pilot namens Jonathan Andrew Dark, der einer Luftrettungsgruppe in Saigon angehörte, seit dem 8. März 1969 als vom Einsatz nicht zurückgekehrt in Südvietnam in seinen Listen enthalten ist. Man vermutet, daß er entweder tot ist oder sich in feindlicher Gefangenschaft befindet. In seinen Personalakten werden keine Verwandten aufgeführt. Ich weiß nicht, welche juristische Position ich in dieser Sache einnehme, habe aber nach einiger Überlegung beschlossen, Captain Darks wirklichen Namen zu benutzen, da er selbst kein Pseudonym für die Zentralgestalt seines Werkes benutzte.

Hier folgt nun der Bericht seiner Abenteuer, so wie er ihn mit seinen eigenen Worten abfaßte. Ich habe zum Vergnügen des Lesers Kapitelüberschriften hinzugefügt und mir erlaubt, Captain Darks Buch einem seiner – und meiner – Lieblingsautoren, Edgar Rice Burroughs, zu widmen.

L. C.

Die vergessene Stadt Arangkôr

Daß die weitreichendsten und bedeutendsten geschichtlichen Ereignisse oft von winzigen, scheinbar unbedeutenden Zufällen bestimmt werden, ist eine Tatsache, die ich aus eigener Erfahrung bestätigen kann.

Die letzten vier Monate – soweit ich den Ablauf der Zeit messen konnte – lebe ich nun schon auf einer fremden Welt, umgeben von tausend Feinden, kämpfe gegen zahllose Gefahren und Fährnisse in dem Bemühen, einen Platz neben der schönsten Frau von zwei Welten zu gewinnen.

Und all diese Abenteuer, diese Wunder und diese Schrecken haben ihren Ursprung in einer winzigen Ursache, und diese Ursache war ein Krümel Schmutz, halb so groß wie mein Daumennagel.

Während ich so dasitze und mühsam und langsam diese Worte mit einem Federkiel und selbstgemachter Tinte auf ein Blatt rohen Pergaments setze, muß ich mich immer wieder über die mir selbst unbegreifliche Eitelkeit wundern, die mich dazu treibt, die Geschichte meiner unglaublichen Abenteuer festzuhalten. Es begann in einer vergessenen Stadt, tief in den undurchdringlichen Dschungeln von Südostasien und führte von dort über die unglaubliche Distanz von dreihundertneunzig Millionen Meilen endlosen Weltalls auf die Oberfläche eines fremdartigen und unheimlichen Planeten.

Ich schreibe die Geschichte, getrieben von einem unerklärlichen Drang, um einen Bericht der Wunder und der Geheimnisse zu liefern, die ich als einziger von allen je auf der Erde geborenen Menschen erlebt habe. Und wenn am Ende diese Erzählung abgeschlossen sein wird, dann werde ich sie in das Tor legen, in der Hoffnung, daß sie – schließlich besteht sie ja völlig aus organischer Materie, Papier wie Tinte – irgendwie über den unermeßlichen Abgrund des interplanetarischen Weltraums zu der fernen Welt meiner Geburt transportiert werden wird, zu der ich selbst nie zurückkehren werde.

In gewissen Jahreszeiten, wenn die Inneren Monde auf der anderen Seite unseres Planeten stehen und der Sternenhimmel klar ist, kann ich (bilde ich mir ein) die Erde sehen. Aus dieser Entfernung erscheint sie mir als ein ferner, unbedeutender blauer Lichtfleck, als ein winziger Lichtpunkt, verloren in der Schwärze des unendlichen Alls. Ist es tatsächlich möglich, daß ich auf diesem blauen Fleckchen Licht geboren wurde und dort meine ersten vierundzwanzig Jahre verlebte? Oder war *jenes* Leben nur ein Traum und habe ich all meine Tage auf dieser seltsamen Welt verbracht, die sich Thanator nennt? Dies ist eine Frage, der sich die Philosophen widmen mögen, ich bin nur ein gewöhnlicher Krieger.

Und doch kann ich mich gut an meinen Vater erinnern. Er war ein hochgewachsener Mann mit strengem Gesicht, war kräftig gebaut, mit dichten Brauen und dicken schwarzen Locken. Er hieß Matthew Dark. Er war ein Schotte aus Aberdeenshire, von Beruf Ingenieur, seiner Neigung nach ein Wanderer. Er durchzog die Welt bis zu ihren fernsten Winkeln und suchte nach den Freuden des Lebens, dessen Reichtum, dessen vielfältigen Farben, die ihm stets entglitten, und die ihm immer wieder vom nächsten Horizont, dem er zustrebte, zuzuwinken schienen.

Von ihm scheine ich meine Größe geerbt zu haben, denn wie er bin ich etwas über sechs Fuß groß; von ihm muß auch meine Stärke gekommen sein, denn unter den Menschen hält man mich für einen kräftigen Mann von großer Ausdauer. Von meiner Mutter hingegen kam die Gabe meines gelben Haares und meiner blauen Augen, denen man den eher in sich gekehrten finsteren Schotten nicht anmerkt. Sie war ein dänisches Mädchen aus einer Stadt, deren Namen ich nicht aussprechen kann. Sie starb, als ich noch ein kleines Kind war. Ich erinnere mich an eine weiche, warme Stimme, ein süßes, stets lächelndes Gesicht, das sich über mich beugte, und an die Berührung einer zarten Hand. Ich glaube mich erinnern zu können an lachende blaue Augen, so ruhig und tief, so glänzend wie die Seen ihrer Heimat, und an den Glanz blaßgoldenen Haares in dicken Zöpfen – doch ach, dies alles ist nur ein Stückchen Erinnerung, ein kurzer Blick in eine Vergangenheit, die ich nie zurückgewinnen kann.

Die Farbe meines Haares und meine Augen, dies waren die einzigen Geschenke, die sie mir gab, abgesehen von meinem Leben selbst. Aber in seltsamer Weise stehe ich doppelt in ihrer Schuld, denn meinem gelben Haar und meinen blauen Augen ist es zuzuschreiben, daß mein Leben erhalten wurde, als ich in die grausamen Hände der wilden, unmenschlichen Krieger der Yathoon fiel – aber damit eile ich meiner eigentlichen Geschichte schon voraus.

Wenn ich meiner Mutter zweimal für mein Leben danken muß, für jenes, das sie mir gab, und jenes, das sie rettete, so schulde ich meinem Vater den Namen: Jonathan Andrew Dark. Er baute in Dänemark eine große Wasserkraftanlage, als er meine lachende blauäugige Mutter kennenlernte, sich in sie verliebte und sie heiratete. Sie ging dann mit ihm nach Südamerika, denn ein Ingenieur muß dort hin ziehen, wohin seine Arbeit ihn führt, und Wanderer haben kein Zuhause. So ergab es sich, daß ich, während meine Mutter Dänin und mein Vater Schotte war, in Rio zur Welt kam.

Über mein frühes Leben gibt es nur wenig zu erzählen. Oder besser gesagt, ich riskiere, zuviel zu erzählen – denn es hat nur wenig Bezug zum Bericht meiner Abenteuer auf der phantastischen Welt, die jetzt meine Heimat geworden ist. Ein tropisches Fieber raffte meine Mutter dahin, als ich erst drei Jahre alt war; meinen Vater sah ich selten, denn er baute einmal eine Straße in Peru, dann wieder einen Damm in Bolivien oder eine Brücke in Yucatan. Aber als der Tod sie von uns nahm, wurde ich sein ständiger Begleiter. Mancher wird es als Skandal empfinden, daß ein zartes Kind inmitten der rauhen Umgebung eines Dschungellagers heranwächst, aber ich gedieh in dieser aufregenden Männerwelt und bin sicher, daß ich ihr meine Liebe zur Gefahr, zum Abenteuer zuzuschreiben habe, sah ich doch die grüne stinkende Hölle des Matto Grosso schon, bevor ich ein Schulzimmer von innen erlebte, und war ich schon mit den gefährlichen Seilbrükken, welche die Schluchten der hohen Anden überspannen, vertraut, ehe ich eine gepflasterte Stadtstraße kannte.

Für die Ingenieure aus dem Lager meines Vaters wurde ich eine Art Maskottchen. Jener stets lachende Bandit Pedro war es, der mich lehrte, ein Messer zu werfen, ehe ich lesen und schreiben konnte, und der große Schwede, Swenson, brachte mir jeden einzelnen Nahkampftrick bei, den er im Laufe eines ganzen Lebens in der Wildnis gelernt hatte. Ich konnte einen Jaguar mit einem einzigen Schuß genau zwischen seine lodernden Augen erledigen, während er noch zum Sprung auf mich ansetzte – und dies lange bevor ich mich mit den okkulten Geheimnissen des großen Einmaleins herumärgern mußte.

Ja, meine Schulausbildung geriet ins Hintertreffen, während ich es im Gegensatz dazu perfekt erlernte, Kaffee mit Wasser zuzubereiten, das aus einem von Schlangen verseuchten Dschungelfluß stammte und in einer zerbeulten Konservendose über einer Kerosinflamme abgekocht wurde, oder während ich lernte, wie ein Mann zu jagen und zu kämpfen, wie ein Affe zu klettern und dort zu überleben, wo ein in der Stadt herangewachsener Junge dem Fieber, dem Schlangenbiß oder der Cholera erlegen wäre. Es geschah, als ich etwa dreizehn war. Mein Vater hatte jetzt von den Bananenrepubliken genug; er sehnte sich nach Jahren, die er in den schwülen, stinkenden Dschungeln verbracht hatte, nach der trockenen Luft und den herrlichen Nächten der Wüste; er wollte sich Ölbohrungen im Irak zuwenden.

Aber in den finsteren Gassen einer verkommenen kleinen Dschungelstadt, die sich Puerto Maldonado nannte, stieß er mit einem amerikanischen Geologen namens Farley zusammen, einem Freund, den er seit vielen Jahren nicht mehr gesehen hatte. Puerto Maldonado liegt im Hinterland von Peru, an den Ufern eines Flusses, der Madre de Dios heißt, »Mutter Gottes«. Gott hatte freilich nichts damit zu schaffen, daß Farley sich in Puerto Maldonado herumtrieb: Er war auf der Suche nach dem Ort, wo die Inkas sich ihr Gold geholt hatten.

Er hatte bis dahin freilich nichts außer Zecken, Moskitos und einer besonders widerlichen Schlangenart gefunden, welche die Eingeborenen *Jararaca* nannten. Und ein Biß dieses liebenswürdigen Dschungelbewohners war es, der Farley drei Wochen lang ans Bett gefesselt hatte, ein Bett, das im Hinterzimmer der einzigen Kneipe von Puerto Maldonado stand. Mein Vater und sein Freund feierten ihr zufälliges Wiedersehen mit einer Unmenge Gin in schmutzigen Gläsern, und irgendwo zwischen der zweiten und der dritten Flasche kam mein Vater auf die Idee, daß ich der Schulbildung bedürfe. Hier war Farley, ein berühmter Geologe mit zahlreichen wissenschaftlichen Ehrungen, eine Leuchte; und da war ich, ein hochgewachsener, grobknochiger, breitschultriger und von der Sonne verbrannter Junge, der durchaus in der Lage war, sich auf eigene Faust einen Weg durch die verfilzten und von Schlangen heimgesuchten Sümpfe des Matto Grosso zu bahnen wie ein Veteran, der aber als völliges Greenhorn gelten mußte im Umgang mit den Regeln des großen Einmaleins.

Die Entscheidung wurde rasch getroffen. Als der nächste Postdampfer den Madre de Dios heruntertuckerte, schlug Farley den Weg zur Küste ein, von dort über Land zu der blühenden jungen Stadt Santo Domingo und einem Buschpiloten namens O'Mara, der ihn in die Zivilisation fliegen sollte. Kurz gesagt, Farley befand sich auf dem Rückweg in die Vereinigten Staaten von Amerika – und das in aller Eile, denn in Harvard wartete eine Professur auf einen erfahrenen Geologen, und er hungerte nach der Welt der Kinos, der Cocktailsalons und der Bibliotheken. Außerdem hatte er diesmal Glück gehabt, daß er nur drei Wochen damit verbringen mußte, das *Jararaca*-Gift auszuschwitzen. Er zog es vor, den kleinen Biestern nicht die Chance zu einem zweiten Biß zu geben.

Also trat ich meine Reise mit dem ehrenwerten Professor nach den USA an und, um die Wahrheit zu sagen, hatte gar nichts dagegen einzuwenden. In den letzten Monaten war mir nämlich bewußt geworden, daß wir Männer die Welt mit einer höchst angenehmen zweiten Spezies teilten, die sich ›Mädchen‹ nannte, und hier in den sumpfigen Dschungeln Perus waren davon nur wenige Exemplare zu finden, während man mir zu verstehen gegeben hatte, daß sie in Amerika ebenso häufig vertreten waren wie am Amazonas etwa die gewöhnliche Bodenzecke.

Meinen Vater sah ich nie wieder. Neun Monate nach unserem Abschied im Dschungel von Peru explodierte eine Ölquelle im Hochland des Irak und sandte ihn in jenes Eldorado oder jene Walhalla, wo alle alten Abenteurer ihre Ewigkeit verbringen. Gott segne ihn, denn ohne ihn ist die Welt ärmer geworden.

Um diese Seiten nicht mit einem Bericht über die Wunder des Kleinstadtlebens von Amerika zu füllen, die meinem Leser vermutlich ohnehin bekannt sind – falls dieses höchst ungewöhnliche Journal das Glück haben sollte, seinen Weg über dreihundertneunzig Millionen Meilen Weltraums zur Erde zu finden – werde ich auf die nächsten paar Jahre nur wenige Sätze verwenden.

Das völlige Fehlen jeglicher Schulausbildung erwies sich als ein gewisses Hindernis. Aber Mr. Farley – jetzt Professor Farley – der zu meinem Vormund erklärt worden war, entwickelte eine Art Schnellausbildung für mich und fand genügend Kollegen, die sich meiner annahmen. Zur großen Überraschung aller, insbesondere meiner eigenen, erwies ich mich als aufmerksamer, intelligenter Schüler, und es dauerte gar nicht lange, bis ich den Anschluß an meine Altersgenossen gefunden hatte. Die Geheimnisse des großen Einmaleins blieben mir nicht lange ein Buch mit sieben Siegeln.

Farley dozierte in Harvard, aber irgendwie ergab es sich, daß ich nicht auch dort, sondern in Yale endete. Es waren glückliche Jahre. Ich brach mir nicht weniger Knochen auf dem Footballplatz als die meisten anderen Studenten, und ich brach auch nicht weniger Herzen unter dem goldenen Mond von Connecticut. Mein eigenes Herz entkam nicht ohne zwei oder drei Frakturen; aber das alles ist ein Teil jenes Prozesses, den die Biologen das »Heranwachsen« nennen – und ich will mich hier nicht näher darauf einlassen.

Seltsamerweise fand ich – trotz all der Freuden des Footballplatzes – viel mehr Vergnügen daran, einen Degen in der Hand zu halten. Ich entwickelte ganz zufällig eine Art natürlicher Freundschaft zum Schwert und war zwei Jahre lang der Leiter des berühmten Fechterteams von Yale. Dies sollte sich ebenso wie die Farbe meines Haares und meiner Augen als unerwarteter Segen erweisen, als ich später durch die schwarzen und karminroten Dschungel des barbarischen Thanator wanderte und kämpfte – aber damit eile ich wieder meiner Geschichte voraus.

Obwohl ich inzwischen amerikanischer Bürger geworden war, saß mir die Wanderlust zu tief in den Knochen, hatte sie mich schon zu jung erfaßt, als daß das ruhige akademische Leben besondere Anziehungskraft auf mich hätte ausüben können. Ich sehnte mich immer danach, herauszufinden, was jenseits des dunstigen Horizontes lag... auf der anderen Seite der nächsten

Hügelkette... jenseits der hellen Wasser der schimmernden See.

Ehe die Tinte auf meinem Abschlußdiplom trocken war, war ich schon ausgeflogen. Ein schnelles Lebewohl für den Professor, und ich begann zu wandern. Die nächsten zwei Jahre führten mich durch die ganze Welt. Die Ruhelosigkeit, die Wanderlust, die ich von meinem Vater geerbt hatte, trieben mich um den Globus. Ein paar Monate arbeitete ich als Journalist in New York, anschließend schiffte ich mich als gewöhnlicher Matrose auf einem Handelsdampfer nach Stockholm ein, lernte ausgerechnet in Indien fliegen, beschäftigte mich dann damit, Flüchtlinge aus Kuba zu schmuggeln, verschob Waffen im Nahen Osten und flog schließlich Medizin und Lebensmittel in das blockierte Biafra.

Die nächste Station war Vietnam, und als mich irgendeine Lücke in meinen Naturalisierungspapieren daran hinderte, mich der kämpfenden Truppe anzuschließen, trat ich dem Roten Kreuz als Pilot bei und flog Lebensmittel und Medikamente zu den verschiedenen Krisenpunkten. Der Durst nach Abenteuern, den ich stets empfunden hatte, brachte mich häufig in Schwierigkeiten, aus denen mich meine Kämpferinstinkte lange ohne größeren Schaden wieder herauslotsten. Aber in Vietnam geschah es dann...

Die Vietkong hatten ein kleines Dorf angegriffen, und ärztliche Hilfe wurde dringend gebraucht. So dringend, daß man mich aus dem Bett holte, und ich binnen dreißig Minuten einsatzbereit sein mußte. Ich sollte eine Staffel Hubschrauber anführen, die Medikamente und Nahrungsmittel einfliegen und die Verwundeten ausfliegen sollte.

Ich hatte gerade zwei Wochen Urlaub in Saigon hinter mir und war sozusagen frisch und ausgeruht. Meine Gruppe war auf einem provisorischen Flugplatz untergebracht, den man bei Hon Quan aus dem Dschungel gestampft hatte, etwa fünfundsechzig Meilen nördlich von Saigon und nur knappe zehn Meilen von der Grenze von Kambodscha.

Wir waren etwa eine halbe Stunde unterwegs, als mein Chopper zu husten und zu spucken begann. Irgendetwas stimmte nicht mit einer der Treibstoffleitungen; wahrscheinlich befand sich Schmutz in irgendeiner Düse, den ein Mechaniker bei einer gründlichen Prüfung vermutlich entdeckt hätte. Man hatte uns jedoch so schnell zum Start getrieben, daß dafür keine Zeit mehr gewesen war.

Und das bedeutete Ärger. Wir hatten nicht die großen Zwei- und Drei-Mann-Kampfchopper, welche die amerikanische Armee benutzte; bei Rettungseinsätzen wie diesem hatte ich nur eine kleine Einmann-Maschine. Die Frachtmaschinen flogen vorn, man brauchte sie, um Verletzte auszufliegen. Also war ich ganz auf mich allein gestellt.

Ich nahm mit dem Rest der Staffel Funkverbindung auf und sagte ihnen, daß mein Stellvertreter die Leitung des Einsatzes übernehmen würde, weil ich Maschinenschwierigkeiten hatte und wahrscheinlich zurückfiel. Sie flogen weiter, während ich mir den Kopf zerbrach, was ich jetzt tun sollte. Wir befanden uns über einer der dichtesten Dschungelpartien, die ich auf der Welt kannte, und es gab nirgendwo eine Stelle auf der ich sicher hätte aufsetzen können, um den Schaden in kürzester Zeit zu reparieren, wozu ich in der Lage gewesen wäre, selbst wenn ich die Leitung hätte abschrauben und den Dreck hinausblasen müssen.

Ich kreiste eine Weile und suchte eine Lichtung. Es bestand die Möglichkeit, wenn auch nur eine sehr entfernte, daß die Leitung sich selbst säuberte, aber darauf konnte ich mich nicht verlassen. Falls der Motor seinen Geist aufgab, war ich geliefert; ich stürzte in die Baumwipfel. Ein Helikopter geht langsam herunter, auch wenn der Motor nicht mehr arbeitet, weil die Luft sich in den Drehflügeln fängt und damit den Sturz abbremst. Das ist das Hübsche an diesen fliegenden Schneebesen.

Unangenehm ist aber, daß man zu tief fliegt, um mit dem Fallschirm abzuspringen.

Ich begann zu schwitzen.

Eine halbe Stunde lang spielte ich mit der Kiste wie ein Virtuose mit einem Cello und quetschte der gequälten Maschine jedes Quentchen Energie ab. Zum Stützpunkt konnte ich nicht zurückfliegen, weil ich wußte, daß es zwischen diesem und meinem augenblicklichen Standort keine Landefläche gab, schließlich war ich die ganze Strecke ja hergeflogen und kannte sie. Aber – wer weiß? Vielleicht existierte etwas westlich von hier eine Lichtung. Ich lenkte die Maschine vorsichtig in diese Richtung.

Kurz darauf blitzte unter mir der gelb-braune Schimmer eines Dschungelflusses auf. Mein Chopper war natürlich mit Schwimmern ausgestattet. Das halbe Land in dieser jämmerlichen Ecke des Globus besteht ja aus Sumpf und Marschland. Wenn ich es bis zu diesem Fluß schaffte, konnte ich wenigstens landen.

Ich begann mir den Kopf zu zerbrechen, wo ich mich gerade befand. In der weiteren Umgebung sollte es eigentlich keinen Fluß dieser Größe geben. Ich mußte also auf der Suche nach einer Landefläche weiter geflogen sein, als ich angenommen hatte.

Konnte das der Mekong sein? Wenn ja, dann würde es Ärger geben. Der Mekong liegt überhaupt nicht in Vietnam, sondern jenseits der Grenze in Kambodscha. Er durchschneidet das östliche Kambodscha von Norden nach Süden und ergießt sich in das südchinesische Meer. Und Kambodscha ist ein Land, in dem wir nichts zu suchen haben... ein sogenanntes ›neutrales‹ Land, dessen Herrscher, Prinz Sihanouk, vielleicht für amerikanische VIPs ein freundlicher Gastgeber sein mag, wenn Leute wie Jackie Kennedy zu Besuch kommen, der dagegen ein höchst unfreundlicher ist, wenn es um abgestürzte oder vom Wege abgekommene amerikanische Piloten geht, die das verletzen, was er höchst humorvoll als die Neutralität seiner Grenzen bezeichnet – um welche sich die Vietkong einen Dreck scheren.

Aber sehr viel Wahlmöglichkeiten hatte ich nicht. Gerade als mein Chopper über dem träge dahinfließenden Dschungelfluß angelangt war, gab der erschöpfte Motor ein letztes halbersticktes Ächzen von sich und verstummte. Der Chopper fiel wie ein Stein. Dann fing sich die Luft in den zum Stillstand gekommenen Drehflügeln. Sie krächzten und begannen sich wieder zu drehen. Die Fallgeschwindigkeit verringerte sich – nicht sehr, aber gerade genügend.

Der schlammige gelbe Fluß raste mir entgegen wie die Fliegenklatsche in der Hand eines Riesen. Kurz bevor ich aufprallte, erhaschte ich einen flüchtigen Blick auf dicken grünen Dschungel, der beide Ufer wie eine dichte Wand säumte. Dann krachte ich aufs Wasser, und alles um mich herum wurde dunkel.

Nun, Carmody, der Bursche, der mir in Indien das Fliegen beigebracht hatte, pflegte immer zu sagen, jede Landung, von der man zu Fuß weggehen könne, sei eine gute Landung. Ich habe so das Gefühl, daß selbst Carmody nicht viel von der Art und Weise gehalten hätte, wie ich auf diesen Fluß aufprallte. Gelbbraunes Wasser hüllte die Plexiglaskuppel ein, als ich die Wasseroberfläche traf, und ich gegen das Instrumentenbrett geschleudert wurde. Als ich zu mir kam, hatte ich eine Platzwunde an der Stirn, aus der das Blut rann. Mir taten alle Glieder weh, und ich kam mir vor, als wäre ich ein einziger großer blauer Fleck. Zumindest lebte ich aber.

Dieser Bauchplatscher hatte beide Pontons platzen lassen, und sie füllten sich schnell. Ich riß die Sitzgurte auf und füllte ein Schlauchboot mit Luft. Dann schnappte ich mir die Notrationen, die genau für die Situation, in der ich mich befand, in einem kleinen Säckchen vorbereitet waren, und machte, daß ich hinauskam.

Der Sack war mit allem gefüllt, was man in einer solchen Lage brauchte, angefangen bei einem Serum gegen Schlangenbisse bis zu Signalraketen. Daher war er auch ziemlich umfangreich. Ich zwängte den Sack in das auf den Wellen tanzende Floß und kletterte benommen ins Freie. Ein Ponton war bereits unter Wasser, und der Chopper hing im Fünfundvierzig-Grad-Winkel auf den Wellen und war gerade im Begriff unterzugehen. Ich stieß mich mit einem Paddel von dem Ponton ab und saß dann bedrückt da und sah zu, wie das einzige, was mich mit der Zivilisation verband, absackte. Dann riß ich mich zusammen und warf einen langen sauren Blick auf die deprimierende Szene, die sich mir darbot. Der Dschungel drängte sich grün und dick zu beiden Seiten des Flusses. Er sah unangenehm aus. Aber mit dem Schlauchboot konnte ich flußabwärts gelangen und vielleicht sogar das Glück haben, irgendeine Ansiedlung zu finden. Ich begann etwas zu paddeln, doch der Fluß hatte eine ziemlich kräftige Strömung, so daß ich mich nicht sehr anzustrengen brauchte, um in Bewegung zu bleiben.

Trotzdem war ich bald über und über mit Schweiß bedeckt und hatte alle Mühe, die Insekten fernzuhalten. Die Luft war dick wie Suppe und heiß. Es stank nach fauligem Wasser, verrottender Vegetation und schleimigem Schlamm, und dennoch hätte ich den Fluß um keinen Preis der Welt mit dem Dschungel vertauschen wollen, in dem es von unfreundlichen Geschöpfen wie Kobras, Tigern, Wildschweinen und Elefanten wimmelte. Nein, der Fluß war allemal vorzuziehen.

Nach einer Weile hörte ich zu paddeln auf, um meinen schmerzenden Armen eine Erholungsfrist zu gönnen, und sah etwas mürrisch zu, wie zu beiden Seiten der endlose Dschungel vorbeizog. Die Dschungel von Kambodscha gehören zu den unwirtlichsten Regionen der Welt. Sie sind ein Gewühl von Teak und dichtem Bambus und gummiartigen Rhododendronbüschen, während der Boden selbst ein Sumpf aus knietiefem Blattwerk und schleimigem Schlamm ist. Ich hatte mir aus dem Helikopter eine Machete mitgenommen, verspürte aber keinerlei Drang, sie auch zu benutzen. Soll doch die Strömung die Arbeit tun, war mein Motto. Wenn es sein mußte, hatte ich nichts dagegen einzuwenden, mich bis zum Meer hinuntertreiben zu lassen.

Ich begann ernsthaft darüber nachzudenken, wo ich mich eigentlich befand. Unser Stützpunkt in Hon Quan lag etwa zehn Meilen ostwärts der kambodschanischen Grenze, aber der Mekong selbst war weiter entfernt. Ich zermarterte mir den Kopf und versuchte, mir die Karten vorzustellen, die ich gesehen hatte. In der Maschine war eine Kartentasche und ein Kompaß gewesen, aber ich hatte so schnell aussteigen müssen, daß ich keine Zeit mehr gehabt hatte, sie mitzunehmen.

Konnte dies der Mekong sein? Soweit ich mich erinnerte, floß der Mekong an der grenznächsten Stelle etwa fünfzig Meilen nordwestlich von Hon Quan. War es möglich, daß ich auf meiner Suche nach einem Notlandeplatz so weit vom Kurs abgekommen war? Nun... möglich war es schon, aber höchst unwahrscheinlich. Ein Chopper *kann* ziemlich schnell fliegen. Ich *konnte* so weit gekommen sein, fragte mich aber immer noch, ob dies nicht vielleicht doch ein anderer Fluß war? Ich versuchte mir die Karten von Kambodscha zu vergegenwärtigen, die ich studiert hatte. In der Mitte lag etwas, das sich Tonle Sap nannte, der Große See. Wie ich mich vage erinnerte, sollte dies der letzte Überrest einer einst mächtigen prähistorischen See sein. Eine Menge Flüsse ergossen sich in dieses Gewässer. Vielleicht war ich in einen dieser Flüsse gestürzt und nicht in den Mekong. In diesem Falle wußte Gott allein, wohin mich die Strömung dieses schlammigen Gewässers tragen würde.

Inzwischen war es später Nachmittag geworden, und es begann finster zu werden. Die immer wieder überraschend schnell hereinbrechende Nacht des Dschungels kündigte sich an. Und jetzt kam das nächste Problem. Bis zu diesem Zeitpunkt war ich weniger mit Paddeln beschäftigt gewesen, als damit, mein Gummifloß vor Zusammenstößen mit halb versunkenen Teakstämmen und anderem Unrat zu bewahren. Das fehlte gerade noch, daß ich gegen ein solches Hindernis stieß – dann würde mein

Floß zerreißen und binnen Sekunden sinken. Und dann hatte ich *wirklich* Probleme!

Aber wie konnte ich es schaffen, solchen Hindernissen auszuweichen, wenn die undurchdringliche Dschungelnacht sich über den Fluß senkte? Und bis dahin war es nicht mehr lange...

Ich beschloß, das einzige zu tun, was hier geraten war – nämlich an Land zu gehen. Ich würde es einfach riskieren müssen, die Nacht im Dschungel zu verbringen und erst am nächsten Morgen weiter flußabwärts zu treiben.

Es war gar nicht so leicht, mich aus der kräftigen Strömung zu lösen, und als ich schließlich das Ufer erreichte, war um mich pechschwarze Nacht. Ich stieg aus, sank bis zu den Knien in den übelriechenden Schlamm und zerrte das leichte Floß aus dem Wasser. An diesem Teil des Ufers war der Boden weich und marschig, und ich arbeitete mich durch hohe, steife Gräser bis an festes Land und band das Floß an den Ästen eines umgestürzten Baumes fest.

Dann setzte ich mich auf den Stamm und bereitete mir aus meinen Notrationen ein kärgliches Mahl, das ich mit einem Schluck frischen Wassers aus einer der Flaschen hinunterspülte. Die drückende Hitze des Tages hatte mich so durstig gemacht, daß ich gerne die ganze Flasche geleert hätte, aber ich wußte, daß dies höchst unklug gewesen wäre. Vielleicht dauerte es Tage, bis ich ein Dorf oder eine sonstige Siedlung fand, und so brauchte ich jeden Tropfen meiner Wasservorräte. Ich hatte ein halbes Päckchen Zigaretten, also rationierte ich auch diese. So saß ich da und rauchte und schlug nach Fliegen und sah zu, wie die Sterne am Himmel erschienen. Sie loderten hart und klar am Nachthimmel, wie eine Handvoll blauweißer Diamanten, die man auf ein schwarzes Samttuch geworfen hat.

Es war eine herrliche Nacht, aber im Augenblick befand ich mich ganz und gar nicht in der Stimmung, ihre Schönheit zu genießen. Ich begann mich zu fragen, wie ich hier wohl schlafen sollte. Ich konnte mich natürlich auf den Boden legen und das Risiko eingehen, daß mich eine Kobra besuchte, oder ich konnte mich in das Schlauchboot zwängen, wobei dieses freilich für eine wirklich entschlossene Kobra auch kein Hindernis darstellte. Außerdem gab es auch noch andere unliebsame Geschöpfe in diesen Dschungeln, die vielleicht auf die Idee kamen, auf einen Schluck Wasser zum Fluß zu kommen.

Die einzig andere Alternative bestand darin, einen Baum zu erklettern und dort eine bequeme Astgabel zu finden. Aber dann ergab sich das Problem, darin einzuschlafen und nicht wieder herunterzufallen. Aber es war ohnehin zu dunkel, um deutlich sehen zu können, und die meisten Bäume in der Nähe waren so hoch, daß man sie gar nicht erklettern konnte.

Und dann sah ich das Licht.

Es schien am Himmel wie ein blasser Scheinwerferkegel. Ich erstarrte, drückte meine Zigarette am Boden aus und dachte sofort an den Vietkong. Wer sonst sollte in diesem Dschungel einen Scheinwerfer benutzen? Wenn dies Kambodscha war, dann gab es sicherlich kein freundlich gesonnenes amerikanisches Lager in der Nähe.

Und daraufhin begann ich erneut zu schwitzen.

Ich hatte, so wie die Dinge standen, schon genügend Ärger und mußte nicht auch noch in feindliche Hände fallen. Ich hatte genügend Beispiele gesehen, was mit Amerikanern geschah, wenn sie von den Vietkong »verhört« wurden. Ich begann mir zu wünschen, noch eine Weile länger auf dem Fluß geblieben zu sein.

Das Licht leuchtete weiter. Es war bleich und gespenstisch, eine stehende Säule aus schwachem Licht, die sich vor den Sternen abzeichnete. Sie schien rhythmisch zu schwanken. Sie pulsierte. Wie ein schlagendes Herz. Meine Neugierde gewann die Oberhand. Ich wußte, daß ich nicht so nahe bei dem Ursprung dieses Dschungelscheinwerfers schlafen konnte, ohne meine Neugierde zu befriedigen. Ich mußte dieses Geheimnis lösen.

Was auch immer dieses Licht erzeugte, es lag nicht sehr weit landeinwärts vom Fluß. Höchstens ein paar hundert Meter. Wenn ich vorsichtig war, konnte ich mich ganz bestimmt nahe genug an diese Lichtquelle heranschleichen. Jedenfalls beschloß ich es zu versuchen.

Ich griff nach meiner Machete, schulterte meine Vorräte und setzte mich in Bewegung. Ich ging langsam und versuchte, so vorsichtig wie möglich zu sein, um ja kein unnötiges Geräusch zu erzeugen. Aber eigentlich hätte ich mir darüber gar keine Sorgen zu machen brauchen, denn inzwischen war mit dem Einbruch der Dunkelheit der ganze Dschungel rings um mich erwacht. Die Nacht ist für den Dschungel das, was für den Menschen der Tag ist. Dies ist die Zeit, wo die großen Jäger ausziehen, und die kleinen Geschöpfe durch den Busch huschen und Nahrung und Wasser suchen. Nur die Affen schlafen in den Bäumen, dicht aneinander gedrängt auf den Ästen hockend.

Bei jedem Schritt sanken meine Stiefel bis zu den Knöcheln, ja manchmal bis zu den Knien, ein. Ich zwängte mich durch dicke Bambusfelder und kroch zwischen gigantischen Rhododendronbüschen hindurch. Ihre gummiartigen Blätter wischten über mein Gesicht oder klatschten an meine Schultern. Hoffentlich weckte ich kein schlafendes Wildschwein oder eines der Reptilien, die dieses faulige Höllenloch zu ihrer Heimat gemacht hatten.

Bald konnte man das Licht undeutlich durch die dicht beieinander stehenden Bäume sehen. Es pulsierte immer noch, als lebte es. Hin und wieder blieb ich stehen, um zu lauschen. Aber da war kein Dieselmotor zu hören, keine gutturalen Vietkongstimmen und kein Plärren eines Radioempfängers. Zu vernehmen waren nur das Klatschen des Flusses am Ufer, das Rascheln der kleinen Dschungelgeschöpfe, die zwischen den Blättern hindurchglitten, die tausend kleinen gewöhnlichen Geräusche des Dschungels.

Ich schob mich weiter vor und kam schließlich an den Rand einer Lichtung. Dort blieb ich wie erstarrt stehen.

Vor mir ragten die zerbröckelten Überreste einer alten steinernen Stadt aus dem sumpfigen Busch. Konische Türme, bedeckt mit geschnitzten Gesichtern und umkränzt von den Schlingpflanzen des Dschungels, ragten in die Nacht.

Ich war auf eine verlorene Stadt gestoßen, die seit Generationen vergessen in den Dschungeln von Kambodscha geruht hatte.

Das Tor zwischen den Welten

Bis heute, da ich dies niederschreibe, kann ich mich an den Schock erinnern, den ich erlitt, als ich zum erstenmal die Tore der toten Stadt erblickte. Ich erinnere mich noch gut, wie ich überrascht den Atem anhielt, und verspüre erneut das ehrfürchtige Prickeln, das meine Haut überlief und dazu führte, daß sich meine Nackenhaare sträubten, als ich das ungewöhnliche Bild sah, das vor mir lag, eingehüllt in das silberne Licht des Mondes.

Das Unerwartete der Entdeckung trug dazu bei, diesen zeitlosen Augenblick als etwas Übernatürliches erscheinen zu lassen. Noch eine Sekunde zuvor hatte ich mich durch den dichten schwarzen Dschungel gequält, und jetzt stand ich vor den weit geöffneten Toren einer phantastischen steinernen Stadt, die aus einem früheren Zeitalter übriggeblieben war.

Dieser Übergang kam so wundersam, so schnell, so unerwartet, daß mir war, als hätte irgendein unsichtbarer Zauberer die Stadt vor meinen Augen gleichsam ins Leben gerufen. Reglos, eingefroren, zeitlos, in geheimnisvolles Mondlicht getaucht, schien mir die Stadt wie ein Schemen. Ich dachte an die schimmernden Spiegelbilder der Wüste und an jenes hartnäckige Bild einer unbekannten Stadt, das italienische Seeleute seit Jahrhunderten über den Wassern der Meerenge von Messina haben schweben sehen – *Fata Morgana* nennen die abergläubischen Fischer das schwebende Bild, und bis zum heutigen Tage ist es den Wissenschaftlern noch nicht gelungen, das verblüffende Geheimnis jener Erscheinung aufzuklären, die in dieser Meerenge seit der Zeit der Kreuzzüge bis in unsere heutige Zeit immer wieder zu beobachten ist.

Seltsam und unglaublich schön waren die Ruinen dieser unbekannten Metropole des kambodschanischen Dschungels, die sich vor mir ausdehnten. Ich stand vor Ehrfurcht wie erstarrt, und meine Nerven prickelten in einer kalten Vorahnung des Übernatürlichen, so als rechnete ich damit, daß die mondbeschienenen Ruinen sich beim nächsten Atemzug wieder in Dunkelheit auflösen würden – ebenso schnell und geheimnisvoll, wie sie plötzlich aufgetaucht waren.

Da gab es kegelförmige Steintürme, die in den sternenerleuchteten Himmel aufragten, und deren Seiten mit Gesichtern verziert waren, die mich aus blinden Augen anstarrten. In die Wände waren seltsame hieroglyphische Symbole in einer mir unbekannten Sprache eingehämmert, unbekannt vielleicht nicht nur mir, sondern jedem lebenden Menschen auf Erden. Welche verlorene Weisheit, was für eine vergessene Wissenschaft, was für Geheimnisse lagen in diesen mächtigen Symbolen verborgen?

Ich wußte wohl, daß man sich im Flüsterton erzählte, daß die endlosen Dschungel des alten Kambodscha gar manches Mysterium und manche Legende verbargen. Ich hatte von den erstaunlichen Steinruinen gehört, die weit im Norden lagen – die vom Dschungel überwucherten Städte und Tempel, die als Angkôr

Vat und Angkôr Thom bekannt waren. Ungezählte Jahrhunderte lang hatte der Dschungel jene Kolossalruinen verborgen, jene von Lianen überwucherten Tempel, die ein Überbleibsel der geheimnisvollen Herrschaft der nur wenig bekannten, auf so rätselhafte Weise vor Äonen vom Angesicht der Erde verschwundenen Khmerrasse waren. War diese mysteriöse Metropole ein weiteres Monument, welches von dem seltsamen vergessenen Volk, das wir nur als die Khmer kannten, aufgegeben worden war? War ich vielleicht, im endlosen Dschungel verloren, über die Schwelle einer uralten geheimen Stadt gestolpert, die in der Dämmerung der Zeiten zu bestehen aufgehört hatte?

Vor mir ragten die steinernen Tore auf, bedeckt mit seltsamen Schriftzeichen. Vom Sims über dem Boden starrte mich ein mächtiges Gesicht aus kaltem Sandstein mit rätselhaftem Ausdruck an. Ich mußte eine Regung nicht ganz erklärlicher Ehrfurcht unterdrücken, ehe ich es fertigbrachte, meinerseits diese steinerne Maske anzustarren. Breite Backen, eine flache Nase, dicke Lippen, weit auseinanderstehende aufgerissene Augen – jedenfalls war das kein Gesicht, das mir lächelnd einen Willkommensgruß entbot; soviel stand fest.

War es ein Trick des Mondlichts und der Schatten, oder lag tatsächlich in den düsteren Winkeln dieser steinernen Lippen die Spur eines spöttischen Lächelns? War es eine Illusion meiner überstrapazierten Phantasie oder entdeckte ich wirklich die Anzeichen einer unpersönlichen, hochmütigen Intelligenz in diesen weiten, starr blickenden Augen, und – ja, kühle, hochmütige Belustigung?

Was lauerte hinter dem gefrorenen Lächeln jener wachen Gottheit oder jenes Dämons, dessen Gesicht hoch über den Toren der verlorenen Stadt eingelassen war? Im kalten Glanze des Mondlichts war die steinerne Metropole wie ein Labyrinth ganz aus pechschwarzem Schatten und schwach rosafarbenem Sandstein.

Eine rosarote Stadt, halb so alt wie die Zeit...

Wie von selbst beschwor mein Gedächtnis jene berühmte Zeile aus dem alten Gedicht herauf. Undeutlich erinnerte ich mich, daß John William Burgon, der Verfasser jenes Gedichts, die steinerne Stadt Petra in den Wüsten Arabiens geschildert hatte. Aber gleichgültig; die Zeile paßte ebenso gut auch hier.

*

Fast ohne bewußte Absicht hatten meine Füße mich durch jene Portale getragen unter dem Blick des steinernen Wächters mit seinem spöttischen Lächeln, und hinein in den mit Unrat übersäten Hof, der dahinterlag.

Rings um mich erhob sich ein Wald megalithischer Steintürme, aus kolossalen Sandsteinblöcken gebaut, die von der Farbe blasser Korallen oder des dunstigen Himmels der frühen Morgendämmerung über den Fluten des Orinoco waren. Welche uralten Weisheiten auch immer diese verschwundene Rasse besessen hatte, die Kunst des Steinbaues gehörte dazu. Steinblöcke, von denen jeder Tonnen wog, waren so dicht zusammengefügt, daß kein Mörtel benötigt wurde, um diese hochragenden Mauern und die sich nach oben verjüngenden Türme zu bilden und zusammenzuhalten. Und unzählige Jahrhunderte der Stürme und des Regens hatten nur wenige der großen Bausteine gelockert.

Es fiel mir ein, daß damals, als der französische Forscher Mouhot, der erste, der die weitläufigen Ruinen von Angkôr im Norden entdeckt hatte, die Eingeborenen nach den geheimnisvollen Städten gefragt hatte, sie ihm zur Antwort gegeben hatten, diese Städte seien das Werk vielarmiger Riesen. Tra-Eun, der Zauberer-König jener fernen Vergangenheit sei es gewesen, der gefangene Titanen beauftragt habe, die Mauern der alten Stadt zu errichten. Als ich jetzt auf diese mächtigen Türme und megalithischen Bastionen blickte, konnte ich mir gut vorstellen, daß sie das Werk urzeitenferner Kolosse waren, die von irgendeinem mächtigen Zauberer aus vergessener Vorzeit dazu den Befehl erhalten hatten.

Ich konnte dem Drang meiner Neugierde nicht widerstehen und begann, die Ruinenmetropole zu erforschen. Ich ging durch steingepflasterte Straßen, lange Galerien entlang, in denen seltsame und ungeheure Karyatiden Steinbögen trugen, in die zu Grimassen verzerrte Teufelsmasken und langschnäbelige Dämonen eingehauen waren. Die Zeit lastete schwer auf allem; ihre unsichtbare Last drückte auch auf meine Seele. Man vermochte das unglaubliche Alter dieser Ruinen fast zu fühlen. Ich spürte, wie mich abergläubischer Schauder durchlief. Es war, als ginge ich durch eine schattige Totenstadt, wo die Götter selbst begraben lagen, und als riskierte ich es mit jedem Schritt, mumifizierte Zauberer oder unsichtbare Hüter zu wecken, die all die Äonen verschlafen hatten und in deren von der Zeit gehüteten Reviere ich jetzt als erster Sterblicher eindrang.

Wer waren die geheimnisvollen Khmerkönige, die diese weit ausgedehnten Metropolen aus uraltem Stein errichtet hatten? Wohin waren sie gegangen und hatten hinter sich diese Wildnis aus behauenem Stein, diese Orte des Schattens und des Schweigens zurückgelassen, Bezirke, die heute nur noch von der geduldigen Spinne beherrscht wurden? Und dann dachte ich an die verlorenen, vom Meer überspülten Städte des alten Atlantis und des prähistorischen Mu... an die steinernen Rätsel der Ruinen von Ponape, die A. Merritt in den ersten Seiten seines großen Werks *The Moon Pool* geschildert hatte.

Mit jedem Schritt drang ich tiefer und tiefer in das Labyrinth seit Äonen verlorener und von der Zeit vergessener Mysterien ein. Ein Fragment eines Verses von Clark Ashton Smith drängte sich in mein Gedächtnis:

> ...sucht in geheimen Galerien
> die leeren Sarkophage, die zerbrochenen Urnen
> so manch verschwundenen Avatars;
> oder steht in Ehrfurcht unter bröckelnden Pylonen
> in Tempeln oder Schreinen schattiger Äonen.

Waren diese düsteren Kolonnaden, diese mit Schriftzeichen unbekannter Art bedeckten Mauern, diese mächtigen Tempel das Werk der längst verschwundenen Khmerkönige? Ich wußte, daß die Überreste von Angkôr Vat zu den seltsamsten Ruinen der Erde gehörten und daß die Wissenschaft schon seit vielen Jahren versucht hat, das Rätsel der Bauten zu lösen. Aber ich wußte auch, daß die mächtigen Steinfelder von Angkôr weit im Norden von hier lagen, in den Dschungeln nördlich des Tonle Sap, am rechten Ufer des Flusses Siem Reap, von dem ein Seitenfluß sich in den großen See im Herzen Kambodschas ergoß. Noch nie hatte ich gehört, daß irgendwelche geheimnisvollen Ruinenstädte so weit im Süden lagen – *es sei denn...*

War diese steinerne Stadt etwa das lang verlorene legendäre Arangkôr selbst, die erste Stadt, aus der die mächtige Dynastie der Khmerkönige Äonen vor dem Anfang der Zeit hervorgegangen war? Ich hatte mich etwas mit der seltsamen epischen Literatur dieser von Geheimnissen umwobenen Ecke Asiens befaßt; die Wissenschaft hatte nie die verlorene geheime Stadt gefunden, in der die ersten Khmerkönige geherrscht hatten. War diese schattenumhüllte Stadt des Mondlichts und des Schweigens vielleicht das uralte Arangkôr der Fabel? Selbst die Khmer hatten den Ort vergessen, wo die Wiege ihrer Rasse gestanden hatte.

> ...das lang verlorene legendäre Arangkôr
> du vergessene Stadt der Dämmerung
> in das das Tor zwischen den Welten steht
> Werk alter Götter, deren Namen
> schon lange auf den Lippen der Menschen zu Schweigen
> geworden...

Bleich stand eine Säule pulsierender Strahlung über der verlorenen Stadt und stach in den sternenübersäten Himmel.

Völlig von dem Geheimnis des verlorenen Arangkôr fasziniert (irgendwie wußte ich tief in meinem Herzen, daß diese Stadt Arangkôr sein mußte), hatte ich den Scheinwerferbalken aus pulsierendem Licht vergessen, der meine Aufmerksamkeit im Dschungel erregt hatte und der mich, so wie Licht eine Motte anzieht, zu den steinernen Toren der Ruinenmetropole gelockt hatte.

Jetzt, als ich ihn wieder über den kegelförmigen Türmen erblickte, erinnerte ich mich, daß ich hierhergekommen war, um jenes Licht zu erforschen. Und sofort erwachte erneut die Vorsicht in mir. Ich war eine Zeitlang durch die mit Unrat übersäten Straßen und Plätze der toten Stadt gegangen, ohne auf die Geräusche zu achten, die meine Schuhe beim Gehen verursachten, und ohne es für möglich zu halten, daß Ruinen, die so vernachlässigt und uralt waren, bewohnt sein konnten.

Aber jetzt erstarrte ich und schalt mich ob meiner Sorglosigkeit einen Narren. Dieser pulsierende Strahl aus geheimnisvollem Licht war keine Naturerscheinung, ganz bestimmt nicht. Irgendein Fremder teilte die einsamen Straßen der toten Stadt mit mir, und es mußte sich erst noch erweisen, ob es ein Freund oder ein Feind war.

Ich bewegte mich jetzt vorsichtiger, achtete auf jeden Schritt und hielt meine Machete wie ein Schwert in der Hand.

Die Säule aus pulsierendem Licht stieg genau aus der Mitte von Arangkôr in den Himmel. Während ich mich diesem schimmernden Lichtbalken näherte, dachte ich über seinen Sinn und seinen Ursprung nach. Er stach senkrecht in den mitternächtlichen Himmel, dieser Strahl aus bleichem Licht, der pulsierte und flackerte. Als ich aufblickte, sah ich unmittelbar darüber den gelben Funken des fernen Jupiter. Damals dachte ich mir noch nichts dabei.

Und endlich erreichte ich einen großen, mit Steinen gepflasterten Platz im Herzen der verlassenen Stadt.

Steinerne Kolosse hockten in einem weiten Ring um das, was in der Mitte dieses Platzes lag. Sie saßen im Schneidersitz, hoben viele Arme, und ihre Hände hielten für mich bedeutungslose Gegenstände: Schädel, Schlüssel, Blumen, Räder, Schwerter und stilisierte Blitze. Schwere Steingesichter blickten mit verschiedenen Ausdrücken auf das unbekannte Ding im Zentrum dieses Zirkels der Götter; einige lächelten, manche weinten und dritte blickten auf den Ursprung der Strahlungssäule mit den bewegungslosen sanften Zügen eines Buddha.

Nirgendwo konnte ich ein Lebenszeichen entdecken, obwohl meine Augen die Schatten absuchten, die den Kreis der steinernen Götter umlagerten.

Ich trat zwischen zwei der steinernen Titanen hindurch und sah endlich den Ursprung des geheimnisvollen Lichts.

Ein Stöhnen entrang sich meinen Lippen.

Genau im Mittelpunkt des Platzes, umgeben von den hoch aufragenden steinernen Göttern lag – ein *Brunnenschacht!*

Die Mündung dieses Schachtes war weit; ein Mann konnte spielend hineinfallen, und ich zweifelte nicht, daß der Schacht in große Tiefe reichte. Dieser geheimnisvolle Brunnenschacht war tief in das Steinpflaster eingelassen, seinen Rand bildete ein bleicher, irgendwie transparenter Stein, der mich an milchigen Jade erinnerte, obwohl – sollte diese schimmernde Substanz wirklich Jade sein – das Stück der mächtigste bearbeitete Jadestein sein mußte, den die Archäologie kannte. Die Mündung des großen Schachtes maß von einer Seite zur anderen fünfzehn Fuß, und der Rand war gute zehn Fuß breit und glatt in den Steinboden des Platzes eingelassen. Die Phantasie sträubte sich dagegen, sich den Stein vorzustellen, aus dem man diesen mächtigen Klotz des wertvollen Minerals hatte schneiden können. Ein ganzer Berg aus Jade war dazu nötig gewesen. Ich konnte in der ganzen makellosen Ausdehnung des milchigen Steins keine Naht sehen: unglaublich, fast unmöglich, aber alles war aus *einem Stück.*

Und aus der Mündung des Jadeschachtes schimmerte der mächtige Strahl. Die Säule aus bleichem Licht durchmaß fünfzehn Fuß und sprang in den nächtlichen Himmel und zielte, wie es schien, auf den fernen Jupiter.

Die Lichtsäule wies nur die schwächste Andeutung von Farbe auf. In stumpfem Weiß, der Farbe, die Mondstrahlen eigen ist, stieg der kolossale Strahl aus dem Innersten der Welt auf und schoß wie ein blitzender Speer zur Zitadelle der Sterne hinauf.

In gleichmäßigem Rhythmus stieg eine Welle aus schimmerndem Gold am glänzenden Schaft jenes bleichen Strahls empor. Ein Nebel aus Goldstaub, eine Schale aus pulverisiertem Gold, ein Gewebe aus schimmernden goldenen Funken – ich riß voll Faszination und Ehrfurcht über jenes geheimnisvolle Phänomen die Augen auf. Die Wellen goldenen Lichtes waren es, welche die Illusion vermittelten, daß der Lichtstrahl dunkler wurde und dann wieder heller, dunkler und erneut heller. Das Geheimnis des pulsierenden Rhythmus, das ich aus der Ferne entdeckt hatte, war gelöst – *ein* Geheimnis zumindest!

Denn jedesmal, wenn die Welle funkelnder Goldpartikel an dem bleichen Strahl emporstieg, schien der Strahl selbst infolge der zusätzlichen Brillanz des feurigen Nebels heller.

Aber was waren diese Flocken aus goldenem Feuer? Was für eine unsichtbare und unvorstellbare Lampe tief in den Eingeweiden des Planeten trieb diesen schimmernden Scheinwerferstrahl den Sternen entgegen? Und weshalb?

Unvorsichtig trat ich vor, um das geheimnisvolle Rätsel zu erforschen.

Und als ich auf den schimmernden Ring aus milchiger Jade trat, verlor ich den Boden unter den Füßen. Denn die leuchtende Substanz war so glatt wie geöltes Glas!

Ich stürzte, und die Machete entfiel meinen Händen; mein Sack flog mir von den Schultern und krachte gegen den glatten Stein.

Und jetzt sah ich etwas, das mir bisher nicht aufgefallen war. Der breite Ring aus milchig leuchtendem Stein war ganz leicht nach innen geneigt.

Der Jadering dieses geheimnisvollen Schachtes neigte sich nach innen auf die Mündung zu, und ich glitt völlig hilflos in den pulsierenden Lichtstrahl, der wie ein Speer in den mitternächtlichen Himmel stach.

Ich streckte die Hände aus, aber sie rutschten hilflos ab, konnten mein Fallen nicht aufhalten. Verzweifelt versuchte ich, mich irgendwo festzuhalten, aber da war nichts, das ich ertasten konnte.

Mit den Füßen voran, glitt ich in das pulsierende Gold des Strahles.

Das Unglaubliche, was ich nun erlebte, ist so seltsam, daß mir fast die Worte fehlen, es zu beschreiben.

Ich erinnere mich nur unbestimmt und irgendwie verzerrt an jenen gleichsam blitzartigen und irgendwie zeitlosen Augenblick.

Monatelang habe ich über die Sinneseindrücke nachgedacht, die sich für alle Zeiten meiner Erinnerung einprägten. Am Ende, so glaube ich, ist es mir wohl gelungen, den Ansatz einer Erklärung dessen zu finden, was nun folgte, als ich in die glatte Öffnung jenes geheimnisvollen leuchtenden Brunnenschachtes hineinglitt, geradewegs in den pulsierenden leuchtenden Strahl hinein. Vielleicht hat meine Phantasie dem Bericht, den ich Ihnen jetzt geben werde, einiges hinzugefügt; vielleicht sind Fragmente von hundert Science-Fiction-Storys, die ich gelesen habe, mit in den Schmelztiegel einer Erinnerung eingegangen und wurden somit Teil der nun folgenden Beschreibung eines Vorganges, den man gar nicht richtig schildern kann. Wenn dem so ist – meinetwegen! Jedenfalls folgt nun hier, möglichst genau mit dem unzureichenden Medium des geschriebenen Wortes wiedergegeben, das, was zu geschehen schien.

Ein blendendes Licht hüllte meinen ganzen Körper ein. Ich drückte die Augen zu, um sie vor der schrecklichen Helligkeit zu schützen, aber es nützte nichts!

Der strahlende Glanz durchbohrte mich förmlich. Ich spürte, wie das Licht gegen meinen Körper schlug. Ich konnte seine Wärme auf den Knochen spüren, so wie Sonnenlicht in der Wüste.

Und dann verließ mich jegliche körperliche Empfindung. Benommen und betäubt schien ich wie eine Wolke aus körperlosem Dunst inmitten einer Gloriole blendenden Lichts zu schweben. Aber nein – ein Gespinst von Empfindungen drang durch all diesen Strahlenschein zu meinem Ich durch.

Ich spürte einen Sturm feuriger Partikel, die gegen nacktes Fleisch schlugen. Diese Partikel, hatte ich sie vorher gesehen – die Flocken von goldenem Feuer, die in dem säulenartigen Strahl emporgetragen wurden? Ich kann es nicht sagen; ich weiß es nicht, werde es nie wissen.

Wie Hagel prasselten sie von unten gegen mich und ich spürte, wie ich mich in die Höhe hob, in jener Säule aus strahlendem Glanz nach oben getragen wurde... schneller und immer schneller, bis meine Geschwindigkeit wohl die eines Hurrikans übertraf.

Ich konnte nichts sehen, ich konnte nicht sprechen. Ich fühlte mich körperlos, jeder Substanz entblößt, gewichtslos. Ein Gespenst aus strömendem Nebel, von einer unvorstellbaren Kraft nach oben geschleudert, raste ich in den Himmel.

Hatte die unbekannte Strahlung auf irgendeine mir unerklärliche Art und Weise die Bande zwischen den Atomen zerrissen, jene Kraft, welche die Materie zusammenhält? War ich jetzt nur mehr eine entmaterialisierte Wolke aus rasenden Elektronen und Neutronen, die von irgendeinem Ionenschub nach oben getrieben wurde, an jenem schimmernden Strahl entlang?

Wahrscheinlich würde die Schulwissenschaft meine Vorstellung verspotten. Aber eine andere Erklärung, das Unerklärliche begreiflich zu machen, kenne ich nicht.

Jetzt wurde mir wie von ungefähr intensive Kälte bewußt – eine superarktische Kälte, wie sie vielleicht in dem finsteren Abgrund zwischen den Sternen herrschen mag.

Ein Augenblick völliger Schwärze folgte. Und das Gefühl unglaublicher Geschwindigkeit, als bewegte ich mich jetzt schneller als das Licht.

Die Kälte biß, drang tief in mich ein – Schwärze schloß sich um mich – ich flog wie ein Meteor mit der Geschwindigkeit des Gedankens durch unvorstellbare, ungeheuerliche Weiten.

Und dann blitzte vor mir etwas auf – ein unglaublicher Anblick! Ein kolossaler, von Bändern überzogener Globus aus braunen und orangenfarbenen Flammen mit einem zyklopenartigen feurigen Auge!

Ein kalter, toter Brocken aus zackigem Felsgestein schwang auf mich zu, wie der gefrorene, luftlose Satellit irgendeines planetarischen Giganten.

Einen einzigen Augenblick lang starrte ich hinunter – oder

hinauf – zu zersplitterten Bergen aus gefrorenen schwarzen Fellen, zu Tälern aus gefrorenem blauen Metallenschnee, zu einer schroffen Winterwildnis, die kein Mensch auch nur eine Sekunde lang überleben konnte.

Und dann *verschwammen* die Züge des gefrorenen Steinbrokkens, die mit unvorstellbarer Geschwindigkeit auf mich zujagten.

Veränderten sich – eine an das Wunderbare grenzende Transformation.

Den Bruchteil eines Augenblicks lang erhaschte ich einen Blick auf dichte Dschungel, schimmernde Flüsse, wolkenverhangene Berge, glitzernde barbarische Städte – und im nächsten Augenblick war mir, als hätten sich die Mauern des Universums selbst mit ohrenbetäubendem Knall über dem fliegenden Staubkörnchen aus Licht geschlossen, das da ich war.

Und dann verließen mich die Sinne...

Die Welt der vielen Monde

Die Natur ist in vieler Hinsicht eine gnädige Mutter. Wenn das Fleisch ihrer zerbrechlichen Kinder einen Schock nach dem anderen erlitten hat, bis an die Grenzen des Unerträglichen, dann gewährt sie ihnen die Gnade der Bewußtlosigkeit.

Langsam erwachte ich aus einem tiefen Koma.

Erwachte und empfand eine Schlaffheit des Körpers und der Seele, eine Mattigkeit, die mich sanft umhüllte. Lange lag ich einfach da, ohne zu denken oder zu fühlen, wie unter der Nachwirkung irgendeines kräftigen Narkotikums. Ich lag auf dem Rükken auf einer kühlen Steinfläche und blickte zu den Monden am dunstig goldenen Himmel auf. Schläfrig blinzelte ich die drei glänzenden Monde über mir an.

Irgend etwas in mir verlangte meine volle Aufmerksamkeit. Aber es war zu schön, hier reglos und flach zu liegen. Also verschloß sich einfach mein Bewußtsein gegen das Eindringen ungewollter Gedanken, und ich starrte träge zu dem Himmel aus goldenem Dunst mit seinen drei Monden empor. Jetzt konnte ich ganz deutlich sehen, daß es sich tatsächlich um Dunst handelte, ein schwaches goldenes Licht, das über meinen Kopf dahinglitt, strömte, kleine Strudel bildete, wie Schaum auf der Oberfläche eines in Unruhe geratenen Tümpels oder wie die vielfarbenen Arabesken in einer Ölpfütze auf dem Pflaster von New York.

Es war da etwas an diesem Himmel, das irgendwie die Beschaulichkeit meines Halbbewußtseins störte. Ein Himmel, so überlegte ich, sollte nicht aus goldenem Dunst bestehen, sondern irgendeine andere Farbe haben – blau?

Ich konnte mich nicht erinnern.

Aber – und in dem Punkt hatte ich ganz klare Vorstellungen – es sollte keine *drei* Monde an jenem seltsamen Himmel geben. Und ganz besonders keine Monde wie diese. Monde sollten von blassem Weiß sein, nicht so, wie diese drei monströsen Scheiben, von denen eine in kaltem Grün erstrahlte, wie eine Limone, die zweite in einer Art Rosa, die dritte in silbernem Azurblau.

Und dann erwachte ich ganz, zitterte von dem Schock, als hätte plötzlich ein Guß eiskalten Wassers meinen nackten Körper vom Kopf bis zu den Fersen überschüttet.

Meinen *nackten* Körper?

Wild blickte ich unwillkürlich an mir herunter und sah, daß ich nackt und bloß war, wie ein neugeborenes Kind. Ich starrte im Kreise, blickte auf die breite Scheibe aus milchiger Jade, auf der ich beim Erwachen gelegen hatte, der breiten Scheibe aus Jade, die auf einem Feld aus dickblätterigem Gras zu liegen schien, welches von karminroter Farbe war.

Ein goldener Himmel – drei Monde – und karminrotes Gras. Ich sprang mit einem unartikulierten Schrei auf und taumelte, mußte einen Augenblick um mein Gleichgewicht kämpfen. Mein Körper fühlte sich taub an, so, als wäre der Blutkreislauf längere Zeit unterbrochen gewesen. Tausend Nadeln stachen mich überall, als der Kreislauf wieder einsetzte. Ich schleppte mich an den Rand der milchigen steinernen Scheibe und stürzte in das weich federnde Feld aus dickblättrigem Gras, das von so unglaublich karminroter Farbe war.

Keuchend, mit fliegendem Puls stand ich da und starrte wild um mich.

Aus traumlosem Schlaf war ich erwacht – in einen *Alptraum*.

Die Jadescheibe war von neun hochragenden Monolithen umgeben – völlig glatten Türmen aus dunklem, geglätteten Stein, und ringsherum dehnte sich ein Feld aus schwerblättrigem, karminroten Gras. An einer Seite senkte es sich hinunter zu einem plätschernden Bächlein, das etwa fünfzig Meter tiefer lag.

Hinter mir und zu meiner Rechten versperrte eine Wand aus dichtem Blattwerk den Blick auf das, was dahinterlag – ein riesiger Dschungel, aber keinem Dschungel gleich, den ich bisher gesehen hatte. Denn die Stämme der Bäume und die Äste bis zu den Spitzen der winzigsten Zweige waren *schwarz* – schwarz wie Samt – und zu mißgestalteten, knorrigen Formen verzerrt, ganz anders als irgendein irdischer Baum, den ich kannte.

Und das Blattwerk dieser Bäume war wieder von jenem unglaublichen, unmöglichen, fantastischen *Karminrot.*

Es war eine Szene von alptraumhafter Fremdartigkeit und fantastischer Schönheit, wie etwas, das einem Traum eines Hieronymus Bosch entstiegen war.

Und doch war es die Wirklichkeit! Daran bestand kein Zweifel. Jede Einzelheit der Szene lag klar und deutlich definiert vor mir, eingehüllt in den dreifachen Schein jener unglaublich riesigen, fantastisch gefärbten Monde. Kein Traum, keine Vision, keine Illusion hätte mir so klar das Bild der Wirklichkeit vorspiegeln können.

Ein anderer Gedanke drängte sich mir auf, als ich dalag und mein benommener Verstand versuchte, sich einen Reim auf das unmögliche Bild zu machen, das sich mir bot.

War es möglich, daß ich – tot war? Daß diese unwirkliche Welt fremdartiger Schönheit das Jenseits war? Ich lachte laut. Vielleicht... vielleicht... Aber wenn dem so war, so irrten sich die Religionen meiner Welt gründlich in ihren Vorstellungen vom Leben nach dem Tode, denn dieser seltsame Ort der schwarzen, monströsen Bäume, des goldenen Himmels, der dreifachen Monde und der blutfarbenen Vegetation – diese Welt war keine Hölle, kein Himmel und kein Fegefeuer.

Sie sah auch nicht aus, wie ich mir Walhalla vorstellte, oder jede andere Welt, welche die Mythen der Vergangenheit jenseits der Tore zwischen Leben und Tod angesiedelt hatten.

Diese ersten paar Augenblicke meines Lebens auf Thanator (wie ich später erfahren sollte, war dies der Name, mit dem die fremdartigen Eingeborenen diese seltsame Welt bezeichneten) verschwimmen in meiner Erinnerung ineinander. Aber dies weiß ich: Keinen Augenblick lang hegte ich ernsthafte Zweifel an meinen Sinnen. Kein einziges Mal fragte ich mich, ob das, was mich umgab, vielleicht Traum oder Halluzination war statt Wirklichkeit.

Ich wußte, daß ich lebte und mich im Vollbesitz meiner Kräfte befand und daß die Szenerie, die mich umgab, echt und wirklich war, nicht das Produkt eines Geistes, der sich in den Wahnsinn geflüchtet hatte. Ich konnte spüren, wie die karminroten Grashalme die Sohlen meiner nackten Füße kitzelten; ich konnte spüren, wie die warmen Sonnenstrahlen (oder das, was ich dafür hielt) meinen nackten Körper wärmten; eine leichte Brise strich durch die gelben Locken, die mir in die Stirn fielen, und streichelten mit unsichtbaren Händen meine Blöße. Meine Nase saugte das fremdartige, würzige Aroma von Dschungelgewächsen in sich hinein, die sich mir hier das erste Mal darboten. Meine Ohren hörten das leise Rascheln horngeränderter Blätter, in denen der Wind spielte, das Plätschern des Bächleins drunten und das Grunzen irgendeiner unbekannten Dschungelkreatur.

Diese Welt war wirklich. Und ich – wie auch immer ich hierher gekommen sein mochte – war *hier.*

Ich untersuchte mich neugierig.

Jeder Gegenstand meiner Kleidung war mir irgendwie vom Körper gestreift worden. Selbst meine Unterwäsche, meine Socken, die Armbanduhr, der Ring am rechten Zeigefinger, den mein Vater mir als Junge an einem längst vergessenen Geburtstag geschenkt hatte – alles, was ich an mir getragen hatte, war verschwunden.

Ich legte die Hand auf die Brust und stellte fest, daß die Erkennungsmarke, die an einer Kette um meinen Hals gehangen hatte, ebenfalls verschwunden war.

Und das Verblüffendste von allem: Ich hatte mich vor ein oder zwei Tagen mit einem scharfen Gegenstand am Schenkel verletzt und ein Stück Heftpflaster auf die Wunde geklebt.

Die halb verheilte Schnittwunde war noch da. Aber das Pflaster – verschwunden!

Erinnerungen bestürmten mich jetzt, so, als hätte der Schock dieser Entdeckungen alles andere aus meinem Geist verdrängt, um Platz für die unmittelbare Vergangenheit zu schaffen. Ich erinnerte mich an den Helikopterabsturz, an den Marsch durch die Dschungel von Kambodscha, an meine zufällige Entdeckung der verlorenen Stadt, an *die Säule aus pulsierendem Licht, in die ich gestürzt war –*

War es möglich, daß –

Jener uralte Vers aus einem der alten Epen Indochinas, jener Hinweis auf Arangkôr –

Worin das Tor zwischen den Welten steht

Es war fantastisch, unglaublich – wie etwas aus der verrücktesten, fantasievollsten Science-Fiction-Story, die je geschrieben wurde. Aber – war es möglich? War jener Strahl aus pulsierendem Licht, der sich gegen den kalten Glanz der Sterne hochreckte, irgendein fantastisches Transportmittel zwischen den Welten, ein Mechanismus einer uralten Wissenschaft, die der Mensch vergessen hatte?

Und fast im gleichen Augenblick lieferte meine Erinnerung mir einen Begriff – *Transporterstrahl.* Ich erinnerte mich an die Sinneseindrücke von Geschwindigkeit, von einem Flug über finstere, eisig kalte Unendlichkeiten mit atemberaubender Geschwindigkeit – an die Empfindung, nicht feste, massive Materie zu sein, sondern eine entmaterialisierte Wolke aus Elektronen.

Es war eine atemberaubende Vorstellung. Alles, was ich je über die geheimnisvollen wissenschaftlichen Künste verlorener legendärer Völker der Vergangenheit gelesen hatte, drängte sich mir auf. Das alte Atlantis, dessen glitzernde Städte der grüne Schlund der See verschlungen hatte, ehe die Geschichte begann; das verlorene Lemuria, dessen kolossale steinerne Städte seit Urzeiten unter den mächtigen Wogen des Pazifik ruhen; die geheimnisvollen Ruinen auf Ponape; und die riesigen, rätselhaften steinernen Gesichter, die ewig von den legendenumwobenen, einsamen Hügelkämmen der Osterinsel aufs Meer hinausstarren.

Besaßen die Menschen jener Urzeit tatsächlich das Geheimnis, Materie quer durch das Weltall zu übertragen?

War ich durch Zufall auf das Geheimnis einer verlorenen Wissenschaft gestoßen, die seit zahllosen Äonen vergessen war?

Gab es wirklich ein Netz unsichtbarer Wege und Straßen, das die Planeten miteinander verband? Straßen unbekannter Kräfte, über die man mit unvorstellbarer Geschwindigkeit reisen konnte, um am Ende auf einer anderen Welt zu materialisieren? Und wenn dem so war, auf welcher Welt befand ich mich dann?

Welcher Planet des Sonnensystems besaß drei Monde?

Ich zermarterte mir den Verstand und erinnerte mich daran, daß Merkur und Venus, wie allgemein bekannt war, keine Satelliten besaßen. Der Mars, daran erinnerte ich mich, hatte zwei Monde, die Deimos und Phobos hießen – es hatte keinen Sinn: kein mir bekannter Planet hatte drei große Monde, die seinen goldenen Himmel beleuchteten.

Nach einer Weile ging ich den leicht abschüssigen karminroten Rasenteppich hinunter, um mein Gesicht in den Bach zu tauchen.

In einer Welt seltsamer und erschreckender Fremdheit war es eigenartig beruhigend und irgendwie ermutigend zu entdecken, daß Wasser immer noch – Wasser war. Kalt und rein schmeckte das Wasser dieses Stromes, das ich mit den Händen schöpfte, nicht anders als das Wasser, das ich zuhause auf der Erde aus Dutzenden von Dschungelströmen getrunken hatte.

Ich ging den Hügel wieder hinauf, um den schwarzen und karminroten Dschungel zu untersuchen. Er war dicht und finster, und ich verspürte keinerlei Verlangen, in seine Tiefen einzudringen. Woher wußte ich schon, welch wildes Getier vielleicht in jenem finsteren Schatten jagte – und ich hatte keine Waffen.

Ich verspürte auch keine Lust, mich nackt durch das dicke Laubwerk zu zwängen. Die breiten, fleischigen Blätter hatten einen scharfen, sägezahnartigen Rand, ganz wie ein Sägeblatt. Ich würde noch kaum einen Meter tief eingedrungen sein, und mein nackter Körper würde schon die roten Spuren dieser rasiermesserscharfen Dornen zeigen. Und wer konnte schon sagen, welch unbekanntes Gift diese Blätter vielleicht absonderten?

Und doch konnte ich nicht ewig hier stehen bleiben.

Und jetzt begann der Himmel sich zu verdunkeln. Der goldene Schein verblaßte. Der Glanz der drei riesigen Monde verstärkte sich langsam, wie die Laternen nächtlicher Kobolde. Ich beschloß, den Rand des Dschungels zu erforschen und begann, mich auf den Weg zu machen.

Zwei seltsame Dinge waren mir bewußt geworden.

Das eine war, daß die Schwerkraft dieses Planeten die gleiche war wie die Schwerkraft der Erde, auf der ich geboren worden war, oder zumindest dieser sehr ähnlich. Das ließ darauf schließen, daß der rotschwarze Planet ziemlich genau die gleiche

Größe wie die Erde haben mußte – was mir unmöglich vorkam. Wenn ich nämlich meine Astronomiebücher auf dem College richtig gelesen hatte, so ist der einzige Planet im Sonnensystem, welcher der Größe unserer eigenen Welt annähernd nahekommt, die von Wolken umhüllte, mondlose Venus.

Die drei Monde, welche die sich verdunkelnden Himmel erleuchteten, machten es also unmöglich, daß dieser Planet die Venus war.

Das andere war die Luft. Ich atmete sie jetzt seit einer halben Stunde. Und ich verspürte keinerlei unangenehme Wirkung; tatsächlich schien die Luft die gleiche zu sein wie die in der Atmosphäre der Erde – möglicherweise ein wenig frischer; vielleicht enthielt sie auch eine Spur mehr Sauerstoff.

Und in meinen Astronomiestunden hatte ich gelernt, daß kein anderer Planet in unserem Sonnensystem eine Atmosphäre besitzt, die von menschlichen Lungen verarbeitet werden kann. Der Mars, so hatte man mir beigebracht, besaß eine kalte, dünne Atmosphäre wie die, die man auf den Gipfeln des Mount Everest vorfindet; und von den äußeren Planeten nahm man an, daß sie dicht in giftiges Methan und Ammoniak eingehüllt waren.

Aber meine Brust hob und senkte sich ruhig, und ich atmete diese Luft, ohne Schaden zu leiden, ja, ohne die geringste nachteilige Wirkung zu spüren.

Das war höchst geheimnisvoll, aber am Ende stellte es nur eines der vielen Tausende von Geheimnissen dar, die mich jetzt umgaben, wohin ich auch blickte. Ich gab schließlich den Versuch, dieses Geheimnis zu enträtseln, als aussichtslos auf und entschied mich zu warten, bis sich weitere Indizien boten.

Inzwischen war die Nacht hereingebrochen, und mit der Dunkelheit kamen neue Geheimnisse – darunter ein Wunder, das mein Begriffsvermögen überstieg.

Als ich himmelwärts blickte, entdeckte ich einen *vierten* Mond, der sich über den Horizont schob. Er war sehr klein und schwach, verglichen mit den drei mächtigen Scheiben, deren vielfarbiges Licht die Dunkelheit erhellte – aber es handelte sich deutlich sichtbar auch um eine Scheibe, die über den nächtlichen Himmel zog.

Mir fiel kein Planet mit vier Monden ein. Bedeutete dies, daß der geheimnisvolle Transporterstrahl, wie ich ihn nannte, mich über die Grenzen des Sonnensystems hinausgeschleudert hatte, auf die Kreisbahn irgendeines unbekannten Planeten, der einen fernen Stern umrundete?

Die Antwort auf diese neue Frage kam schnell und entschieden.

Während ich mich noch am Rande des dunklen Dschungels dahinbewegte, wurde die Welt um mich plötzlich von einem kräftigen, roten Schein erleuchtet, der den Himmel wie in einer unglaublich mächtigen Explosion aufleuchten ließ.

Ich wandte mich um, um dieses neue Phänomen zu betrachten, und stieß vor Erstaunen einen Schrei aus.

Ein unglaublich strahlender Bogen aus Licht tauchte am Horizont auf.

Der fünfte Mond – falls dies ein Mond war – mußte entweder unvorstellbar riesenhaft oder dem Planeten, auf dem ich stand, unvorstellbar nahe sein – denn der Bogen, den er bildete, teilte eine beträchtliche Spanne des dunklen Horizonts in zwei Teile. Wenn ein so riesenhafter Körper so nahe war, dann war nur schwer zu begreifen, warum die Gravitationskräfte die beiden Weltkörper nicht in einer schrecklichen Kollision gegeneinanderprallen ließen.

Und dann wurde mir, je länger ich hinsah, eine unglaubliche Tatsache bewußt. *Der Bogen aus Licht verbreiterte sich zusehends.* Und je höher er am Himmel dieser Dschungelwelt stieg, statt sich zu einem Globus zu runden, desto offenkundiger wurde es, daß dieser neue fünfte Mond sogar noch größer war als ich zunächst angenommen hatte.

Größer und größer hob sich dieser leuchtende Globus über den Horizont. Jetzt schien er schon fast *ein Viertel des sichtbaren Horizonts* zu bedecken.

Mein Staunen über dieses seltsame Schauspiel war unbeschreiblich groß.

Kein Bewunderer der Sterne im alten Babylon, kein großer Astronom in seinem nächtlichen Observatorium hatte je ein solches Wunder des Himmels gesehen, wie es sich mir jetzt darbot.

So strahlend hell, daß man es nicht glauben konnte, riesenhaft groß und jeder Beschreibung spottend, schöner als das schönste Traumbild hob sich dieser titanenhafte Globus endlich ganz über den Horizont. Seine Oberfläche war in horizontale Zonen geteilt, die in einer Vielfalt von Farben erstrahlten. Große Teile seiner Oberfläche waren von einem unbeschreiblich schönen Pfirsichrosa. Streifen von Braun und schimmerndem Bernstein, kräftigem Orange und leuchtendem Ocker, Ziegelrot und samtigem Purpurgrau teilten die Oberfläche dieses titanenhaften, mächtigen Schildes in zehn Zonen, von denen die mittlere, dem Äquator zugeordnete, mindestens doppelt so breit wie die anderen war.

Und auf der südlichen Hemisphäre brannte wie eine bösartige Narbe, wie eine kolossale Flammengrube ein funkelndes karminrotes Auge.

Und jetzt wußte ich, wo ich mich befand.

Dies war nicht der unbekannte Planet irgendeines fernen Sternes; dieser braun und gelb gestreifte Riese mit seinem funkelnden Roten Fleck war zu identifizieren.

Der Strahl jener geheimnisvollen Kraft hatte mich auf die Oberfläche eines der zwölf Monde des Planeten Jupiter transportiert.

Plötzlich erregte ein zischendes Geräusch meine Aufmerksamkeit. Das Geräusch kam vom Rande des Dschungels. Obwohl ich nichts sehen konnte außer knorrige, ebenholz- und karminfarbene Bäume sowie zackiges Laubwerk, wußte ich, daß das Geräusch von einem beutegierigen Raubier stammte. Ich spürte im Verborgenen lodernde Augen, die mich beobachteten.

Und dann wurde mir klar, daß ich mich in tödlicher Gefahr befand. Ich hatte mich wie ein Narr benommen, war wie ein Träumer durch diese verzauberte Landschaft gewandert. Dabei wäre es doch viel klüger gewesen, sofort nach einem Weg zurück zu meiner eigenen Welt zu suchen.

Jener scheibenförmige Stein, der sich wie ein Altar inmitten des Ringes aus Säulen befand, bestand er nicht aus demselben glatten, leuchtenden jadeartigen Stoff wie jener der Mündung des geheimnisvollen Brunnenschachts im fernen Arangkôr? Der Transporterstrahl – oder um was immer es sich auch handeln mochte – mußte eine Verbindung zwischen dieser fremden Welt und jener verlorenen Stadt in den Dschungeln von Kambodscha darstellen. Wenn ich im Mittelpunkt jenes Kreises aus Monolithen stand, würde ich dann nicht die Reise zurück zur Welt meiner Geburt antreten?

Ich drehte mich um und begann auf das Tor-zwischen-den-

Welten zuzulaufen. Aber es war zu spät.

Wieder hallte jener schreckliche zischende Schrei, und jetzt kam ein phantastisches Tier, das einem Alptraum entsprungen zu sein schien, direkt durch das karminfarbene Blattwerk auf mich zugerast.

Man stelle sich einen Säbelzahntiger vor, gekreuzt mit irgendeinem kolossalen Reptil aus vorgeschichtlichen Zeiten, dann vermag man sich ein Bild des Geschöpfes zu machen, das jetzt mit flammendgelben Augen aus dem Busch auf mich zuraste. Sein geschmeidiger, katzenartiger Leib war der Inbegriff schierer stählerner Kraft. Aber anstatt in den gestreiften Pelz einer Dschungelkatze war sein sehniger Leib in Schlangenschuppen gekleidet. Und diese Schuppenhaut war von leuchtendem Smaragdgrün, das am Bauch in ein bräunliches Gelb überging. Seine Füße waren mit Krallen bewehrt wie die eines Vogels, und auf seinem Rücken verlief ein Kamm aus scharfen Zacken vom Kopf bis an die Spitze seines hin und her schlagenden Schlangenschweifes.

Der Kopf des Monsters war eine drohende Maske aus lauter Zähnen. Durchdringende, kalte Augen, in denen es gelb flakkerte, blickten mich an. Und jetzt stieß diese unglaubliche Kreatur wieder dieses zischende Brüllen aus und jagte hinter mir her. Ich rannte um mein Leben.

Seltsame, unwahrscheinliche Gedanken durchlaufen den Geist eines Menschen, wenn er am Rande der Ewigkeit steht. Der Gedanke, der mich in diesem Augenblick beherrschte, war, daß dieses Schreckensgeschöpf, diese sehnige Vernichtungsmaschine mit ihrem peitschenartigen Schweif und mit den Sägezähnen am Rücken zweifellos beinahe unbesiegbar war. Und doch – wie geschickt schützt die Natur auch ihre schwächeren Kinder auf dieser fremdartigen, schrecklichen Welt. Konnte doch diese glitzernde Schuppenhaut aus smaragdgrünem Panzer sich nur schwer in dem Dschungel verstecken, dessen karminrotes Blattwerk auffällig mit dem grünschuppigen Katzengeschöpf kontrastierte! So durfte sich dieses Monstrum ganz entschieden nicht auf seine Tarnung verlassen, sondern konnte als einzige Waffen im Kampf um Nahrung und Überleben nur seine Geschwindigkeit und die Wut seines Angriffs einsetzen.

Später erfuhr ich, daß das Geschöpf, das mich jagte, der schreckliche *Yathrib* war, die wilde Drachenkatze der Dschungel von Thanator – eine noch um vieles tödlichere Kreatur als selbst der prähistorische Säbelzahntiger meiner eigenen Heimatwelt.

Ich rannte wie der Wind, aber der Yathrib hatte mich schon beinahe eingeholt, ehe ich die Hälfte der Strecke zu dem Kreis aus Steinsäulen und der Jadescheibe des Tores zurückgelegt hatte. Sein heißer Atem leckte an meinen nackten Beinen. Noch ein paar Schritte, und dann würden meine Abenteuer auf dieser wundersamen Welt ein jähes und unappetitliches Ende finden.

Und dann raste eine Gruppe noch unglaublicherer Geschöpfe den Abhang hinauf, über dessen Kamm ich dem schützenden Zufluchtsort des Tores zujagte.

Die Ereignisse entwickelten sich so schnell, daß ich zuerst gar keine Zeit hatte, mir ihrer bewußt zu werden. Ich warf einen hastigen Blick auf fremdartige, bleiche, übermäßig schlanke Gestalten. Sie waren in irgendwelche glitzernde Panzer gekleidet und ritten auf seltsamen Tieren, die wie flügellose, riesige Vögel aussahen – und dann zügelte der vorderste der hageren Reiter sein Tier vor mir und schoß einen Pfeil von dem großen Kriegsbogen, den er in seinen schlanken, glänzenden Armen hielt.

Hinter mir hörte ich ein ersticktes Grunzen. Ich neigte mich im Laufen etwas zur Seite, um nicht gegen die Reiter zu stoßen, und verfing mich dabei mit dem nackten Fuß in einer Wurzel, so daß ich auf den karminroten Rasen stürzte. Jeden Augenblick rechnete ich damit, die Klauen des Dschungelscheusals in meinem Fleisch zu verspüren. Aber nichts geschah.

Ich rollte mich zur Seite, sprang wieder auf und sah den Yathrib sich im Grase wälzen und mit den Hinterbeinen vergebens an einem schwarzen Pfeil zerren, der in seiner weichen, ungeschützten Kehle steckte.

Der bleiche, fast schwindsüchtig wirkende Reiter hatte das Scheusal in dem Augenblick erlegt, in dem es sich angeschickt hatte, mich niederzureißen.

Der Pfeil war beinahe einen Meter lang und ohne Zweifel aus demselben schwarzen Holz geschnitzt, aus dem die knorrigen, ineinander verschlungenen Bäume des Dschungels hinter mir bestanden. Mit unglaublicher Sicherheit hatte der gepanzerte Reiter den Yathrib an der Stelle getroffen, die, wie ich später erfahren sollte, seine einzig verwundbare Stelle war – das weiche Gewebe am Ansatz seiner Kehle, wo der zähe, smaragdgrüne

Schuppenpanzer seine lebenswichtigen Organe nicht hinreichend schützte.

Und jetzt würgte die Drachenkatze vor meinen Augen eine faulige Flut schwarzen Schleimes aus dem mit Fängen bewehrten Maul, zuckte noch ein paarmal und erstarrte dann im Tode.

Zitternd drehte ich mich um, um meinen Rettern zu danken. Und in diesem Augenblick legte sich etwas wie ein Lasso um meine Schultern, glitt an meinen Oberarmen herunter und straffte sich ruckartig. Der Anführer der berittenen Gruppe hatte es aus einem dünnen Rohr geschleudert. Jetzt spannte er das Seil an und zog. Ich wurde kopfüber in das karminrote Gras geschleudert, die Arme hilflos an die Seiten gepreßt.

Welch grimmige Ironie des Schicksals! Vor den geifernden Fängen des Yathrib war ich bewahrt worden, nur um von meinem Retter selbst gefangen genommen zu werden.

Er stieg ab, beugte sich über mich und äußerte dabei in einer mir unbekannten Sprache harte, metallisch klingende Worte. Undeutlich erblickte ich ein unmenschliches Gesicht – eine ausdruckslose Maske aus glänzendem, silbergrauen Horn, wie der Panzer eines riesigen Krebses. Große Augen wie blitzende, schwarze Juwelen. Ein seltsamer, scharfer, medizinisch wirkender Geruch, der mir irgendwie vertraut vorkam, ging von ihm aus.

Die Farbe meines Haares und meiner Augen schienen ihn irgendwie zu beeindrucken, denn obwohl ich die Worte seiner Sprache nicht verstehen konnte, berührte seine hornige Hand immer wieder mein Haar, und einmal tastete ein horniger Finger auch vorsichtig über meine Augenlider.

Im nächsten Moment wurde ich in die Luft geschleudert und fand mich mit dem Gesicht nach unten hinter dem Sattel auf dem gefiederten Leib des seltsamen Vogelpferdes wieder, das er ritt. Dann schwang mein Fänger sich ebenfalls hinauf, riß die Zügel herum, und die ganze Gruppe setzte sich wieder in Bewegung.

Ich warf einen verzweifelten Blick nach hinten und sah zu, wie die Jadescheibe und der Ring aus Säulen, meine einzige Hoffnung auf Rückkehr in meine Heimatwelt, immer kleiner wurde und bald hinter uns in der Ferne verschwand.

Jetzt begann die erste Periode meiner Gefangenschaft auf Thanator. Zwei Monate lang war ich Gefangener der seltsamen Geschöpfe, die mich vor dem Angriff des Yathrib gerettet hatten. Die Tage verstrichen langsam und ereignislos, während ich mich an das seltsame Leben der Dschungelwelt gewöhnte. Ein Tagebuch meiner Gefangenschaft würde viel zuviele Seiten dieses Manuskripts füllen, deshalb werde ich nur von den Entdeckungen berichten, die ich im Lager der Yathoon-Horde machte.

Als ich mir die fremdartigen Geschöpfe ansah, die mich gefangen genommen hatten, sah ich, daß sie in keiner Weise menschlich waren. Am ehesten ähnelten sie mit ihrer hageren, fast dürren Gestalt und ihren ruckartigen, vielgliedrigen Bewegungen riesigen Insekten, etwa überdimensionalen Gottesanbeterinnen. Ob sie nun wirklich in technischem Sinne Insekten waren oder nicht, muß ich Männern der Wissenschaft überlassen, die vielleicht eines Tages dieses Dokument, das ich jetzt schreibe, in Händen halten werden. Hier möge es genügen, daß sie jedenfalls Insekten mehr glichen als jeder anderen Lebensform, die mir geläufig ist.

Sie waren etwa sieben Fuß groß und unglaublich schlank und fast wie Skelette gebaut. Wie bei vielen echten Arthropoden waren ihre schlanken Körper in eine äußere Hornschicht gekleidet, die an Chitin erinnerte. Dieses aus Segmenten bestehende Exoskelett war von gleichmäßigem Silbergrau und gab einen scharfen, aber nicht unangenehmen Geruch ab, der mich an den metallischen Geruch von Ameisen erinnerte – ich glaube, Ameisensäure nennt man das.

Wie viele Insektenformen auf dieser Erde, besitzt auch der thanotorische Arthropode einen Körper, der aus drei Hauptabschnitten besteht.

Zunächst der Kopf, ein horniges, fast ungegliedertes, eiförmiges Gebilde, das am kleineren Ende spitz zuläuft. Diese Köpfe haben, soweit ich das bisher feststellen konnte, weder Nase noch Nasenlöcher. Der Mund- und Kiefernmechanismus verbirgt sich an der Unterseite dieser Ovoids und ist zu kompliziert, als daß ich ihn mit Worten genau schildern könnte.

Sie haben zwei Augen, von denen je eines an den beiden Kopfseiten sitzt und viel größer als das menschliche Auge ist, dafür aber nur aus Pupille zu bestehen scheint. Diese Augen werden offensichtlich nicht von Facetten gebildet, wie man es bei Insekten eigentlich erwarten würde; vielmehr sind sie schwarz und glänzend und ohne jeden Ausdruck. Um zu blinzeln, braucht der Arthropode zwei hornige, durchscheinende Membranen, die oben und unten an der Augenhöhle angebracht sind und das Auge völlig bedecken.

Die Insektengeschöpfe haben keine Ohren oder zumindest keine äußeren Ohren, und ich habe bis jetzt nicht feststellen können, wie sie überhaupt Geräusche aufnehmen. Dafür besitzen sie zwei lange, dünne, sich verjüngende und mit Gelenken versehene Antennen und Fühler, die über den beiden Augen wachsen und sich elegant nach hinten über den Schädel legen. Vermutlich reagieren diese Fühler auf Schallschwingungen.

Statt eines Halses besitzen sie eine mit Gelenken versehene röhrenförmige Struktur, die aus zwei Ringen besteht, mit denen ihr Kopf am zweiten Körpersegment befestigt ist, dem Thorax, einem glatten, glänzenden, aufrecht stehenden Ovoid, welches größer als der Schädel ist und keine Schultern besitzt. An diesem Körperteil sind zwei lange Arme mit mehreren Gelenken befestigt. Ihre Arme sind doppelt so lang wie menschliche Arme und besitzen ein Extragelenk, eine Art zweiten Ellenbogen. Sie bestehen aus sich verjüngenden Chitinschäften und sehen wie nackte Knochen aus, die in sehr langen, dünnen, abgeflachten und segmentierten Fingern enden. Von diesen Fingern gibt es vier, wobei das mittlere Paar fast vier Zoll länger ist als die beiden äußeren Finger, die ebenfalls gleich lang sind. Einen Daumen besitzen sie nicht. Da jeder ihrer Finger über sechs Gelenke verfügt und äußerst flexibel zu sein scheint, vermögen sie Gegenstände mindestens mit der gleichen Leichtigkeit zu manipulieren, wie unsere menschlichen Hände das vermittels des abgespreizten Daumens können.

Der Thorax des Arthropoden – den Oberkörper könnte man ihn nennen – ist durch eine schmale Taille mit dem Leib verbunden, einer langen, sich nach unten zu verjüngenden, spindelförmigen Struktur, die zwischen den Beinen hängt. Diese hinteren Gliedmaßen besitzen ebenso wie die Vordergliedmaßen ein Extragelenk und enden in vierzehigen (oder vierklauigen) flachen Füßen. Diese Füße besitzen drei weit abstehende Zehen vorne und eine vierte Zehe hinten, die an den Sporn einer Vogelkralle erinnert. Diese vielgliedrigen Hintergliedmaßen sind höchst seltsam gebaut. Das erste Segment (das man Schenkel nennen könnte) erstreckt sich vom Hüftgelenk nach vorne und endet in einem Kniegelenk; das zweite Segment, das Unterbein, verläuft scharf nach hinten und endet in einem Knöchelgelenk, von dem ein drittes Segment wieder nach vorne weist und in einem weiteren Knöchelgelenk mit riesigen, klauenähnlichen Zehen endet.

Diese hinteren Gliedmaßen mit ihren mehrfachen Gelenken erinnern stark an die Struktur eines Hundehinterbeins. Die Arthropoden können unglaublich schnell laufen; ihre großen Hinterbeine gestatten ihnen mächtige Sätze. Im Krieg benutzen sie die Glieder in höchst seltsamer Weise. Die Yathoon-Krieger tragen nämlich zusätzlich zu den großen, schwarzen Kriegsbögen höchst ungewöhnliche Schwerter. Diese Peitschenschwerter, wie man sie nennt, ähneln in gewisser Weise dem auf der Erde gebräuchlichen Florett, sind aber erstaunlich lang – gute sechzig Zoll – und bestehen aus fingerdünnem, sehr flexiblen Stahl. Sie enden vorne nicht in einer Spitze, sondern in einer Art mit Widerhaken versehener Klinge, ähnlich einer Pfeilspitze. Diese Schwerter benutzen sie ähnlich wie Peitschen, und wenn man von den Widerhaken an der Spitze getroffen wird, so hinterläßt das eine schreckliche Wunde. Im Kampf springen die Arthropoden plötzlich wie riesige Grashüpfer in die Luft, und ihre langen Arme verteilen schnelle, weitausholende Schläge mit den Peitschenschwertern, die man nur sehr schwert parieren kann und denen man am besten ausweicht, indem man rückwärts oder zur Seite springt. Ein Duell zwischen zwei Yathoon-Kriegern – und während meiner Internierung bei ihnen habe ich deren viele gesehen – ist eine höchst eigentümliche Szene springender agiler Gestalten, die hoch in die Luft hüpfen und ihre Peitschenschwerter schrill durch die Luft pfeifen lassen.

Aber trotz ihrer Größe, ihrer Geschicklichkeit und ihrer Geschwindigkeit sind die Arthropoden an Kraft dem Menschen unterlegen. Das ergibt sich aus der Eigenart ihrer Muskulatur. Das innenliegende menschliche Skelett dient als kräftige Struktur, an der unsere Muskeln verankert sind, was Hebelwirkung verleiht. Die Insektengeschöpfe hingegen *haben* kein Innenskelett, und ihre Außenkruste aus Horn dient dazu, sich starr und aufrecht zu halten. Aus diesem Grunde sind die Muskeln der

Arthropoden ziemlich lose an den Innenwänden dieses Exoskeletts befestigt, was ihnen nur den Bruchteil der Muskelkraft eines Menschen verleiht.

Ob sie sich tatsächlich aus Insekten entwickelt haben, kann ich nicht sagen. Aber wenn ich mich richtig erinnere, besitzen Insekten auf der Erde keine Lunge, und ihr Unterthorax enthält kleine Löcher, durch die Sauerstoff in ihr System eindringt. Die Arthropoden von Thanator haben echte Lungen, denn die in Segmente geteilten Platten ihres Thorax dehnen sich rhythmisch aus und ziehen sich dann wieder zusammen und werden von einer harten und doch flexiblen, gummiartigen Substanz, die man auf der Erde vielleicht als Knorpel bezeichnen würde, zusammengehalten; und so hebt und senkt sich ihr Brustkasten in dem Maße, wie sich dahinter die Lunge mit Luft füllt und sie wieder abgibt. Vielleicht handelt es sich gar nicht um Insekten, und sie stammen von irgendeiner anderen Art von Schalengeschöpfen ab. Ich kann hier nur das wiedergeben, was ich beobachtet habe; mir fehlt das Wissen, diese Beobachtungen wissenschaftlich zu interpretieren.*

Für die Dauer meiner Gefangenschaft war ich Besitz des Kriegers, der mich gefangen genommen hatte – desselben männlichen Wesens, das die Jagdgruppe angeführt hatte und dessen schneller Pfeilschuß den Yathrib an jenem Abhang gefällt hatte. Bald erfuhr ich, daß die Insektengeschöpfe eine Sprache besaßen und daß mein Besitzer unter seinen Rassegenossen als Koja bekannt war.

Meine Position inmitten der Krieger der Yathoon (wie sie sich selbst nennen) war schwierig zu erklären. Ich war Gefangener, aber nicht im eigentlichen Sinne Sklave; es war mir gestattet, überall im Lager herumzugehen, hingegen durfte ich das Lager

* Captain Darks Schilderung der Arthropoden von Thanator läßt sie tatsächlich als höchst ungewöhnliche »Insekten« erscheinen. Dr. Edmund Bailey von der Columbia University, ein weithin bekannter Experte für Insekten, erklärt, daß alle echten Insekten, mit ganz wenigen Ausnahmen, nicht vier, sondern sechs Gliedmaßen besitzen; Lungen sind bei echten Insekten nie beobachtet worden. Auch scheinen den thanatorischen Arthropoden selbst rudimentäre Flügel zu fehlen, was ihre Klassifizierung höchst dubios macht. Und kein echtes Insekt besitzt etwas, das auch nur andeutungsweise auf Finger oder vogelähnliche Füße hindeutet. Dr. Bailey sieht sich außerstande, eine irdische Spezies zu finden, der solche Geschöpfe angehören könnten; vielmehr scheinen sie den Insekten, die wir auf der Erde kennen, nur in höchst oberflächlicher Weise zu gleichen. – L. C.

nicht verlassen, was mir auch unmöglich gewesen wäre, da ich dauernd bewacht wurde.

Koja war ein *Komor* oder Häuptling seiner Horde. Seinen Rang hatte er sich durch Geschicklichkeit im Kriege und nicht etwa durch edle Geburt erworben. Seine Position in der Hierarchie seines Clans war sehr hoch, und er verfügte daher über ein fürstliches Gefolge.

Dieses Gefolge beziehungsweise dieser Haushalt, dem ich jetzt angehörte, bestand aus einem Dutzend junger Kadettenkrieger und zweimal soviel Bediensteten. Die Kadetten waren keine leiblichen Abkömmlinge von ihm, sondern jugendliche Krieger des Clans, die sich in seine Dienste begeben hatten, um von einem Krieger höchsten Ruhmes die Kunst des Kampfes und der Jagd zu lernen. Das entsprach in etwa dem System, das im Mittelalter auch auf der Erde geherrscht hatte und bei dem die jüngeren Söhne von Adelshäusern in die Dienste eines anderen Herren traten und von ihm eine ritterliche Ausbildung sowie eine Schulung in den edlen Künsten der Höflichkeit, des Kavalierstums und der Ehre erhielten. Die Kadetten lebten bei Koja, dienten ihm, unterstützten ihn bei seinen Jagdzügen und trugen seine Livrée.

Der Teil des Lagers, der für Kojas Gefolge zur Verfügung stand, umfaßte etwa zwanzig Zelte aus schwarzem Filz, die in einem Doppelkreis angeordnet waren, wobei das größte Zelt in der Mitte stand. Koja selbst lebte zusammen mit seinem Hort oder Schatz in diesem Mittelzelt. Was meine Position in Kojas Gefolge anging, so glaube ich, daß man mich eher als Besitz denn als Gefangenen betrachtete, und in diesem Zusammenhang möchte ich erklären, daß bei den Yathoon Rang und Position nicht nur nach den kriegerischen Tugenden, sondern auch nach dem Wohlstand bemessen wurden. Die Arthropoden besitzen kein Tauschmedium, wie beispielsweise Münzen, aber das Gefolge eines jeden Kriegshäuptlings schützt seinen Hort. Dabei handelt es sich nicht um das, was wir als einen Schatz betrachten würden – Edelsteine oder wertvolle Metalle, ja selbst Kunstwerke sind für die Yathoon völlig wertlos –, sondern um etwas, das wir eher als Kuriositätensammlung ansehen würden. Seltene Muscheln, ungewöhnlich geformte oder gefärbte Steine, eigenartig verwachsene Holzstücke, bunte Federn, Tierschädel – das etwa stellt die »Schätze« dar, die von einem Yathoon-Häuptling gehütet werden. Die Zelte seines Gefolges erinnern an das Lager einer Packratte oder an ein Elsternnest. Und so begriff ich nach einer Weile irgendwie amüsiert, daß meine Position am »Hofe« Kojas etwa die eines wertvollen Besitzes, eines *Amatar* war.

Ich war eine exotische Kuriosität!

Zu dieser Zeit nahm ich an, daß ganz Thanator nur von diesen nomadischen Arthropodenstämmen bewohnt und ich etwas Einzigartiges sei. Erst viel später sollte ich erfahren, daß die Yathoon-Horde ihre Welt mit wenigstens drei anderen völlig unterschiedlichen Rassen intelligenter menschlicher Wesen teilte, und daß es dem für sie seltsamen Farbton meines gelben Haares und meiner blauen Augen zuzuschreiben war, daß ich wertvoll war – ein »Sammlergegenstand«.

Meine ersten Eindrücke dieser ungeschlachten, sich wie auf Stelzen bewegenden Insektengeschöpfe waren, wie ich glaube, ganz natürlich von Ekel und Schrecken bestimmt. Ich habe nie unter der Angst vor kriechenden Insekten gelitten, aber die fremdartigen, gesichtslosen Arthropoden unterschieden sich so vollkommen von allem, was ich je gesehen hatte, daß meine erste Reaktion die war, sie abstoßend und ekelhaft zu finden.

Zum Teil war diese Reaktion während der ersten Tage meiner Sklaverei der Furcht zuzuschreiben, daß ich mich in unmittelbarer Gefahr befand, als Hauptgericht irgendeines ekelhaften Kannibalenmahles serviert zu werden – oder zumindest, daß ich bald auf den Altären irgendeiner fremdartigen Gottheit zu Tode gefoltert werden sollte. Aber dieses Schicksal blieb mir erspart. Nach einer Weile erfuhr ich, daß mich weder Kannibalismus noch Folter bedrohten und daß meine Kerkermeister mich anständig behandelten.

Wie gesagt, meine erste Reaktion auf die Arthropoden war wegen ihres häßlichen und unmenschlichen Aussehens die des Ekels. Unmenschlich waren sie zweifellos, aber »häßlich« ist eine Frage des Maßstabes. Die Tatsache, daß sie sich erheblich vom homo sapiens unterschieden, war zweifellos kein Grund, ihr Aussehen automatisch abstoßend zu finden. Bald ertappte ich mich dabei, daß ich sie bewunderte. Ihre schlanken Gestalten entbehrten nicht einer gewissen Grazie – ja, man könnte sogar sagen, einer bestimmten kalten, nichtmenschlichen Schönheit. Mit ihren schlanken Gliedern und ihrer ungewöhnlichen Größe nahmen sie nach einiger Zeit, die man brauchte, um mit ihnen vertraut zu werden, etwas von der Würde und der Majestät der schlanken, hageren Statuen eines Giacometti oder der fremdartigen Steinfiguren eines Henry Moore an.

Sie hatten tatsächlich auch etwas von der glatten, irgendwie ökonomischen Effidienz einer wohlkonstruierten Maschine. Fast konnte ich mir diese vielgelenkigen Gliedmaßen wie glattgearbeitete Kolben vorstellen. Es haftete ihnen etwas von der leidenschaftslosen Schönheit der Maschine, gepaart mit dem Grandiosen der Bildhauerkunst, an.

Um es kurz zu sagen: Seit ich keinen Grund mehr hatte, um mein Schicksal zu fürchten, fand ich sie auch nicht mehr angsteinflößend.

Ich stellte fest, daß sie mich gut behandelten oder mich zumindest nicht offenkundig mißhandelten. Sie schienen mir überhaupt recht wenig Aufmerksamkeit zu widmen und sich ganz ihrem mir unvorstellbaren Innenleben und ihren eigenen Geschäften hinzugeben.

Tatsächlich fütterten und umsorgten mich Kojas Sklaven – gefangene Arthropoden, die er im Kampf mit rivalisierenden Clans gewonnen hatte – aufmerksam, wenn auch kühl. Die Arthropoden kennen die menschlichen Gefühle nicht – Liebe, Freundlichkeit, Freundschaft und Gnade sind ihrer Mentalität völlig fremd. Eine garstige Haltung, um die man sie keineswegs zu beneiden braucht; aber wenn sie schon keine Freundlichkeit kennen, so ist ihnen auch im gleichem Maße jede Art von Grausamkeit fremd. Gefangene werden von ihnen weder gefoltert noch mißhandelt.

Koja verhörte mich nach unserer Rückkehr in das ausgedehnte Kriegslager der Horde ausführlich. Meine Unfähigkeit, seine hart und metallisch klingende Sprache zu verstehen, schien ihn zu verblüffen. Ebenso sehr verblüffte ihn offenbar der Klang meiner Sprache. Ich versuchte es mit Spanisch und Portugiesisch (mit beiden Sprachen war ich seit meiner Kindheit intim vertraut) und anschließend mit ein bißchen Französisch, Deutsch und Vietnamesisch. Aber alle diese Sprachen waren ihm völlig fremd. Schließlich stelzte er hinaus und überließ mich der Obhut eines seiner Bediensteten, einem Arthropoden namens Sujat. Sujat war persönlich damit betraut, mich zu versorgen, was er auch mit kühler Effizienz tat.

Eine Reihe von Symbolen wurden ziemlich schlampig auf meine Brust gemalt – Symbole, deren Bedeutung ich erst etwas später erfahren sollte. Was den Rest meines Leibes anging, so blieb ich so nackt, wie ich bei meinem ersten Erscheinen auf dieser Welt gewesen war. Die Yathoon brauchen natürlich infolge ihres chitinigen Exoskeletts, das ihre Weichteile vor Schaden und Witterungsextremen schützt, keinerlei Kleidung. Da sie keine externen Sexualorgane besitzen, fehlt ihnen auch jeder Begriff körperlicher Scham, ebenso sind ihnen Schmuck und Mode fremd.

Ihr einziges Kleidungsstück, wenn man es dieses Begriffs würdig findet, ist ein Lederriemen, den sie wie eine Art Wehrgehänge am Oberkörper tragen und an dem das lange Peitschenschwert befestigt ist, das sie also sozusagen auf der Schulter tragen (wenn sie Schultern hätten, was nicht der Fall ist). Diese fünf Fuß lange Waffe kann nicht an der Hüfte getragen werden. Dieses Wehrgehänge und eine Reihe gemalter Symbole am Vorderteil ihres Oberkörpers stellen ihre ganze Bekleidung dar. Die Symbole ähneln denen, die auf meine Brust gemalt wurden, und es sollte nicht lange dauern, bis ich erfuhr, was sie bedeuteten.

Obwohl Sujat für mich zuständig war, fungierte Koja als mein Lehrer in der thanatorischen Sprache. Vermutlich war dies eine außergewöhnliche Ehre. Ich nehme jedoch an, daß das Ganze einzig und allein durch Kojas Neugierde hinsichtlich seines neuen Spielzeugs ausgelöst wurde. Jedenfalls lehrte Koja mich seine Sprache mit einem ungeheuren Maß an Geduld und Hartnäckigkeit, die ich an einem menschlichen Wesen für höchst bewunderungswürdig gehalten hätte. Aber ich war – wenigstens in diesem frühen Stadium – außerstande, meinen »Besitzer« in menschlichen Kategorien zu messen. Seine hagere, fremdartige Persönlichkeit schien mir zumindest in gewissem Maße immer noch abstoßend.

Ihre Sprache war sehr interessant und in vieler Hinsicht einmalig. Später entdeckte ich, daß die vier Rassen, die Thanator bewohnen, eine gemeinsame Sprache haben – angesichts ihrer ungeheuren Unterschiede zunächst kaum glaubhaft – eine gemeinsame Sprache also, die in jeder Hinsicht, mit Ausnahme vielleicht ihres Vokabulars, identisch ist. Die Arthropoden besitzen – oder benutzen zumindest – keinerlei Wörter für solche menschliche Begriffe wie »Liebe«, »Freundschaft«, »Mutter«, »Vater«, »Frau« oder »Sohn«.

Wie ich später erfuhr, haben diese Begriffe in der Universalsprache dieses Planeten sehr wohl einen Platz. Aber da die Arthropoden diese Begriffe nicht brauchen, kennen sie sie auch nicht.

Auf dem Dschungelmond hat man nie eine andere Sprache als diese einzige Universalsprache gekannt; tatsächlich bereitete es mir in den frühen Tagen meiner Gefangenschaft die größte Mühe, meinen »Gastgebern« die Vorstellung begreiflich zu machen, daß mir ihre Sprache völlig fremd war und ich daher geduldiger Unterweisung darin bedurfte. Allein die Vorstellung eines intelligenten Wesens, das mit der gemeinsamen Sprache nicht vertraut war – ganz zu schweigen davon, daß es »eine andere« Sprache sprach – schien ihnen unvorstellbar. Ich bin überzeugt, daß Koja mich zumindest anfänglich für geistesgestört hielt, einen Idioten oder zumindest eine Art Kretin in mir sah. Aber schließlich gelang es mir mit einiger Mühe, ihm begreiflich zu machen, daß ich ihre Sprache zu erlernen wünschte, und er nahm sich meiner mit großem Nachdruck an.

Da ich den größten Teil meines Lebens damit verbracht habe, mich in allen Winkeln der Erde herumzutreiben, bin ich mit einem Dutzend auf der Erde gesprochener Sprachen einigermaßen vertraut. Demzufolge fiel es mir auch keineswegs schwer, die Grundlagen des Thanatorischen rasch zu meistern. Anfangs war es ganz leicht. Ich pflegte auf Gegenstände, Körperteile, Werkzeuge, Waffen, Möbelstücke zu deuten und erfuhr von dem völlig ausdruckslosen Koja die entsprechenden thanatorischen Ausdrücke. Als Hilfe für das Auswendiglernen dieser Wörter schrieb ich sie in englischen Buchstaben nieder, ein Vorgang, der meinen Lehrmeister in hochgradiges Erstaunen zu versetzen schien. Unter dem Sammelsurium von Kuriositäten, die Kojas Reichtum bildeten, fand ich eine emaillierte Kassette mit Schreibgeräten, ähnlich einem japanischen Schreibbesteck. Dies war übrigens der erste Hinweis, den ich erhielt, daß die Krieger von Yathoon ihre Welt mit einer höheren Zivilisation teilen. Die Arthropoden selbst hatten nämlich von der hohen Kunst des Schreibens keine Ahnung. Und als ich Sujat mit Hilfe geeigneter Gesten vorschlug, daß ich gerne diese Instrumente benützen würde, stelzte er aus dem Zelt, um seinen Herrn und Meister zu holen, der sogleich erschien und mir interessiert zusah, wie ich mich mit dem Schreibgerät vertraut machte.

Für mich war sofort klar, daß Koja keine Ahnung hatte, weshalb ich kleine, krakelige Zeichen mit dem zugeschnittenen Ende einer *Thaptorfeder** machte, die in schwarze Substanz eingetaucht wurde, und auf Blätter von bräunlichem Papier gekritzelt wurden, das wie grober Papyrus aussah. Aber nachdem ich die Geräte mit höchster Sorgfalt handhabte, entschloß er sich, mir das Spiel mit ihnen zu gestatten, da ich offenkundig nicht die Absicht hatte, seine »Schätze« zu beschädigen.

So in die Lage versetzt, ein Wörterbuch thanatorischer Begriffe für meine eigenen Studien anzufertigen, machte ich in meinem Bemühen die Sprache zu meistern, schnelle Fortschritte. Es dauerte nicht lange, und wir drangen über die einfachen Hauptwörter zu den Zeitwörtern vor, wobei wir vermutlich ein lächerliches Schauspiel lieferten, indem wir die verschiedenen Handlungen darzustellen versuchten. An eine besonders heitere Szene erinnere ich mich noch lebhaft: Koja verdeutlichte mir ein Zeitwort, indem er auf und ab hüpfte. Ich brauchte eine Weile, um zu begreifen, ob er mir nun das Wort für »hüpfen« oder »gehen« oder »hinauf« oder was sonst bewußt machen wollte. Und die ganze Zeit befand sich der arme Kerl mit seinem ernsten und völlig ausdruckslosen Gesicht draußen vor meinem Zelt auf der festgestampften Erde und sprang würdig auf und ab wie ein zu groß geratener Grashüpfer!

Wie gesagt, wir stießen bei unseren Sprachlektionen auf keine wirklichen Schwierigkeiten, bis wir über die gewöhnlichen Haupt- und Zeitwörter, die Farben und die Zahlen hinaus in die komplizierteren Gefilde der Pronomina und der kleinen Bindewörter vorstießen. Vermutlich ist dies immer schwierig, wenn man eine Sprache auf diese Weise erlernt – wie in aller Welt *illustriert* man so schwer faßbare Begriffe wie »und«, »der« oder »von«? Ich war auch bisher nie gezwungen gewesen, eine Sprache ohne ein gedrucktes Lehrbuch oder einen Lehrer, der mit meiner eigenen Sprache vertraut war, zu erlernen.

Im Verlaufe dieser Lektionen, denen wir fast jeden Tag vom Morgen bis zum Abend nachgingen, sammelte ich eine ungeheure Menge der unterschiedlichsten Informationen. Ich ent-

* Captain Dark hat anscheinend vergessen, daß er bisher noch nicht von dem Thaptor berichtet hat; das ist der Name, den man den Vogelpferden von Thanator verliehen hat. Die Kielfedern in diesem Schreibkabinett (zweifellos Handwerksarbeit von Ku Thad) stammten entweder von dem mähnenähnlichen Federbusch am Kopf des Thaptor oder aus dem Schwanzgefieder. – L. C.

deckte, daß die Arthropoden eine Rasse kriegerischer Nomaden waren, die in einige miteinander rivalisierende Clans aufgeteilt waren und sich beständig im Krieg befanden, wobei die ganze Zeit jeder Clan gegen alle anderen kämpfte. Diese Clans, insgesamt fünf an der Zahl, waren – trotz dieser Rivalität – alle Teile derselben Horde, der Yathoon, und unterstanden alle einem gemeinsamen Anführer, der als der Arkon bekannt war, was man vermutlich als »König« definieren konnte. Dieser Arkon, dessen Name Uthar war, lebte weit entfernt an einem geheimen Ort in den Bergen. Die verschiedenen Clans der Horde zogen alle paar Monate von ihrem Versteck aus, um nach Fleisch (und »Schätzen«) zu jagen und kehrten zu einem bestimmten Zeitpunkt wieder zurück. Wenn sie ihre Hauptstadt betraten – Koja nannte sie »das geheime Tal von Sargol« – befanden sie sich sofort im Frieden miteinander, unabhängig davon, daß sie außerhalb der steinernen Tore des geheimen Tals dauernd gegeneinander Krieg führten und sich rücksichtslos bekämpften.

Den Namen des Clans, der mich gefangen genommen hatte, erfuhr ich nie. Ich glaube übrigens gar nicht, daß die fünf Clans Namen hatten, mit denen man sie hätte unterscheiden können – eine Tatsache, die mir recht bemerkenswert erschien. Koja erklärte mir das in seiner üblichen feierlichen Art.

»Wir kennen den Clan, dem wir angehören«, sagte er. »Und wir wissen, daß die Männer aller anderen Clans unsere Feinde sind. Und wenn wir einem Fremden begegnen, so erkennen wir ihn. Was brauchen wir also Bezeichnungen?«

Ich hatte an dieser Feststellung nichts auszusetzen, denn schließlich war es ebenso gut möglich, daß die Mitglieder eines Clans jeden Fremden an dessen andersartigem Geruch erkannten; aber ich ergriff diese Gelegenheit, eine Frage zu stellen, die mich schon eine Weile beschäftigt hatte.

»Was bedeuten dann aber die farbigen Markierungen am oberen Thorax aller Yathoonkrieger?«

Ich sollte an dieser Stelle vielleicht erklären, daß an der Oberseite des Thorax eine eigenartige Serie von Symbolen in bunten Farben aufgemalt war: rot, schwarz, grün und gold. Es handelte sich dabei nicht um alphabetische Symbole – ich hatte ja aus Kojas Reaktion auf meinen Gebrauch der Schreibutensilien gelernt, daß die Arthropoden den Begriff des Schreibens nicht kennen – vielmehr handelte es sich um geometrische Symbole, Linien,

Kurven und unregelmäßige Kleckse in allen Farben.

Mein Lehrmeister erklärte mir, daß es sich dabei um – aber hier komme ich zu einem nicht zu übersetzenden Begriff, der offenbar nur den Insektengeschöpfen verständlich ist. Diese Hieroglyphen, oder um was immer es sich handeln mochte, dienten als Markierungen, um den Rang im Stamm, das Prestige und die Zahl der getöteten Feinde deutlich zu machen. Eine seltsame Kombination von militärischen Rangabzeichen mit den Klebemarken am Leitwerk eines Jagdflugzeuges, vermute ich, welche die Zahl der abgeschossenen feindlichen Maschinen angeben soll. Jedenfalls freute es mich, daß meine Neugierde zu diesem Thema befriedigt wurde. Bis zur Stunde hatte ich angenommen, daß es sich um Eigennamen oder heraldische Markierungen handelte, die Familienbündnisse anzeigten. Aber ich hatte bereits entdeckt, daß die Yathoonkrieger gemeinsame Frauen haben und den Begriff einer speziellen Lebensgefährtin nicht kennen konnten. Tatsächlich ist ihnen der Begriff Vaterschaft unbekannt; sie wissen nur, daß ihre Frauen in regelmäßigen Abständen eine madenähnliche Larve legen, die zu einem männlichen oder weiblichen Angehörigen ihrer Rasse heranreift. Da kein Yathoon weiß, wer sein Vater oder seine Mutter war, und da alle Yathoon-Larven oder -Jungen gemeinsam aufgezogen werden, gibt es bei den Arthropoden so etwas wie ein Familienleben überhaupt nicht. Ich habe mich oft gefragt, ob dieses völlige Fehlen einer Familie oder des Vater- bzw. Mutterbegriffs vielleicht der Grund war, daß ihnen die etwas zarteren Empfindungen völlig abgingen.

Mag sein. Oder vielleicht auch nicht. Da sie nicht der menschlichen Art angehören – ja, nicht einmal der Gattung der Säugetiere – wäre es wahrscheinlich töricht, von diesen fremdartigen Geschöpfen warme Empfindungen zu erwarten, und ebenso unvernünftig, es als einen Mangel anzusehen, daß sie von solchen Gefühlen nichts wußten. Und doch waren sie zweifellos eine kalte, harte Rasse ohne Religion, Wissenschaft, Kunst, Philosophie und Gefühle. Sie lebten nur für den Krieg und für die Jagd. Ein eigenartiges Volk.

Die Bediensteten im Gefolge eines Häuptlings trugen keine solchen Markierungen an ihrem Thorax; ich hingegen tat das sehr wohl. Als ich Koja deshalb befragte, erklärte er mir endlich meine irgendwie amüsante Position als exotische »Kuriosität« in seiner Sammlung; alle seine Besitztümer waren so markiert, um es rivalisierenden Häuptlingen unmöglich oder zumindest schwierig zu machen, seine Schätze zu stehlen.

Als ich mit der thanatorischen Sprache vertrauter war, verbrachte ich viele Stunden im Gespräch mit meinem »Besitzer«. Ich erfuhr, daß Koja einer der mächtigsten *Komors* in seinem ganzen Clan war, ein Krieger von weithin reichendem Ruf, ein Jäger von beneidenswertem Geschick.

Das Fleisch, das die Yathoon auf ihren langen Jagdzügen erbeuteten, wurde in Fässern aus mit Gewürzen behandeltem Holz eingesalzen oder sonst irgendwie konserviert und dann inmitten der Gruppe auf einer Art Erntewagen mitgeführt, die von Taptorgespannen gezogen wurden.

In etwa drei Wochen würde ihre große Wanderung nach Hause, in das geheime Tal ihrer Rasse, beginnen. Ich war sehr neugierig darauf, zu erfahren, unter welchen Umständen die weiblichen Yathoon lebten und wie sie ihre Jungen aufzogen. Also erwartete ich mit einiger Ungeduld das Signal zum Abbruch des Lagers.

Aber ehe die Wanderung beginnen konnte, kam es zu einem unvorhergesehenen Zwischenfall, der dazu führte, daß ich meinen ersten Freund unter den fremdartigen, nichtmenschlichen Bewohnern dieser fernen Welt fand.

Koja hatte sich den größten Teil dieses Tages im Lager aufgehalten, und so benutzte ich diese Gelegenheit, mich etwas in diesem riesenhaften Lager der Horde umzusehen, um so die fremde Lebensart seiner Bewohner zu studieren.

Als ich zu der Gruppe von Zelten zurückkehrte, die meinem Besitzer gehörten, fand ich die Bediensteten aus Kojas Gefolge höchst erregt vor. Es gab unter den Bediensteten nur einen, der mir genügend vertraut war, um ihn von den anderen unterscheiden zu können: das war Sujat. Ich fragte ihn, worauf die Erregung und das Durcheinander zurückzuführen seien, und er teilte mir mit seiner kalten und harten Stimme mit, daß unser gemeinsamer Herr und Meister Koja an diesem Morgen einen Jagdausflug unternommen habe und von einer feindlichen Jagdgruppe, die einem anderen Clan entstammte, angegriffen worden sei. Die Krieger unseres Clans seien besiegt und vertrieben worden.

»Und was ist mit Koja?« fragte ich. Sein Blick war kalt und ausdruckslos, als er antwortete: »Er ist schwer verwundet, und man hat ihn zum Sterben liegen lassen.«

Es fällt mir nicht schwer, meine Gefühle zu analysieren, die ich empfand, als ich von diesem Mißgeschick hörte. Offengesagt beschäftigte mich dabei auch ein gewisses Maß an persönlichem Interesse. Sollte Koja nämlich sterben, so würde sein persönlicher Besitz an den nächstmächtigen Häuptling der Yathoon fallen, einen Arthropoden namens Gamchan. Während Koja mich, wenn schon nicht freundlich, so doch zumindest auch nicht unfreundlich behandelt hatte, hatte Gamchan oft laut in meiner Gegenwart bemerkt, daß ich keine Kuriosität, sondern ein häßlicher Bastard sei; er erwähnte zwei Nationen oder Rassen, von denen ich noch nichts gehört hatte: »eine Mischung aus einem Piraten von Zanadar und einem Ku Thad«, so drückte er sich immer aus.

Ich hatte angenommen, daß Gamchan auf Koja eifersüchtig war und durch solche Reden dessen wertvollste Kuriosität – mich – schlechtmachen wollte. Koja nahm von der schlechten Laune des neidischen Gamchan keine Notiz, zumal es sich bei ihm um einen Unterhäuptling von niedrigerem Rang und Ansehen handelte. In der hierarchischen Struktur des Hordenkommandos stand er allerdings an nächster Stelle hinter Koja. Ich machte mir keine Illusionen über die Behandlung, mit der ich rechnen mußte, sollte ich das Unglück haben, in Gamchans Hände zu fallen.

Neben dem Problem meiner persönlichen Sicherheit war da aber auch noch meine Verpflichtung gegenüber Koja, der mich nicht nur vor dem Yathrib gerettet hatte, sondern mir auch in seinem Gefolge Nahrung und Unterkunft gewährt hatte. Also erkundigte ich mich bei Sujat nach der Schwere von Kojas Verletzungen.

Auf meine Fragen zuckte Sujat lediglich die Achseln – oder richtiger ausgedrückt, zuckte er gleichgültig mit seiner Antenne – eine Geste, die bei den Yathoon in etwa unserem Achselzucken entsprach. Ich schloß daraus, daß die Yathoonkrieger sich nicht um ihre Verletzten kümmerten. Hier sah ich erneut die negativen Resultate ihrer völligen Gefühllosigkeit, andererseits aber auch, wie vorteilhaft es war, daß ihnen jegliche Art von Grausamkeit fehlte. Unter Barbarenvölkern der Erde, wie beispielsweise den Mongolenhorden, wurden die eigenen Verletzten häufig getötet.

Zumindest hatten Kojas Kameraden sich nicht die Mühe gemacht, ihn umzubringen: sie hatten ihn einfach zum Sterben liegen lassen.

Zu den Besitztümern Kojas gehörten einige Thaptore; dies sind die eigentümlichen Vogelpferde, die die Thanatorianer als Reittiere benutzen. Sie sind etwa so groß wie ein Hengst auf der Erde, vielleicht auch ein wenig größer, und besitzen wie ihre irdischen Gegenstücke vier Beine, einen gekrümmten Hals, und werden mit einem Sattel geritten und mit Zügel und Zaumzeug gelenkt. Beim Thaptor handelt es sich nämlich um eine vierbeinige Spezies eines flügellosen Vogels mit klauenbewachsenen Füßen, die einen Sporn besitzen wie ein Hahn. Ihr Hals ist am Schädelansatz von einem steifen Federkranz umgeben, der fast wie die Mähne eines Pferdes wirkt. Ihr Kopf freilich ist dem der Pferde höchst unähnlich und besitzt einen scharfen gelben Papageienschnabel und funkelnde Augen, in denen eine hellgefärbte Pupille, umgeben von einer schwarzen Iris, den Beschauer bösartig anstarrt. Diese Vogelpferde werden mit großer Mühe an das Zaumzeug gewöhnt und bewahren sich immer einen Rest Wildheit, obwohl sie nach einer Weile ihre Besitzer kennen und sich damit abfinden, diese tragen zu müssen. Aber wehe dem Fremden, der es versucht, ein Thaptor zu reiten!

Ich schnappte mir also ein sauberes Tuch und einen Wasserbehälter und ging in den Hof hinaus, wo Kojas Thaptore in Pferchen eingeschlossen waren. Ich muß gestehen, daß ich ziemlich nervös war. Ich hatte diese Thaptore häufig gefüttert und ihnen Wasser gegeben und wußte, daß sie mich erkennen würden. Ob eines mich freilich auf seinem Rücken dulden würde, war eine andere Frage, die ich mir mit einigem Zweifel stellte.

Sujat folgte mir neugierig.

»Was hast du vor?« fragte er.

»Ich werde Koja helfen«, sagte ich.

»Aber Koja ist verwundet«, meinte er. Seine Worte hatten einen fatalistisch endgültigen Klang, so, als hätte er gesagt: »Koja ist tot.«

Ich kletterte über die Pferchstangen und lockte eines der Thaptore, das mir immer etwas weniger unfreundlich als die anderen erschienen war, mit beruhigenden, glucksenden Lauten an.

»Wunden heilen«, meinte ich. Sujat zuckte mit seiner Antenne.

»Welchen Unterschied macht das?« fragte er gleichgültig.

»Für dich keinen – für mich schon«, sagte ich. »Das ist eben der Unterschied zwischen deiner Art und der meinen, Sujat.«

Ich sattelte das Thaptor, das unruhig zur Seite ausbrechen wollte, sich jedoch bald meinem Griff fügte. Dann kletterte ich mit gehörigem Wagemut in den Sattel, wobei ich dem Thaptor die ganze Zeit leise zuredete. Es sah sich mit seinem großen, runden, bösartigen Papageienauge um, schien aber nicht besonders darüber verärgert, mich im Sattel zu sehen. Ich begann mich zu entspannen.

»Wo ist Koja?« fragte ich. Sujat beschrieb mir den Ort, den ich ohne Schwierigkeiten zu finden hoffte.

Auf meine Bitte öffnete Sujat mir das Tor des Pferchs, und ich lenkte das Thaptor hinaus und den schmalen Weg aus festgestampfter Erde hinunter, der zwischen zwei Reihen von Zelten hindurch auf das südliche Tor des riesigen Lagers zuführte. Da die Mittagsstunde war, waren nur wenige Krieger zu sehen; die meisten aßen im Inneren ihrer Behausungen. Aber eine ganze Menge Bedienstete waren unterwegs, die mich jetzt mit einer Art träger Gleichgültigkeit musterten.

Ich hatte damit gerechnet, mich mit den Wächtern am Lagertor länger auseinandersetzen zu müssen; aber das war nicht der Fall. Einer der Wächter rief mich an: »Wo gehst du hin, Jandar? Du weißt doch, daß du das Lager überhaupt nicht verlassen darfst.«

Ich sollte an dieser Stelle vielleicht erklären, daß es für Thanatorianer schwierig ist, meinen Namen, Jon Dark, auszusprechen. Aus ihrem Munde klingt er eher wie Zhan-dar oder Jandar. Nach einigen vergeblichen Versuchen, diese Aussprache zu korrigieren, hatte ich mich daran gewöhnt. Und seitdem war ich für die Bewohner Thanators immer Jandar geblieben.

»Ich werde dem Häuptling Koja helfen«, antwortete ich.

»Aber er ist verwundet!«

»Deshalb braucht er ja meine Hilfe«, antwortete ich.

Irgendwie schien das sein Begriffsvermögen zu übersteigen. Da stand er jetzt – ein hochgewachsenes, ungeschlachtes Geschöpf, auf dessen Panzer aus silbriggrauem Chitin das Tageslicht glänzte, und spielte mit dem Heft seines langen Peitschenschwertes.

»Aber vermutlich ist Koja inzwischen bereits tot«, wandte er ein. »Und er hat befohlen, daß du das Lager nicht verläßt.«

»Wenn Koja tot ist, dann sind seine Befehle doch bedeutungslos – oder nicht?« fragte ich. Und dann ritt ich, ohne eine Antwort abzuwarten, jedoch auch ohne übertriebene Hast an dem verblüfften Wächter vorbei und ließ ihn stehen. Zweifellos zerbrach er sich jetzt den Kopf darüber, was er tun sollte.

Ich ritt fast eine Stunde, bis ich die Stelle fand, an welcher der Kampf stattgefunden hatte. Einige tote Arthropoden lagen ringsum, und ich entnahm den mir fremden Thoraxmarkierungen, daß es sich um Krieger des rivalisierenden Clans handeln mußte.

Offenbar hatte Koja sich noch etwas wegschleppen können, denn er lag jetzt halb gegen den dornigen Stamm eines Soradbaumes gelehnt. Der Sorad ist unter den Bäumen des thanatorischen Dschungels insoweit eine Seltenheit, als er nicht schwarzes Holz und karminrotes Blattwerk, sondern karminrotes Holz und schwarzes Blattwerk besitzt. Ich wußte, daß diese Eigenheit ihn für die Yathoon höchst interessant machte, weil sie alles hochschätzten, was ungewöhnlich ist, und Einmaliges fast abergläubisch verehren. Zweifellos verlieh die Seltenheit des Soradbaumes ihm in den Augen Kojas den Aspekt besonderer Verehrungswürdigkeit, und zweifellos hatte er sich deshalb mühsam zu seinem Standort hingeschleppt. Jetzt lag er träge und mit stumpfen Augen da und wartete auf den Tod, empfing aber durch die Nähe des ungewöhnlichen Baumes wenigstens einen gewissen Trost. Seine Augenlider öffneten sich, und ihr schwarzglitzernder Blick traf mich, als ich näherkam, aus dem Sattel stieg und zu ihm trat.

»Jandar? Weshalb bist du hier?« fragte er mit schwacher Stimme, als ich neben ihm niederkniete, um seine Wunden zu untersuchen.

»Um dir zu helfen«, erwiderte ich. Er hatte einen schrecklichen Schlag quer über die Thoraxpartie erlitten. Die Klinge eines feindlichen Peitschenschwertes hatte den Hornpanzer aufgerissen, und er verlor seine Körperflüssigkeit. Ein blasiger Schaum einer farblosen, öligen Flüssigkeit quoll aus dieser schrecklichen Wunde, und der scharfe, medizinische Gestank von Ameisensäure hing in der Luft.

Koja vermochte zwar etwas schneller zu denken als die Mehrzahl seiner Rassegefährten; aber auch für ihn war es unvorstellbar, daß ein Geschöpf einem anderen auf dieser Welt Hilfe leistete, nachdem doch alle Wesen in einem beständigen Kampf gegen alle anderen Wesen lebten.

»Warum solltest du mir helfen wollen?« fragte er mich, als ich begann, mich um seine Verletzungen zu kümmern.

Während ich, so gut ich konnte, mit sauberen Tüchern, die in frisches Wasser getaucht waren, die Wunde reinigte, erwiderte ich etwas abwesend: »Weil du mich aus den Fängen des Yathrib gerettet hast. Weil du mir Nahrung und Unterkunft und den Schutz deines Gefolges gegeben hast – in einer Welt, wo alle Wesen für mich Fremde sind. Und weil du mich nicht mißhandelt hast.«

»Das sind Tatsachen, keine Gründe«, wehrte er ab.

»Nun gut, wenn du einen Grund haben willst, dann, weil ich –« und hier mußte ich zögern; im Wortschatz der Yathoon gibt es keine Worte für Begriffe wie Freundschaft oder Mitleid; am nächsten kam dem noch das Wort *Uhorz*, das so etwas wie »Verpflichtung« bedeutet.

»Weil ich dir gegenüber *Uhorz* empfinde«, sagte ich schließlich.

»Uhorz?«

»Ja. Und jetzt sprich bitte nicht. Ich muß die Ränder deiner Wunde dicht aneinander ziehen und sie so verbinden, wenn sie heilen sollen.«

Irgendwie schaffte ich es, Koja zum Lager zurückzubringen, obwohl wir sehr langsam gehen mußten, damit seine Wunden nicht wieder aufrissen und er dabei weitere Körperflüssigkeit verlor. Ich ging zu Fuß und führte das Vogelpferd am Zügel, während Koja aufrecht, wenn auch vor Schwäche schwankend, im Sattel ritt. Ich ging so langsam und so vorsichtig wie möglich, um Koja Schmerzen zu ersparen. Aber ich glaube, daß er während der Reise wenigstens einmal die Besinnung verlor. Ich hatte ihn vorsichtshalber im Sattel festgebunden, wozu ich Stoffetzen benutzt hatte, die ich von den feuchten Tüchern gerissen, mit denen ich vorher seine Wunde gesäubert hatte.

Es bereitete keine Schwierigkeiten, das Lager wieder zu betreten. Die Wächter standen da und starrten mich an, als ich das Thaptor an ihnen vorbeiführte, machten aber keine Anstalten, mich in irgendeiner Weise zu behindern. Wenn Koja lebte, war er ein Häuptling von großer Macht, Autorität und Fähigkeit; wenn er starb, war er für sie ohne jede Bedeutung. Da ich mit Koja in das Lager zurückgekehrt war und diese Gelegenheit nicht dazu benutzt hatte, zu fliehen, konnte man ihnen auch keinen Vorwurf daraus machen, daß sie mir ursprünglich das Verlassen des Lagers gestattet hatten.

Sujat und ich brachten Koja zu Bett. Die Yathoon schlafen in einer Art Nest aus Tüchern: ungemein unbequem, zumindest für Menschen, sie scheinen aber diese Nester zumindest ausreichend zu finden. Koja war in einen tiefen, tranceähnlichen Schlaf gefallen, und ich versuchte nicht, ihn zu wecken, auch nicht, um ihn zum Essen zu veranlassen.

Die nächsten paar Tage schlief er ununterbrochen. Da Sujat keinerlei Interesse am Gesundheitszustand seines Herrn zu haben schien, kümmerte ich mich um ihn. Das war ganz einfach. Da die Arthropoden die pharmazeutischen Künste nicht kennen, gab es keine Salben oder Medizin oder Heiltränke, mit denen ich ihn hätte behandeln können. Es blieb mir also nur, einmal täglich die Verbände zu wechseln und dafür zu sorgen, daß frisches Wasser und Nahrung zur Hand waren, sollte er plötzlich erwachen und danach verlangen.

Einige Male während dieser Tage kam Gamchan zu Kojas Zelt und verlangte Einlaß. Ich sagte ihm jedesmal, mein Meister schliefe und wünsche nicht gestört zu werden. Er schien verblüfft, daß ich für mich so ungewohnte Autorität in Anspruch nahm, und wußte nicht recht, wie er sich verhalten sollte. Er fragte wiederholt, ob Koja tot sei, worauf ich ihm jedesmal der Wahrheit gemäß antwortete, daß Koja lebe. Er pflegte dann murrend wegzugehen, aber es wurde jedesmal schwieriger, ihn am Eintreten zu hindern.

Ich hatte nicht die geringste Angst vor Gamchan, denn inzwischen war mir der enorme Unterschied klargeworden, der zwischen den Kräften der Insektengeschöpfe und denen eines menschlichen Wesens bestand. Aber ich verspürte keine Lust, offen gegen die eindeutigen Gesetze der Yathoon-Horde zu verstoßen oder gar offene Feindschaft zwischen einem unbedeutenden Besitzstück wie mir und einem Häuptling wie Gamchan zu riskieren.

Am Ende schien der Heilungsprozeß einzusetzen. Knorpel bildeten sich, die Wundränder verschwanden und verhärteten schließlich zu Chitin. Koja erwachte und verlangte nach Nahrung. Er war äußerst geschwächt und ausgehungert, schien sich aber auf dem Wege der Besserung zu befinden. Er erkundigte sich, von wem er versorgt worden sei, und ich erklärte ihm, daß ich das selbst getan hätte. Darauf erwiderte er nichts, ich ertappte ihn jedoch später dabei, wie er mich nachdenklich musterte.

Gegen Ende des zweiten Monats meines Aufenthalts bei den Kriegern der Yathoon-Horde kam der Befehl, daß alles für den Aufbruch zum geheimen Tal vorbereitet werden müsse. Koja, der inzwischen wieder auf den Beinen war und sich von seinen Verletzungen völlig erholt zu haben schien, kam eines nachts, kurz vor dem Aufbruch des Clans, in mein Zelt. Er hielt ein Bündel Kleider und ein Peitschenschwert in der Hand.

»Zieh das an, Jandar«, sagte er mit feierlich klingender Stimme.

Ich sah das, was er gebracht hatte, neugierig an. Schließlich waren das die ersten Kleidungsstücke, denen ich bei den Yathoon begegnete, sah man einmal von dem Wehrgehänge und der Schulterscheide ab. Was er gebracht hatte, war ein am Hals offenes Lederhemd mit kurzen Ärmeln, das offenbar für eine Anatomie wie die meine bestimmt war. Unten reichte das Hemd bis zum halben Schenkel. Dazu gehörten noch ein Lendentuch und weiche Halbstiefel, die an den Knöcheln geschnürt wurden.

»Was ist das, Koja?«

»Kleidung, wie Geschöpfe deiner Art sie tragen«, antwortete er ruhig. »Ich habe mich immer wieder gefragt, warum Wesen wie du ihren Körper mit solchen Schichten bedecken, aber mir ist schon einige Male aufgefallen, daß dein Körper weicher ist als der meine. Wahrscheinlich ist diese Bedeckung dazu bestimmt, diese Weichheit vor den scharfen Dornblättern des Dschungels zu schützen.«

»Das ist sehr aufmerksam von dir«, sagte ich. »Dann will der Clan also durch den Dschungel reiten?«

»Der Clan nimmt die Hügelstraße in die Berge«, sagte er. »Aber für dich werden die Dschungel am sichersten sein.«

Meine Pulse gingen schneller, als ich begriff, was er damit sagte.

»Du läßt mich also fliehen?« sagte ich.

»Ja«, antwortete er. »Nimm dieses Schwert zu deinem Schutz.

Und hier sind Lebensmittel. Sobald es ganz dunkel geworden ist, kannst du dich zum Lagertor schleichen. Dann ist die Gefahr am geringsten, daß man dich entdeckt. Sollte jemand dich aufhalten, dann sage, daß du auf Befehl des Häuptlings Koja handelst.«

Er wandte sich ab und öffnete die Zeltklappe und wäre ohne ein weiteres Wort hinausgegangen, hätte ich ihn nicht aufgehalten.

»Warum tust du das, Koja?« fragte ich.

Er wandte sich um und sah mich eine Weile schweigend an. Seine schwarzen Augen waren ohne jeden Ausdruck; die harte, schimmernde Maske seines eiförmigen Gesichts war außerstande, Gefühle zu zeigen, und seine metallische Stimme klang immer gleich. Aber in seinen Worten drückte sich eine Vielfalt von Gefühlen aus.

»Ich tue das, damit du weißt, daß selbst ein Yathoon-Krieger *Uhorz* empfinden kann«, sagte er einfach.

Und dann ging er.

Und so verließ ich das Yathoon-Lager, wo ich meine zwei ersten Monate auf Thanator in Gefangenschaft verbracht hatte.

Es fiel mir nicht schwer, das Lager zu verlassen, denn die Nacht war so dunkel, daß die Sicht stark behindert war. Nur ein Mond stand am Himmel, der grüne Orovad, und in den Wirren des Aufbruchs hatte keiner Augen für die kleine menschliche Gestalt, die sich leise von einem Schatten zum nächsten schlich, bis sie das Lager hinter sich gelassen hatte.

Jetzt stand ich allein den geheimnisvollen Schrecken der Dschungel von Thanator gegenüber, aber ich hatte keine Angst. Ich war bekleidet und bewaffnet und trug einen Sack mit Proviant auf dem Rücken. Ich wußte nicht, wohin ich mich wenden würde, aber es genügte schon, daß ich endlich frei war und hingehen konnte, wohin ich wollte. Ich hätte das Tor-zwischen-den-Welten gesucht, hätte ich gewußt, in welcher Richtung es lag. Aber ich wußte es nicht, und Kojas Entschluß, mir die Freiheit zu gewähren, war so plötzlich und unerwartet gekommen, daß ich gar nicht daran gedacht hatte, mich bei ihm danach zu erkundigen.

Ich erreichte den Rand des Dschungels, ehe der zweite Mond aufging, der rosarote Imovad, und drang in den Dschungel ein. Zwei Nächte und zwei Tage zog ich durch die unwegsamen

Dschungel von Thanator, ohne die leiseste Ahnung zu haben, wohin meine Beine mich trugen. Nicht einmal die Himmelsrichtung kannte ich. Ich sollte hier vielleicht erklären, daß auf Thanator – ich wußte zu dieser Zeit noch nicht, welcher der zwölf Monde des Jupiter Thanator war – die Sonne so weit entfernt ist, daß sie nur die Helligkeit eines Sterns besitzt. Die Oberfläche des Dschungelmondes erhält sehr wenig direktes Sonnenlicht. Ich war nie imstande gewesen, die Herkunft des Lichts zu ergründen, das Thanator einhüllt, aber ich vermute, daß es Sonnenlicht ist, welches von der ungeheuer großen Scheibe des Jupiter reflektiert wird, oder vielleicht von den drei großen Monden, die stets am Himmel stehen.

Aber ich habe auch ein seltsames Phänomen beobachtet. Die Bahnen der großen Jupitermonde sind ungeheuer kompliziert, und manchmal steht untertags nur ein einziger Mond am Himmel von Thanator. Eigenartigerweise verändert dies aber die Helligkeit des Tageslichts überhaupt nicht. Vielmehr bleibt das Tageslicht stets gleichmäßig hell, ganz egal, wieviele Monde am Himmel stehen und ob die riesige Scheibe des Jupiter nun zu sehen ist oder nicht. Ich habe mich oft gefragt, ob das, was Tageslicht zu sein scheint, in Wirklichkeit nicht irgendeine Ausstrahlung der oberen Atmosphäre ist; ich habe schon an anderer Stelle in diesem Bericht über meine Abenteuer darauf hingewiesen, wie seltsam der Himmel von Thanator aussieht – jene goldenen Nebel, die wie ein Film überall liegen. Vielleicht ist die Beleuchtung, die den Mond erhellt, irgendwie auf die Auswirkung einer Strahlung zurückzuführen, die jene goldenen Nebel trifft, bei denen es sich um eine Schicht aus unbekanntem Gas handeln muß, das hoch über der Luft von Thanator hängt. Vielleicht ist diese Wirkung dem Licht verwandt, welches von Neongas ausgeht, wenn ein elektrischer Strom es durchzieht. Sie kennen natürlich die Neonröhre, jene grandiose Erfindung der Werbeindustrie: der träge Dampf ruht in Glasröhren, die – durchfließt sie elektrischer Strom – hell aufleuchtet. Vielleicht bestehen die oberen Regionen der thanatorischen Atmosphäre aus Neon oder einem vergleichbaren Edelgas, das während der Tagesstunden einem beständigen Bombardement elektrischer Energie ausgesetzt ist.

Aber dies war nur eine der verblüffenden Fragen, die mich während der vielen Wochen meiner Gefangenschaft beschäftigt hatten.

Ich hatte auch häufig darüber nachgedacht, wo ich mich eigentlich befand. Der Astronomie hatte stets mein großes Interesse gegolten, und ich verstehe mich auch gut auf Zahlen und besitze ein nahezu fotografisches Gedächtnis. So konnte ich mich auch an eine Vielfalt von Daten, das Sonnensystem betreffend, erinnern, genug, wie es schien, um daraus eine feste Meinung abzuleiten.

Offensichtlich handelte es sich bei meinem augenblicklichen Aufenthaltsort um einen der zwölf Monde des Jupiter. Um einen der zwei dem Jupiter am nächsten stehenden Planeten konnte es sich kaum handeln, nämlich Mars oder Saturn. Der Mars kreist fast dreihundert Millionen Meilen näher an der Sonne als der Jupiter, und zweifellos würde auch dieser gigantische Planetenriese am Himmel des Mars nicht so mächtig sein. Der Mars besitzt auch nur zwei Monde, und diese Welt hatte wenigstens deren vier.

Ebensowenig konnte es sich um den Saturn handeln, und zwar weitgehend aus denselben Gründen. Saturn war nämlich von Jupiter noch viel weiter entfernt als der Mars – runde vierhundert Millionen Meilen.

Die einzigen Himmelskörper in genügender Nähe des Jupiter, welche dieser Riesenwelt praktisch die völlige Beherrschung ihres Himmels ermöglichten, mußten also die Jupitersatelliten selbst sein. Ich erinnerte mich, daß einige dieser Satelliten ziemlich groß sind. Io, der zweite Mond, wenn man vom Jupiter nach außen zählt, hat einen Durchmesser von etwa zweitausend Meilen, ist also nur unbedeutend kleiner als der Mond der Erde selbst. Europa, der nächste Satellit ist etwas kleiner, während der vierte Mond, Ganymed, mit seinem Durchmesser von mehr als dreitausend Meilen vielleicht der größte aller Monde im Sonnensystem ist. Der fünfte Mond, Callisto, hat einen Durchmesser von rund zweitausendsiebenhundert Meilen. Die Monde jenseits der Callistobahn, Hestia, Hera, Demeter sind alle äußerst klein, ihre Durchmesser variieren zwischen zehn und achtzig Meilen. Diese drei konnte ich also aus meinen Überlegungen getrost streichen. Und die vier äußersten Jupitermonde – Adrastea, Pan, Poseidon und Hades – konnte man ebenfalls vergessen, weil sie einerseits sehr klein sind und sich andererseits im entgegengesetzten Drehsinn, bezogen auf die anderen Monde, bewegen. Mein Schluß lag daher auf der Hand und bereitete keine Schwierigkeiten. Drei große Monde und ein sehr kleiner waren am nächtlichen Himmel zwischen dieser Welt, auf der ich mich befand, und die von den Eingeborenen Thanator genannt wurde, und zwischen ihrem titanenhaften Muttergestirn zu sehen; bei ihnen mußte es sich um die vier innersten Jupitersatelliten handeln, den ersten Mond Amalthea, und die drei größeren: Io, Europa und Ganymed. Daraus schloß ich, zumindest zu meiner eigenen Befriedigung, daß Thanator Callisto war.*

Aber wenn dies stimmt, wie kommt es dann, daß die Schwerkraft Callistos jener der Erde so verblüffend ähnelt? Der Durchmesser der Erde am Äquator beträgt 7927 Meilen und ist damit fast dreimal größer als der des Callisto. Es wäre also vernünftig, anzunehmen, daß Callistos Schwerkraft nur ein Drittel der der Erde ausmacht. Aber dies ist nicht der Fall.

Und wie kann eine so kleine Welt eine Atmosphäre festhalten? Der Mond der Erde ist nur ein wenig kleiner als Callisto, und seine Schwerkraft reicht nicht aus, um auch nur annähernd etwas von der dicken, würzigen Luft festzuhalten, die ich jetzt schon seit zwei Monaten geatmet hatte. Würde ich je die Antwort auf diese Geheimnisse finden?

Während der ganzen Zeit meines Aufenthaltes auf Thanator habe ich nie aufgehört, mir den Kopf zu zerbrechen, wie es zu diesen seltsamen und verblüffenden Anomalien kommen konnte, wie es also möglich war, daß die lebende Realität, in der ich mich bewegte, so völlig anders war als das, was ich vom Zustand auf der Oberfläche eines Jupitersatelliten je gelernt hatte.

Alles, was die Astronomen auf der Erde jemals über die Lebensumstände auf anderen Welten entdeckt hatten, deutete klar darauf hin, daß Callisto eine tote, gefrorene, luftlose Welt mit zackigen Bergspitzen, bedeckt mit Ammoniak-Schnee, hätte sein müssen. Und doch bewegte ich mich hier durch eine Dschungellandschaft von seltsamer, erschreckender Schönheit, eine

* Ich habe mir die Mühe erspart, Captain Darks Zahlen in diesen vier Abschnitten zu korrigieren, da sie in etwa richtig sind. Ich möchte dem Leser aber die nun folgenden genaueren Daten über Callisto liefern: Callisto ist einer der größten Monde im Sonnensystem, er besitzt einen Durchmesser von 2770 Meilen, einen Umfang von 8700 Meilen und kreist im Abstande von 1 171 000 Meilen um den Planeten Jupiter. Er wurde von Galilei im siebzehnten Jahrhundert entdeckt. Es handelt sich bei Callisto um den fünften Jupitermond.

Dschungellandschaft in rot und schwarz, in der es von exotischem Leben wimmelte.

Bis zu dieser Stunde habe ich die Antwort auf dieses Rätsel noch nicht gefunden.

Am dritten Tage meiner Freiheit erschreckte mich plötzlich in einiger Entfernung vor mir Kampflärm.

Ich hatte bemerkenswertes Glück gehabt, daß mich meine Reise durch die schwarzen und karminroten Dschungel bis jetzt nicht in gefährlichen Kontakt mit einem der vielen wilden Raubtiere gebracht hatten, von denen dieser Planet wimmelte. Zum Teil war dies, so vermute ich, dem blinden Zufall oder meinem Glück zuzuschreiben; in gewissem Maße aber war es auch das Verdienst einer gewissen, öligen Creme, welche die Arthropoden zuzubereiten verstanden. Diese Substanz, aus Kräutersäften destilliert, besitzt die seltsame Eigenschaft, Reisende, die sich damit bestreichen, vor den Angriffen eines Yathrib zu bewahren. Obwohl meine Nase ihren Geruch nicht wahrnehmen kann, scheint sie Yathribs ausgesprochen unangenehm zu sein.

Die Yathoonjäger benutzen sie, um Yathrib aus ihrer Umgebung zu verjagen, während sie damit beschäftigt sind, eine Tierart, die sich *Vastodon* nennt und die sie wegen ihres saftigen Fleisches jagen, zusammenzutreiben. Der Yathrib ist ein Raubtier, der keinerlei Skrupel dabei empfindet, selbst einen Yathoon-Jäger anzugreifen, und wenn die großen Stammesjagden abgehalten werden, haben diese schrecklichen Drachenkatzen der Dschungel von Thanator die lästige Angewohnheit, sich zu verstecken, während die Jäger ihre Fleischtiere zusammentreiben, und dann plötzlich anzugreifen und die Beute selbst wegzuschleppen. Besagte Creme, mit ihrem unangenehmen Geruch, ist daher ein wertvolles Hilfsmittel bei diesen Fleischsammelaktionen, und ich war weitblickend genug gewesen, einen Topf dieser Creme mitzunehmen und meine bloßen Arme und Beine stets reichlich mit dem öligen Zeug zu beschmieren.

Ich trat durch eine dichte Wand aus Blattwerk auf eine kleine Lichtung, und ein erstaunliches Bild bot sich meinen Augen dar.

Am einen Ende der Lichtung duckte sich ein bösartig knurrendes Scheusal zum Angriff.

Am anderen Ende, den Rücken gegen einen Baumstamm gepreßt, die Hände bar jeglicher Waffe, blickte eine junge schöne

Frau dem Raubtier entgegen... und endlich wußte ich mit Gewißheit, daß der Dschungelmond Thantor tatsächlich auch von Menschen wie mir bewohnt war.

Darloona, die Prinzessin der Ku Thad

Ich hatte schon lange vermutet, daß die Insektenwesen der Yathoon-Horde nicht die einzigen intelligenten Bewohner von Thanator waren. Die Tatsache, daß Koja und seine Artgenossen mich mehr wegen meiner Haar- und Augenfarbe denn wegen meiner Körperform bemerkenswert fanden, deutete darauf hin, daß sie mit Rassen ähnlich der meinen durchaus vertraut waren. Und jene beleidigende Bemerkung, die der eifersüchtige Gamchan hatte fallen lassen, als er meinte, ich sei eine Art Bastard und aus einer Verbindung zwischen »den Zanadarpiraten« und »den Ku Thad« hervorgegangen, verstärkte diesen Argwohn. Und dann dieses Etui mit Schreibutensilien, das ich unter Kojas Schätzen gefunden hatte: eine Rasse, welche die Kunst des Schreibens nicht beherrscht, kommt auch nicht auf die Idee, Schreibetuis zu erfinden.

Als ich jetzt über die Lichtung das erste menschliche Wesen anstarrte, das sich meinen Augen auf Thanator darbot, stellte ich fest, daß mein Puls sich beschleunigte, nicht nur wegen der Schönheit der jungen Frau, sondern auch wegen des überraschenden Zusammentreffens.

Sie war vielleicht zwanzig, hochgewachsen und schlank und von nicht zu übersehender Weiblichkeit. Sie trug ein am Hals offenes Lederhemd, ähnlich dem, das Koja mir gegeben hatte, ein Hemd, das ihre gerundeten Hüften bedeckte und ihre langen, schönen Beine bloßließ. Die Füße steckten in weichen Halbstiefeln, die an den Waden verschnürt waren. Ein breiter Gürtel, der mit Ornamenten aus Metall beschlagen war, umschlang ihre schmale Taille, und an diesem Gürtel hingen ein kleiner Beutel, eine leere Dolchscheide und ein großes Medaillon aus irgendeinem glänzenden Metall, das ich nicht gleich zu identifizieren vermochte.

Ihre Haut hatte einen weichen Goldton, und ihr kleines herzförmiges Gesicht war von strahlender Schönheit mit großen, ausdrucksvollen, etwas schräg gestellten Augen von blitzendem Smaragdgrün. Ihr Haar war wie ein Strom aus feurigem Gold, der ihr über die schmalen Schultern bis zu den Hüften floß. Ihre vollen weichen Lippen glänzten rot. Selbst jetzt, in äußerster Gefahr, spürte ich ihre natürliche Würde.

Sie trug einen leeren Köcher zwischen den Schultern, der an einer Art Wehrgehänge befestigt war und dessen Gurt über eine Schulter und zwischen ihren üppigen, wogenden Brüsten zum Gürtel reichte. Bogen sah ich keinen. Also nahm ich an, daß der Köcher Wurfspieße enthalten hatte, die sie alle verbraucht hatte.

Die Bestie, der sie sich gegenüber sah, war von monströser Gestalt, im Aussehen weniger Schrecken einjagend als der Yathrib, aber schwerer und massiver. Sie wirkte beinahe wie ein kleiner Elefant, hatte jedenfalls denselben mächtigen Leib und dieselben kräftigen, dicken, säulenförmigen Beine, dieselbe lederartige, schiefergraue Haut. Der Kopf freilich zeigte eher Ähnlichkeit mit dem eines Wildschweines: kleine, böse funkelnde Schweinsaugen, kurze schwarze Borsten, die eine häßliche Schnauze umgaben, beängstigend wirkende Hauer, die wie gelbes Elfenbein wirkten und jetzt freigelegt waren, als die Bestie ihren kehligen, bösartigen Schrei ausstieß. Aber die Schnauze des Geschöpfes war einen Meter lang und betonte die Ähnlichkeit mit einem Elefanten.

Ich hatte das Tier gleich als Vastodon erkannt; seine Schulterhöhe betrug vielleicht sechs Fuß, und es wog bestimmt zwei oder drei Tonnen. Mein Respekt für den Mut und die Geschicklichkeit der Yathoonkrieger, die diesen mächtigen Dschungelkoloß seines Fleisches wegen jagten, stieg beträchtlich an.

Das Mädchen, das mich bis jetzt noch nicht gesehen hatte, hatte ihre Wurfspieße nach dem Vastodon geworfen und es dabei offenbar verfehlt. Ein schlanker Speer steckte ein paar Meter von mir entfernt in dem karminroten Rasen. Ein verirrter Lichtstrahl vom Himmel fiel auf den mit Steinen besetzten Griff eines Dolches, der aus der Brust der Bestie ragte. Wenigstens hatte sie also das Scheusal verletzt. Ich sah aber sofort, daß ein Monstrum wie dieses ganz bestimmt nicht mit einem Dolch zu töten war.

Und ich war auch nur mit einem Peitschenschwert bewaffnet.

Aber dann löste sich die Starre der Szene plötzlich, als die Bestie zum Angriff überging. Wenn sie das Mädchen erreichte, würde sie es an dem knorrigen, schwarzen Baumstamm zerdrükken!

Fast ohne zu denken, sprang ich mit einem lauten Schrei aus dem Blattwerk und fuchtelte mit den Armen herum, um die Aufmerksamkeit des Vastodon auf mich zu ziehen. Das Mädchen warf einen erstaunten Blick zu mir herüber, und im nächsten Moment war ich viel zu beschäftigt, um noch nach ihr zu sehen oder an sie zu denken, denn das Vastodon änderte seinen Kurs und raste geradewegs auf mich zu. Seine schweren Tatzen trommelten auf den karminroten Rasen.

Ich hatte noch nie zuvor ein Yathoon-Peitschenschwert benutzt, eine Waffe, die streng der Kriegerkaste vorbehalten und Bediensteten verboten war. Aber während meiner zwei Monate im Lager war ich Zeuge einiger Duelle zwischen Arthropoden geworden und kannte daher den Gebrauch der Waffe. Als das brüllende Vastodon auf mich zugerast kam, sprang ich hoch in die Luft und hieb mit der widerhakenbesetzten Schwertklinge nach unten zwischen den Beinen hindurch, den Schwertgriff fest in beiden Händen.

Unglücklicherweise erwies sich das Yathoon-Peitschenschwert infolge der ungewöhnlichen Länge seiner Klinge, die ganze fünf Fuß maß, und ihres Gewichts, das jeden Degen, den ich kannte, übertraf, als ein recht schwerfälliges Instrument. Ich hatte vorgehabt, mit der Klinge den Schädel des Vastodon zu treffen, ihn, wenn möglich, zu spalten, oder die Bestie zumindest zu blenden, indem ich ihr die Augen ausschlug. Aber stattdessen traf ich die Schulter und riß eine dreißig Zentimeter lange Furche in die zähe Haut, so daß man das lavendelfarbene Fleisch sehen konnte. Bewegungsunfähig wurde dadurch das Vastodon nicht, der Schlag stachelte es nur noch zu größerer Wut an.

Es wirbelte herum, quietschte wütend, seine kleinen Schweinsaugen funkelten mordlustig, und dann griff es erneut schnell wie der Blitz an.

Ich hatte bei meinem Sprung das Gleichgewicht verloren und lag jetzt auf dem Rasen, das Peitschenschwert war mir entfallen. Als das wütende Vastodon auf mich zuraste, packte ich den Wurfspeer, den das Mädchen geschleudert hatte, riß ihn aus dem Gras und trieb ihn dem Scheusal in den Leib. Es prallte gegen mich, und ich wurde weggeschleudert. Mein Kopf traf auf irgendeinen harten Gegenstand, und ich verlor die Sinne. Es wurde um mich herum schwarz.

Ich blickte in ein schönes Gesicht. Smaragdgrüne Augen sahen auf mich herunter und volle, feuchte Lippen teilten sich, um mir eine Frage zu stellen.

»Lebt Ihr?« erkundigte sich das Mädchen, und plötzlich war ich dankbar, daß Koja mich in der Sprache von Thanator unterwiesen hatte.

»Ich lebe –« begann ich und versuchte mich aufzusetzen. Ein greller Schmerz durchzuckte mich aber, und ich stöhnte, um dann nach einem Augenblick hinzuzufügen: »– ob ich allerdings noch ganz bin, werden wir sehen müssen.«

Irgend etwas – vielleicht war es der Hauer des Vastodon gewesen – hatte meinen Unterarm aufgeschlitzt, und eine lange Wunde reichte von meinem Handgelenk bis knapp unter den Ellbogen. Das Blut quoll reichlich aus dem Riß, der aber nur oberflächlich war. Knochen waren keine gebrochen, und ich schien daher den Zusammenstoß recht gut überstanden zu haben.

Das Vastodon hingegen lag auf der anderen Seite der Lichtung, in einer purpurfarbenen Pfütze. Ich glaube nicht, daß ich den Sieg mir zuzuschreiben habe; es war eher die wilde Gewalt des Scheusals, die ihm den Spieß selbst tief in die Brust getrieben hatte. Es war ein reiner Zufall gewesen, daß der Schaft der Waffe in dem Augenblick, als die Bestie gesprungen war und sich daran aufgespießt hatte, offenbar gegen festen Boden gestemmt war.

Das Mädchen war mir dann beim Aufstehen behilflich. Mir taten ein paar Druckstellen weh; mein Kopf dröhnte; mein aufgerissener Unterarm tat scheußlich weh und mir war etwas übel. Davon abgesehen aber fehlte mir nichts. Das Mädchen musterte mich neugierig.

»Ihr seid ganz bestimmt kein Ku Thad. Und von Zanadar seid Ihr auch nicht – was für ein Mann seid Ihr?«

»Ich bin –« begann ich, dann stockte ich wieder. Welchen Sinn hatte es, die Lage dadurch zu verwirren, daß ich meine unglaubliche Geschichte von einer anderen Welt erzählte? Koja hatte mein Auftauchen kein einziges Mal in Frage gestellt; wie alle seine Artgenossen war der Yathoon gleichgültig und phantasielos gewesen. Und Neugierde ist eine äffische Eigenschaft und damit auch eine menschliche; die Yathoon sind weder Menschen noch Affen und scheinen daher höchst selten Neugierde oder Wissensdurst zu empfinden.

»Ich stamme aus einem fernen Land«, sagte ich etwas lahm. »Mein Name ist Jonathan Dark.«

Sie rümpfte die Nase bei dem für sie offenbar unappetitlich klingenden, mehrsilbigen Ausdruck. »Jhonna-Than'Dar –?«

»Jandar«, sagte ich und fand mich damit wohl für alle Zeiten mit dem Spitznamen ab, den mein Freund Koja mir zugeteilt hatte.

»Ich bin Darloona von Ku Thad, Prinzessin von Shondakor«, sagte sie stolz. Da ich keine Ahnung hatte, wie ein Thanatorianer wohl reagierte, wenn er es mit der Aristokratie zu tun hatte, versuchte ich mich in einer angedeuteten kleinen Verbeugung, die ihre Billigung zu finden schien.

Beruhigt, weil mir nichts fehlte, musterte die Prinzessin mich jetzt mit kühlem Hochmut. Ich erinnerte mich, daß unter den Yathoon die Hand jedes Kriegers sich gegen jeden anderen Krieger erhebt und daß jeder Clan den Nachbarclan als Feind betrachtet. Ich fragte mich, ob das auch für die menschlichen Bewohner Thanators galt.* Wenn ja, würde diese majestätische Schönheit sich vielleicht als Feind erweisen.

»Ich habe noch nie miterlebt, wie ein Vastodon auf so tölpelhafte Art getötet wurde«, sagte sie.

»Was macht das schon, wenn das Vastodon nur tot ist?«, antwortete ich. Sie wandte sich wortlos von mir ab und begann ihre Wurfspieße einzusammeln. Sie holte sich auch ihren Dolch, der immer noch in der Schulter des Vastodon steckte. Ich wusch meine Wunde mit Wasser aus dem Kanister in meinem Sack und versuchte dann, die Wunde mit einem Streifen aus sauberem Tuch zu verbinden, was mir aber mit nur einer Hand ziemlich schwerfiel.

Ich dachte, daß die Prinzessin sich eigentlich dazu erbieten konnte, meine Wunde zu säubern und zu verbinden. Schließlich hatte ich ihr gerade das Leben gerettet und mir dabei die Verletzung zugezogen.

Also ging ich auf sie zu, streckte ihr den Arm hin, und fragte etwas abrupt: »Macht es Euch etwas aus, mir dabei zu helfen?«

Ein Schatten von Ekel stand in ihren smaragdgrünen Augen. Ohne das zu wissen, hatte ich nun schon zum zweiten Mal gegen den Ehrenkodex von Thanator verstoßen. Erstens geziemt es

* Ich erfuhr bald, daß dem so war. – J. D.

sich unter Darloonas Leuten für einen Krieger, seine Geschicklichkeit im Kampf herabzuwürdigen. Als sie meine Ungeschicklichkeit beim Erlegen des Vastodon gerügt hatte, hätte ich ihr würdevoll zustimmen müssen. Zum zweiten gilt ein Krieger als unmännlich, wenn er seine Wunden verbindet, ja sie überhaupt zur Kenntnis nimmt. In dieser Beziehung zumindest waren die Ku Thad Koja und seiner Rasse nicht unähnlich.

Aber die Prinzessin weigerte sich nicht, mir behilflich zu sein, sondern verband stumm meine Wunde. Ich spürte, daß etwas zwischen uns getreten war, wußte aber nicht recht, was. Darloona konnte natürlich nicht wissen, wie wenig mir die Sitten vertraut waren, die allen vier menschlichen Rassen auf Thanator gemeinsam waren; folglich konnte man es ihr auch nicht verübeln, daß sie mich für so etwas wie einen Tölpel hielt.

Als sie sich über mich beugte und das Tuch um meine Wunde band, weiteten sich ihre Augen plötzlich voll ungläubigen Staunens und sie trat fast ruckartig einen Schritt zurück. Ich begriff nicht, was sie so abgestoßen hatte, und blickte an mir hinunter. Dabei sah ich, daß der Hauer des Vastodon die Vorderseite meines Lederhemdes aufgerissen hatte, so daß meine Brust und damit die grünen, schwarzen und karminroten Symbole freigelegt waren, die ich immer noch auf der Haut trug, und die mich für jedes Auge als Eigentum der Yathoon kennzeichneten.

Ich sollte das erst sehr viel später begreifen. Ihr Schock, in mir einen Sklaven oder einen ehemaligen Sklaven eines Yathoon zu entdecken, entsprang nicht so sehr dem Ekel eines Aristokraten bei der Entdeckung eines dienenden Wesens, als vielmehr dem Verdacht, daß ich vielleicht so etwas wie ein Lockvogel oder ein Köder sein könnte. Die Yathoon benützten manchmal einen Sklaven der menschlichen Rasse als Lockvogel, indem sie ihn in das Hemd eines freien Kriegers steckten, um arglose Menschen in die Fallen der Arthropoden zu locken. Hätte ich von dieser Sitte gewußt, hätte ich den spontanen Ekel der Prinzessin und den Verdacht begriffen, den sie jetzt hegte, dann hätte ich sie natürlich beruhigen können. Aber da ich es nicht wußte, starrte ich sie bloß an.

Im nächsten Augenblick sollte es schon für jede Erklärung zu spät sein.

Das Blattwerk teilte sich, und ein Dutzend Yathoonkrieger traten auf die Lichtung und bauten sich vor Darloona und mir auf. Der Anführer der Gruppe war Kojas Rivale und Feind, Gamchan. Wenn ich jemals auch nur die Andeutung eines Ausdrucks in der glatten Maske eines Yathoongesichts las, so war dies jetzt der Fall. Gamchan feixte auf ölige selbstzufriedene Weise. Wie sein unbewegliches, maskenartiges Gesicht es fertigbrachte, diesen Ausdruck zu zeigen, kann ich nicht sagen. Vielleicht war es Telepathie. Jedenfalls feixte er und zwar höchst bösartig.

Er hatte sofort meine Verfolgung aufgenommen, als sich herausgestellt hatte, daß ich mich nicht mehr im Lager befand. Koja hatte natürlich das Recht mich freizulassen, wenn er das wünschte, obwohl seine Motive dafür seinen Stammesbrüdern völlig unbegreiflich gewesen wären. Ebenso aber hatte Gamchan das Recht, die Verfolgung aufzunehmen und mich, wenn möglich, wieder einzufangen und *seinem* Besitz zuzuschlagen, wenn er das wünschte. Und trotz seiner früheren, herabsetzenden Bemerkungen hatte er mit genau diesem Ziel meine Verfolgung aufgenommen. Wenn es ihm gelang, mich in seine Gewalt zu bringen, würde das natürlich dem Prestige Kojas schwer schaden. Und nun war ihm genau das gelungen, und dabei hatte er sogar noch eine weitere Eroberung gemacht! Kein Wunder, daß Gamchan mit sich zufrieden war.

Soweit es mich betraf, hätte ich mich ihm gerne freiwillig ausgeliefert, wenn ich ihn damit nur irgendwie daran hätte hindern können, die Bemerkung zu machen, die er jetzt von sich gab.

Von allem, was er hätte sagen können, war nichts für mich so unanagenehm und peinlich, wie das, was er erklärte: »Prima gemacht, Jandar! Die Frau wird einen guten Besitz abgeben!«

Trauer senkte sich auf mich, dies nicht so sehr, weil ich wieder ein Gefangener war. Aber wenn Sie den Blick eisiger Verachtung und unsagbaren Ekels gesehen hätten, den die Prinzessin der Ku Thad auf mich warf, hätten Sie meine Niedergeschlagenheit verstanden.

Ihre kalten und verächtlichen Augen musterten mich vom Kopf bis zu den Füßen und wandten sich dann ab. Sie betrachtete es als aussichtslos, gegen eine so überwältigende Yathoonstreitmacht zu kämpfen, und hielt ihnen eisig schweigend die Handgelenke hin und ließ sich binden und zu den Thaptoren führen.

Ich selbst wurde von Gamchans Kriegern mit gezogenen Schwertern umringt; meine eigene Waffe lag viele Meter entfernt. Gamchans plötzliches Auftauchen hatte mich förmlich gelähmt, sonst hätte ich mich zweifellos auf die Krieger gestürzt. Aber ehe ich nachdenken oder mich bewegen konnte, schlang sich ein Lasso um mich, schloß sich ruckartig und hielt meine Oberarme fest.

Ich habe keine Zweifel, daß mein völliger Verzicht auf Gegenwehr Darloonas Meinung von mir nur bestätigte, als sie weggeführt wurde.

Und so wurde ich zum zweitenmal Eigentum eines Häuptlings der Yathoon.

Gegen Abend erreichte Gamchans Stoßtrupp wieder die Hauptgruppe der Yathoon und schloß sich an. Die Horde war den Rängen nach geordnet, und Gamchans Platz in der Hierarchie befand sich unmittelbar unter dem Kojas. So konnte Gamchan seine zwei Beutestücke Koja sozusagen direkt unter die Nase halten.

Koja sagte nichts zu meiner neuerlichen Gefangennahme. Er versuchte auch nicht, mit mir zu sprechen, obwohl ich sicher war, daß er das Mißlingen meiner Flucht bedauerte, zumindest in dem Maße bedauerte, wie ein Yathoonkrieger das empfinden konnte. Die Yathoon besitzen eine Art primitiver fatalistischer Philosophie, die sie mit dem Satz, *va lu rokka* – »es war bestimmt« ausdrücken. Sie scheinen die Zukunft in einem finsteren calvinistischen Licht als etwas Vorbestimmtes zu sehen. Weder Glück noch Mut noch Geschicklichkeit seitens intelligenter Wesen können nach der Art, wie sie die Welt sehen, eine herannahende Katastrophe abwenden.

Ich nehme an, daß Koja meine Gefangennahme durch Gamchan in diesem pessimistischen Glauben an das *va lu rokka* sah. Und ich wußte auch, daß er mir – mit oder ohne *Uhorz* – künftig nicht mehr helfen konnte oder auch wollte. Dieser Fatalismus durchsetzt die ganze Zivilisation der Yathoon und erklärt teilweise vermutlich auch die Gleichgültigkeit, mit der sie die Verletzungen eines Kampfgenossen sehen. Wenn er zum Sterben bestimmt ist, wird er sterben. Wenn nicht, so wird er leben. Was auch immer geschehen wird – *va lu rokka*.

Als Besitztum Gamchans legte man mir eine Schlinge um den Hals und zwang mich damit, hinter einem der Thaptore herzulaufen. Ich bin nicht sicher, ob man mich aus reiner Bosheit so grausam behandelte, oder ob Gamchan damit allen zeigen wollte, wie gering er letztlich sein neues *Amatar* einschätzte. Ich stellte aber fest, daß das Mädchen gefesselt über die Kruppe eines der Thaptore geworfen wurde und nicht hinter ihm herlaufen mußte. Dafür zumindest konnte ich dankbar sein.

Wir legten noch einige Meilen zurück, ehe es zu dunkel wurde, um den Marsch fortzusetzen. Als schließlich der Befehl zum Anhalten und Aufschlagen des Nachtlagers erging, zitterte ich vor Erschöpfung. In Wirklichkeit war das, was ich mitgemacht hatte, gar nicht so schrecklich gewesen, wie es sich zuvor in meiner Angst dargestellt hatte. Ich hatte Angst gehabt, zurückzufallen und meilenweit auf dem Boden entlanggeschleift zu werden. Da die Horde in genauer Marschordnung zog, erwies es sich aber, daß sie nicht schneller vorwärtskommen konnte als ihr langsamstes Mitglied, und das war Pandol selbst.

Bis jetzt habe ich Pandol in dieser Erzählung nicht erwähnt, weil ich während meiner Gefangenschaft keinerlei Kontakt mit ihm gehabt hatte. Pandol war *der* Anführer des Clans, der *Akka-Komor* oder höchste Häuptling. In seiner Jugend war er ein mächtiger Kriegsheld gewesen, aber jetzt war er sehr alt und konnte nicht mehr lange und rasch reiten. Folglich war das Tempo ziemlich gemächlich und ermüdete einen zwar, war aber nicht unerträglich.

Das Nachtlager wurde in einem tiefen Tal, das von glattgerundeten Bergkuppen umgeben war, aufgeschlagen. Da dies nur ein provisorisches Lager war, wurden auch nicht jene komplizierten Erdwälle aufgeworfen, die das Lager umgeben hatten, in dem ich als ein *Amatar* von Koja in Gefangenschaft gewesen war.«

Als die Krieger und Bediensteten von Gamchans Haushalt ihren Zeltkreis errichtet hatten, wurden Darloona und ich vorgeführt. Ich wußte nicht, was ich zu erwarten hatte, bezweifelte

* Diesem beiläufigen Hinweis auf das frühere Lager entnehme ich, daß Captain Dark vergessen hat, daß er bis jetzt in seiner Erzählung keinerlei Schilderung dieses Lagers gegeben hat. Aus seiner kurzen Erwähnung von Erdwällen schließe ich, daß die Yathoon einen kreisförmigen Erdwall um das ganze Lager zu errichten pflegten, den sie feststampften. Wahrscheinlich gab es in diesen Wällen offene Stellen, durch die man das Lager verlassen konnte. Ich folgere das aus der Tatsache, daß er an der Stelle, wo er beschreibt, wie er aus dem Lager ritt, um dem verletzten Koja zu helfen, keinerlei Schwierigkeiten beim Passieren des Walles erwähnt.

aber, daß Gamchan mich ernsthaft verletzen würde. Auf seinen Befehl riß man mir mein Lederhemd, mein Wehrgehänge und meinen Gürtel herunter, ließ mir aber meine Stiefel und mein Lendentuch. Die Bildzeichen auf meiner Brust, die mich als ein *Amatar* kennzeichneten, welches Koja gehörte, wurden mittels einer seifigen, etwas beißenden Substanz entfernt, und man malte mir neue Embleme auf die Brust. Zweifellos kennzeichneten sie meinen neuen Besitzer.

Als ich weggeführt wurde, sah ich, daß man jetzt das Mädchen heranschleppte, und wußte sofort, was geschehen würde.

Der Bedienstete, der mir das Hemd heruntergerissen hatte, fummelte jetzt an Darloonas Kleidung herum. Das Mädchen blickte starr mit einem Ausdruck kalten, stolzen Widerwillens ins Leere. Ihre Gesichtszüge waren bleich. Gamchan schien die Prozedur zu langsam zu gehen, denn er trat vor und packte Darloonas Hemd mit seinen langen, segmentierten Fingern am Halsausschnitt.

Ich wußte, daß das Mädchen im nächsten Augenblick nackt dastehen würde, und daß man ihr die Symbole ihrer Sklaverei auf die entblößte Brust schmieren würde.

Übelkeit erfaßte mich bei der Vorstellung, daß dieses junge, liebliche Mädchen von hoher Geburt nackt vor dem kalten starren Blick der Arthropoden stehen sollte. Irgendein angeborenes Gefühl für Schicklichkeit und Kavalierstum, das mir bis zu diesem Augenblick gar nicht bewußt gewesen war, machte sich in mir breit.

Ohne einen Augenblick zu zögern, zerriß ich meine Bande, die zwar fest genug waren, um die Vorderglieder eines Yathoon-Arthropoden zu halten, aber nicht fest genug, um der größeren Kraft irdischer Muskeln standzuhalten. Während der Krieger, der das andere Ende meiner Fesseln hielt, ausdruckslos vor sich hinstarrte, machte ich einen mächtigen Satz nach vorne und packte Gamchan am Arm, riß seine Hand von dem Mädchen weg und wirbelte ihn herum, so daß er in seiner ganzen Länge in den Schmutz fiel.

Ich glaube, in diesem Augenblick hätte ich ihn töten können. Ein roter Nebel von Wut wallte vor meinen Augen, und meine Hände zitterten vor Erregung. Gamchan lag auf dem Boden und starrte mich erstaunt an.

Ich sah mich um und mußte plötzlich laut lachen. Die jungen

Krieger und Bediensteten starrten mich ebenfalls erstaunt an. Ich hatte inzwischen bereits begriffen, daß die Arthropoden von Thanator nicht ganz so gefühllos sind, wie ich das ursprünglich angenommen hatte. Ich hatte entdeckt, daß Koja durchaus imstande war, etwas zu empfinden, das unserem Begriff der Freundschaft nahekam; und Gamchan offenbarte in dem Neid, den er gegenüber meinem früheren Besitzer an den Tag legte, ebenfalls sehr menschliche Emotionen. Das, was ich für das völlige Fehlen von Gefühlen gehalten hatte, ging auf ein Mißverständnis zurück. Menschen lesen Emotionen aus Gesten, aus dem Tonfall, dem Gesichtsausdruck; die Arthropoden sind praktisch unfähig, Gesichtsausdrücke zu zeigen, sieht man einmal von dem Zucken ihrer Antennen ab, und ihre metallische, monotone Sprache besitzt einfach nicht das beim Menschen übliche Spektrum von Tönen. Die Yathoon verrieten ihre Gefühle ganz einfach durch ein anderes Repertoire von Gesten als wir Menschen von der Erde. Dies war mir Stück für Stück klar geworden. Erstaunen drückte sich durch starre Reglosigkeit und ein ruckartiges Zucken der Stirnantennen aus, und eben dies zeigten die Yathoon rings um mich.

Ich hatte nämlich etwas Unerhörtes getan. Bei ihrem extremen Fatalismus, ihrem fast moslemartigen Gefühl für Kismet, betrachteten Bedienstete es als ihr unwiderrufliches Schicksal, Sklaven zu sein, und dachten nie auch nur im Traume daran, sich aufzulehnen oder ihre Freiheit zu suchen. Der tapferste Krieger, furchtlos und mutig weit über menschliche Begriffe hinaus, wurde, sobald er einmal im Kampf besiegt und gefangengenommen war, zum gefügigen Diener, und er duldete auch harte Behandlung, ohne Protest oder gar Auflehnung ins Auge zu fassen. In den Annalen dieses höchst ungewöhnlichen Volkes ist praktisch noch kein einziger Fall verzeichnet, daß ein Sklave je seinen Meister geschlagen hätte.

Und daß gar ein *Amatar* solches tun sollte, grenzte an die letzte Blasphemie. Wie kann denn ein Besitzstück, ein seelenloses Ding, gegen den Häuptling, der ihn besitzt, Wut oder gar Gewalt an den Tag legen?

Das Gefolge Gamchans musterte mich ungläubig. Sie vermochten kaum zu glauben, was ihre eigenen Augen gesehen hatten.

Ich erwiderte Darloonas erstaunten Blick. Ihr Volk, wie ich

später erfahren sollte, hielt keine Sklaven, da sie bereits zu einer höheren und humaneren Ebene der Zivilisation aufgestiegen waren. Folglich galt ihr Erstaunen nicht meiner *unamatarhaften* Handlung, sondern eher meinen Motiven. Warum hatte ich das getan? Wegen ihr?

Sie sah in mir einen Judas, einen Verräter, der sich zu der Rolle eines Lockvogels oder Köders hergegeben hatte, um sie in die Sklaverei der Horde zu locken. Die menschlichen Bewohner Thanators empfinden vor den Arthropoden äußersten Ekel und Abscheu. Sie gelten ihnen als die widerlichsten aller Geschöpfe. Sklave in einem Yathoonlager zu werden, ist das schlimmste Schicksal, das sie sich vorstellen können, und demzufolge stellt sich ihnen ein Mensch, der seine Mitmenschen in diese Sklaverei lockt, als reiner Abschaum dar. Da sie mich inzwischen in diese Kategorie eingeordnet hatte, konnte sie nun nicht begreifen, warum ich meinen Meister von ihr weggerissen hatte. Schließlich hatte ich mich bereits als Verräter an meiner eigenen Gattung erwiesen, indem ich sie in eine Falle gelockt hatte – warum in aller Welt reagierte ich also so wild, wenn man sie mit den *Amatar*-Symbolen kennzeichnete?

Aber jetzt war der Augenblick lähmenden Erstaunens vorbei und nackter Stahl umgab mich. Ich stand keuchend da, und meine Blicke flogen wild im Kreise, während einer von Gamchans Kadetten, ein Jüngling namens Duthor, seinem Meister beim Aufstehen behilflich war. Es war ein spannungsgeladener Augenblick. Ich rechnete damit, im nächsten Moment durchbohrt zu werden. Ich weiß auch heute noch nicht, warum Gamchan mich nicht sofort töten ließ. Vielleicht hatte ihn mein unbegreifliches Verhalten so verwirrt, daß er nicht imstande war, den Befehl zu geben. Oder der Strafenkodex, welcher der Horde als Gesetz diente, kannte keinen genügend langsamen Tod, der einem solch ketzerischen Verhalten angemessen gewesen wäre, und Gamchan brauchte Muße, um sich eine geeignete Strafe auszudenken.

Jedenfalls wurde ich nicht sofort getötet, sondern zu seinen anderen Schätzen im Zelt geschleppt. Die brüchigen Seile aus geflochtenem Gras, die sich als zu schwach erwiesen hatten, wurden gegen stählerne Handschellen ausgetauscht. Dann kettete man mich an die Zeltstange und ließ mich liegen, bis man sich auf die richtige Strafe geeinigt hatte.

Ich lächelte verzerrt. Meine Verzweiflungstat hatte sich als sinnlos erwiesen, denn Gamchan versicherte mir, daß man Darloona trotzdem nackt ausziehen und bemalen würde. Und außerdem würde mir meine Tat noch den Tod bringen.

Die zweite Periode meiner Gefangenschaft inmitten der Horde würde sich als viel kürzer erweisen als die erste, glaubte ich.

Tatsächlich wurde sie auch schnell beendet – aber nicht auf die Weise, wie ich es mir vorgestellt hatte.

Am folgenden Tag wurde ich in Ketten vorgeführt, um meine Strafe zu empfangen. Die Kadetten von Gamchans zerrten mich durch ein Spalier von Kriegern, die mich schweigend anstarrten. Der Tag war heiß und still, der Himmel klar und hell. Da dies vermutlich meine letzte Stunde auf Thanator sein würde, sah ich mir jede Einzelheit meiner Umgebung mit großer Aufmerksamkeit an.

Ich spürte die Augen Darloonas auf mir und wandte den Kopf, um ihren Blick zu erwidern. Ihr Gesicht war ernst und gefaßt, und ihre Augen blickten traurig. Als sie meinen Blick bemerkte, richtete sie sich hochmütig auf, und ihr Ausdruck wandelte sich in eisige Verachtung. Ich lachte. Das ewige Weib! In diesem Punkt gab es keinen Unterschied zwischen den weiblichen Wesen meiner Welt und denen dieses fremden Mondes.

Und als ich dann den Blick zum klargoldenen Himmel hob, um ein letztes Mal diese fremde, schöne und so schreckliche Welt zu sehen, ehe ich in die Finsternis eines namenlosen Grabes stürzte, weiteten sich meine Augen ungläubig.

Das, worauf mein Blick fiel, war von all den Wundern und Kuriositäten, die diese seltsame Welt füllten, das bisher spektakulärste.

Am hellen Morgenhimmel zog lautlos eine Gruppe unglaublicher Luftfahrzeuge geradewegs auf das Lager der Yathoon-Horde zu.

Ich vermochte meinen Augen nicht zu trauen. Wie seltsame schwerfällige Segelschiffe einer vergangenen Zeit wirkten sie, mit vergoldeten Gallionsfiguren und Schnitzwerk am Bug. Drei dieser erstaunlichen, fliegenden Schiffe waren zu sehen, Schiffe, die anscheinend aus Holz gebaut waren und die keinen anderen Konstruktionen so sehr glichen wie phantastischen Galeonen aus der spanischen Armada, ausgerüstet mit riesigen schlagenden Fledermausflügeln.

Sie kreuzten gegen den Wind und warfen riesenhafte Schatten über die Wiese und das Lager, während die Arthropoden in fieberhafte Aktivität ausbrachen, herumrannten, Kommandos brüllten, nach ihren Kriegsbogen griffen und Deckung suchten.

Das Yathoonlager wurde, wie es schien, angegriffen. Und in der herrschenden Verwirrung hatten alle Darloona und mich vergessen!

An Bord der Fregatte ›Skygull‹

Obwohl meine Arme mit Ketten gefesselt waren, waren meine Füße frei. Die Arthropoden waren so schnell an ihre Gefechtsstationen geeilt, daß ich plötzlich allein und unbewacht dastand. Die Prinzessin befand sich ein Stück hinter mir und starrte zu den phantastischen geflügelten Schiffen auf, die langsam und irgendwie majestätisch über uns kreisten.

»Was in aller Welt sind das für Dinger?«

»Das sind Erkundungsornithopter«, sagte sie. »Habt Ihr noch nie einen gesehen?«

Ich versicherte ihr, daß ich das in der Tat noch nie getan hatte. Sie blickte verwirrt. Ich erinnerte sie daran, daß ich ein Fremder aus einem fernen Land war.

»Es muß tatsächlich in weiter Ferne liegen«, meinte sie, »wenn Ihr noch nie von den Himmelspiraten von Zanadar gehört habt!«

Der Name war mir tatsächlich schon untergekommen, ich hatte aber nie von dergleichen geträumt.

»Das ist jetzt für uns eine Gelegenheit zur Flucht«, sagte ich. »Während die Krieger von Yathoon mit der Schlacht beschäftigt sind, können wir vielleicht ein paar Thaptore stehlen und entkommen.«

Ich fürchtete schon, sie würde meine Unterstützung ablehnen und war gar nicht sicher, daß die Ku Thad (wörtlich übersetzt hieß das »Goldenes Volk«) nicht den *va lu rokka*-Fatalismus der Horde teilte. Aber dies war nicht der Fall. Wir machten uns also sofort zu Gamchans Thaptorpferchen auf den Weg und besorgten uns zwei Tiere. Die Vogelpferde hatten die allgemeine Aufregung mitbekommen. Vielleicht rochen sie Blut und Kampf und Tod in der Luft. Jedenfalls schnappten sie mit ihren Schnäbeln nach uns und kreischten böse, als wir ihnen Sättel auflegten und aufzusteigen versuchten. Ich fluchte halblaut und wünschte mir das gefügige Tier, mit dem ich mich in Kojas Pferch angefreundet hatte. Darloona hingegen war eine geborene Thaptor-Reiterin und verstand es, mit einem widerspenstigen Tier umzugehen. Man versetzte ihm einfach mit einem kleinen Holzknüppel, der sich *Olo* nannte, einen Schlag über den Schädel. Diese Olos waren zu eben diesem Zweck an jedem Sattelknauf befestigt und erinnerten stark an eine Hantel.

Das machten wir, stiegen in die Sättel und jagten aus dem Lager.

Draußen begegneten wir ausgerechnet meinem ehemaligen Besitzer, Koja. Er schien nicht sonderlich überrascht, mich zu sehen.

»Reite nach Norden, Jandar, und dann östlich entlang am Dschungelrand. Ich nehme an, die Prinzessin Darloona ist darauf erpicht, zu ihrem Volk zurückzukehren«, sagte er beinahe würdevoll.

»Woher kennst du meinen Namen, Yathoon?« wollte die Prinzessin wissen. Er wies auf das kreisförmige Medaillon aus schimmerndem Metall, das an ihrem Gürtel hing.

»Wenn ich mich nicht irre, ist das das Siegel von Shondakor, oder?« meinte er. »Da nur die Prinzessin das geheiligte Siegel tragen darf, schließe ich daraus, daß du eben diese bist.«

»Warum hilfst du uns, Yathoon?« fragte sie argwöhnisch.

Koja zuckte mit seinen Antennen.

»Warum nicht? Ich vermute, daß die Ornithopter dich suchen. Die Himmelspiraten haben nie großes Interesse an unseren Schätzen gezeigt. Und wenn ich das Symbol an jenem Ruder nicht verkenne, ist das das Flaggschiff von Prinz Thuton selbst, einem ehrgeizigen und nicht von besonderen Skrupeln geplagten Mann, dem der Besitz der Prinzessin von Shondakor durchaus den Weg zur Macht ebnen könnte.«

Ich kniff die Augen zusammen, um besser sehen zu können und stellte fest, daß das auffälligste und luxuriöseste der drei Schiffe ein grausilbernes Emblem trug, eine Faust mit Flügeln, die auf die vertikale Ruderflosse gemalt war.

Darloona war immer noch nicht überzeugt, daß Koja es gut

mit uns meinte. Sie sah mich an.

»Können wir diesem *Capok* vertrauen?« fragte sie und bediente sich dabei eines recht unhöflichen Ausdrucks, den man etwa als »Käfer« wiedergeben kann.

»Das können wir, Prinzessin. Koja ist ein großer Krieger, ein mächtiger Häuptling und mein *Uhorz*-Freund«, sagte ich. Da ich das thanatorische Wort für »Freund« noch nicht kannte, benutzte ich das englische Wort.

»Kommt, ich zeige euch den Weg. Macht Platz dort, Wächter!« rief Koja und scheuchte die Posten mit einer Handbewegung beiseite. Er griff sich ein Thaptor, sprang in den Sattel und galoppierte vor uns dahin, jeden aus dem Wege scheuchend, der vielleicht unsere Flucht hätte verhindern wollen.

»Koja, warum tust du das? Wird dir das nicht bei deinen eigenen Leuten Ärger eintragen?« fragte ich.

»Wir haben kaum eine Hoffnung, die Ornithopter zu besiegen«, sagte er ruhig. »Aber wenn wir die Himmelspiraten daran hindern können, das zu erobern, was sie suchen, können wir wenigstens eine Spur von Sieg erringen. Redet jetzt nicht mehr – reitet!«

Im nächsten Augenblick bestätigte sich Kojas Vermutung, wer das Ziel der Himmelspiraten war. Die Fregatte an der Spitze, die mit dem königlichen Symbol an der Ruderflosse, trieb mit träge schlagenden Flügeln tief über dem Lager dahin, und ein ziemlich auffällig gekleideter und ungewöhnlich gutaussehender junger Mann lehnte sich über die kunstvoll verzierte Balustrade, um den Arthropoden unten durch ein Megaphon zuzurufen:

»Achtung, ihr Yathoon-Häuptlinge! Wir begehren weder eure Besitztümer noch wollen wir eure Vernichtung. Wir wollen nur das rothaarige Shondakor-Mädchen, das eure Krieger gestern im Dschungel gefangengenommen haben. Schickt sie alleine aus dem Lager, dann holen wir sie uns und ziehen wieder ab, ohne euch ein Leid zuzufügen.«

In diesem Augenblick erspähte ein Matrose, dessen hellgrüne Strumpfmütze im Wind der langsam schlagenden Flügel wehte, Darloonas rotes Haar, als wir aus dem Lager galoppierten. Er hatte seinen Standort auf dem Beobachtungsdeck über der Kommandobrücke auf dem Vorschiff der Fregatte und konnte so die ganze Umgebung ausgezeichnet überblicken. Wir konnten hören, wie er seine Entdeckung Prinz Thuton zurief. Dieser war, wie sich bald herausstellte, der gutaussehende Sprecher an der Reling. Thuton rief ein paar schnelle Kommandos. »Steuermann! Mit zehn Knoten voraus! Zielt auf die drei Reiter! Bootsmann! Lassomänner! An die vordere Backbordreling – schnell, schnell!«

Die Schwingen des großen Schiffes schlugen schneller, es nahm Fahrt auf. Wie ein großer Hai glitt es durch die Luft auf uns zu. Ich blickte mich über die Schulter um und konnte das bunt verzierte Schnitzwerk am Bug und das böse blickende, aus Holz geschnitzte Gesicht der Gallionsfigur erkennen, die wie ein Krieger aussah.

Gerade als wir den Rand des Dschungels erreichten, fiel ihr Schatten auf uns. Ich dachte schon, die überhängenden Zweige würden uns vor dem Lassotrupp schützen, und meinte auch, daß wir schneller von der Stelle kämen, wenn wir am Dschungelrand entlang ritten statt in seine Tiefen einzudringen. Aber beide Vermutungen erwiesen sich als nicht richtig. Wir gelangten nämlich auf eine Art Lichtung, wo uns kein Zweig Schutz bot, und schon segelten die fliegenden Schlingen über uns und schlossen sich um unsere Arme.

Die schreiende und um sich schlagende Darloona wurde aus dem Sattel gehoben. Ein zweites Lasso erfaßte Koja um die Mitte, und auch er schwebte mit feierlichem und ausdruckslosem Gesicht nach oben.

Zuletzt wurde ich eingefangen und himmelwärts gezogen. Eine glatte Hülle, an der jede Ritze dicht mit einer gummiartigen Substanz verkleistert war, glitt an mir vorbei, während ich in die Höhe gezogen wurde. Dann war das Deckgeländer, dessen Träger geschlitzt waren, unter mir, und ich fiel krachend auf das Deck. Jetzt sah ich, daß das Lasso an einem hohen Davit befestigt war, der einem Galgen ähnlich über die Schiffswand hinausragte.

Prinz Thuton kam mir mit strahlendem Lächeln entgegen. Er war ein junger Mann, ziemlich geckenhaft, in flaschengrünen Kniehosen, Stiefeln mit breiten Umschlägen und einer spitzenbesetzten weißen Bluse. Ein Rapier hing von seinem Schwertgehänge, an dessen Griff Edelsteine blitzten. Als ich ihn jetzt aus der Nähe sah, stellte ich fest, daß die Himmelspiraten, wenn sie auch, so weit ich sehen konnte, in vollem Maße Menschen waren, doch deutliche Rassenunterschiede von den Ku Thad zeigten.

Um es genau zu schildern, seine Haut war nicht honigfarben,

sondern weiß wie Kalk, sein Haar, das er lang und gelockt trug, nicht von flammendem Rot, sondern glatt und schwarz, ebenso wie seine Augen, die im Gegensatz zu denen Darloonas nicht schräg saßen. Er war ein gutaussehender Bursche, wenn auch mit einem etwas weichen Gesicht, dafür aber einem strahlenden Lächeln, einer glatten Stimme und, wie es schien, hervorragenden Manieren. Auf mich wirkte er wie ein eleganter französischer Kaperkapitän von aristokratischer Herkunft. Seine Augen ruhten nur ganz kurz auf Darloonas entblößten Brüsten, im nächsten Moment hatte er seinem Leutnant den scharlachroten Umhang von den Schultern gerissen und ihn über das Mädchen geworfen.

Er verbeugte sich tief und schlug dabei die Hacken zusammen, wie ein deutscher Offizier in einem Weltkriegsfilm.

»Meine liebe Prinzessen, ich heiße Euch auf der Flaggfregatte *Skygull* willkommen. Mannschaft und Offiziere stehen zu Euren Diensten. Und Thuton, Prinz von Zanadar, der vor Euch steht, ist – Euer Sklave!«

Es war, das muß ich zugeben, eine hübsche Rede. Warum kochte mein Blut dann eigentlich, als ich das halbe Lächeln sah, das Darloona diesem glattgesichtigen Himmelspiraten schenkte, als sie ihm mit ergeben klingender Stimme für seine Höflichkeit dankte?

Ich war wütend. Ich rappelte mich hoch, schlüpfte aus der Lassoschlinge und war zu jedem Kampf bereit.

»Wir brauchen Eure Hilfe nicht!« schrie ich. »Wir kommen selbst gut zurecht! Ich führe Darloona zu ihrem Volk zurück und habe dazu keine Unterstützung nötig!«

Prinz Thuton musterte mich mit hochgezogenen Augenbrauen.

»Und wer ist diese... Person?« fragte er Darloona.

Das Mädchen sah mich tadelnd an. Dann meinte sie beinahe angewidert: »Irgendein namenloser Barbar, er war ein Sklave der Yathoon. Bitte, achtet nicht auf seine übereilten Worte, er ist sehr ungebildet und hat keine Vorstellung von zivilisiertem Benehmen.«

»So? Dann werden ihn ein paar Stunden an den Rädern bessere Manieren lehren. Kommt, liebe Prinzessin, ich habe in meiner Kabine ein kleines Büffet vorbereiten lassen – geröstete Biskuits und leichten Wein, gewürzte Fleischwürfel und etwas Salat, nichts Besonderes.«

»Ihr seid zu freundlich, Prinz Thuton«, murmelte sie. Er bot ihr den Arm, und sie wandten sich zum Gehen, ohne den armen Koja oder mich noch eines Blickes zu würdigen.

»Geht nicht mit ihm, Darloona!« erregte ich mich. »Hört nicht auf ihn! Ihr wißt, was Koja gesagt hat – er hat politische Motive, die ihn dazu veranlassen, Euch zu fangen –«

Thuton sah mich streng an. Darloonas Gesicht rötete sich verärgert.

»Schweig, du – du – *Amatar!*« herrschte sie mich an. »Wenn Ihr nicht imstande seid, Dankbarkeit für einen edlen Herrn zu empfinden, der Euch gerade vor den Gefahren des weglosen Dschungels gerettet hat, so solltet Ihr ihn wenigstens nicht beleidigen, in dem Ihr seine Motive anzweifelt.«

»Dieser Bursche wird mir gleich lästig werden, und ich fürchte, ich muß ihm beibringen, wo sein Platz ist«, schnurrte Thuton sanft, was aber nicht über das Gefährliche seiner Stimme hinwegtäuschte.

Koja zerrte an meinem Arm, aber ich schob ihn beiseite.

»Jederzeit, wenn Ihr mir eine Lektion erteilen wollt, Prinz!«

Er blieb stehen, drehte sich um, stützte die Hände in die Hüften und musterte mich von oben bis unten. Sein Auge verharrte dabei, wie mir schien, besonders verächtlich auf den *Amatar*-Zeichen an meiner Brust.

»Ich bin es nicht gewöhnt, daß man mich auf meinem eigenen Deck beleidigt«, sagte er. »Deshalb fürchte ich, daß Thuton von Zanadar Euch eine Lektion erteilen muß, der Ihr nicht gewachsen seid, Bursche.«

»Jandar von – von – von Thanator ist dazu jederzeit bereit!« plusterte ich mich auf. Wieder hob er die Brauen.

»Wirklich, meine liebe Prinzessin, dieser Barbar ist absurd. Jetzt beansprucht er schon die ganze Welt für sich.«

Und plötzlich war er hart wie Stahl. »Wären Euch Schwerter recht, mein reizbarer Wilder?«

»Das wären sie allerdings.«

Ich hatte mir bei meiner Flucht aus dem Yathoon-Lager eines der Peitschenschwerter geschnappt und es mir über die Schultern gehängt. Jetzt zog ich es aus der Scheide und schwang es, allerdings durch die Handgelenkfesseln behindert, durch die Luft. Prinz Thuton bemerkte das und rief seinen Schmied, der mich schnell von meinen Fesseln befreite.

Die Prinzessin von Shondakor musterte mich mitleidig. »Ihr werdet ihn, hoffe ich, doch nicht töten, Mylord? Immerhin hat der Flegel mich aus dem Yathoon-Lager befreit – wenn er auch die Schuld daran trug, daß ich überhaupt dort war«, sagte sie zu Thuton.

Der Prinz verbeugte sich und salutierte mit dem Degen. »Liebe Prinzessin, sein Leben gehört Euch – aber ich möchte ihm Manieren beibringen.« Dann wieder zu mir gewandt: »Bereit, Barbar?«

Ich knurrte und nahm Aufstellung. Mir war jetzt wohl bewußt, daß ich verrückt war; ich benahm mich närrisch, ja gefährlich. Dieser glatte, elegante Pirat würde sich die größte Mühe geben, mich als Hanswurst hinzustellen – und ich wünschte verzweifelt, den schlechten Eindruck zu korrigieren, den Darloona sich von mir gebildet hatte. Ich fluchte halblaut und bereute, nicht den Mund gehalten zu haben.

Aber jetzt war es zu spät. Ich schöpfte Hoffnung, indem ich mich an meine Geschicklichkeit im Umgang mit dem Degen erinnerte. In Yale war ich ein ausgezeichneter Fechter gewesen, und es war gut möglich, daß diese Geschicklichkeit mir jetzt sogar half, das Blatt zu wenden. Mit etwas Glück würde *er* wie ein Narr aussehen.

Wir nahmen Fechterstellung ein, und bald begannen unsere Schwerter zu klirren, als wir einander abtasteten. Doch rasch ging mein Atem schneller, und Schweiß trat mir aus allen Poren; meine Arme zitterten vor Ermüdung. Ich war sehr, sehr unklug gewesen, als ich mich auf dieses Duell eingelassen hatte. Ich hatte nicht bedacht, daß ich die ganze letzte Nacht stehend verbracht hatte, die Arme an die Zeltstange gekettet. Nun war ich der Erschöpfung nahe. Meine Arm- und Schultermuskeln waren lahm und schmerzten mich.

Außerdem war das Peitschenschwert eine Waffe, an der mir Ausbildung und Erfahrung fehlten. Mein Kampf mit dem Vastodon hätte mir zeigen müssen, daß ich einen gefährlichen Fehler machte, wenn ich mir den Umgang mit der schweren Waffe zutraute. Die flexible Klinge war fünf Fuß lang und bereitete mir große Schwierigkeiten. Thuton benutzte ein leichtes Rapier, das sehr stark dem auch auf der Erde üblichen Fechterdegen ähnelte. Seine elegant zuckende Degenspitze war überall – verspottete meine Wangen, versetzte mir kleine Stiche an den Schultern, erzeugte zuerst an diesem Arm, dann am anderen einen roten Streifen. Er tänzelte elegant über das Deck, während ich mit schweren Füßen müde schlurfte. Seine Männer begannen zu kichern. Koja sah so bekümmert aus wie das einem Yathoon überhaupt möglich war.

Nun, ich will mich nicht länger mit der Szene befassen. Die Erinnerung ist schmerzlich genug. Möge es genügen, daß Thuton mich wie einen tölpelhaften Clown behandelte, wie den reinsten Dorftrottel. Er spielte mit mir wie eine Katze mit der Maus – aber amüsiert, nicht bösartig. Er hätte mich in Stücke schneiden können, aber er war bestens gelaunt, hatte ein schönes Mädchen als bewundernde Zuschauerin und begnügte sich damit, mir ein paar oberflächliche Verletzungen beizubringen, mich im Kreise tanzen zu lassen und mir am Ende als *Coup de Grâce* das Hüftband meines Lendentuchs mit einem Schlenker seines Handgelenks abzuschneiden. Ich mußte mein Schwert fallen lassen, um den letzten Rest meiner Würde zu bewahren.

Dann wandte er sich ab, ich blieb stehen, rot angelaufen, wütend, lächerlich darum bemüht, meine Blöße zu bedecken, von Schweiß und Blut bedeckt.

Er warf dem Bootsmann seinen Degen hin und wischte sich affektiert mit einem parfümierten Tuch die Stirn. Dann bot er der Prinzessin den Arm. Sie hatte nur einen verächtlichen Blick für mich übrig und ging mit ihm.

Insgesamt betrachtet war es nicht gerade ein sehr erfolgreicher Tag gewesen.

Koja und ich wurden zur Arbeit an die Räder geschickt, während Darloona die Reise in einer luxuriösen Kabine genoß.

Die Himmelspiraten sind ein rauher Haufen, aber auf ihre grobschlächtige Art nicht unfreundlich. Wir wurden einem Burschen namens Gomar anvertraut, einem vierschrötigen alten Seebären – Himmelsbären, sollte ich wohl sagen – mit einem scharlachroten Kopftuch und einem buschigen, kohlschwarzen Bart, der ihn aussehen ließ wie eine Gestalt aus dem »Roten Freibeuter«.

Er gab mir zuerst Gelegenheit, mich an einem Trog kalten Wassers zu waschen, und grub dann irgendwo einen ausgefransten Kilt, ein sauberes Lendentuch und eine Art offener Weste von scheußlicher orangeroter Farbe aus, die mit kupfernen Scheiben verziert war. Ich kam mir in diesem Aufputz wie ein Zirkuszigeuner vor, erhob aber keine Einwände. Koja und ich erhielten zu essen, etwas säuerliches Bier, und dann ließ man mich ausruhen, ehe ich ans Rad mußte.

Es handelt sich dabei um flache Zahnräder, die im Hauptraum unter Deck untergebracht sind. Es gibt davon fünfzig, eines über dem anderen, mit kleinen Plattformen und Laufbrücken dazwischen. Die Räder sind außen mit Handgriffen versehen, an die Sklaven angekettet sind, die beständig mit ihrem Rad im Kreise gehen und damit die Antriebskraft erzeugen, welche die mächtigen Tragflächen – oder besser Schwingen – auf- und abbewegen.

Die Fahrt nahm etwa eine Woche in Anspruch, und ich war an mein Rad gekettet wie ein Galeerensklave in einem alten Eroll-Flynn-Film. Darloona wußte wahrscheinlich nicht, daß man Koja und mich ans Rad gekettet hatte – vermutlich hatte unser glattzüngiger Gastgeber ihr weisgemacht, daß man uns irgendwelche Sklavendienste an Bord zugeteilt hatte, die unserem gesellschaftlichen Niveau entsprachen, oder dergleichen.

In dieser Woche lernte ich ungemein viel.

Einige der Radsklaven waren Kriegsgefangene, andere wieder geborene Zanadanier, die von armen Eltern als Sklaven verkauft worden waren oder die man wegen irgendeines Vergehens an die Räder der fliegenden Marine gekettet hatte. Die Himmelspiraten benötigten eine enorme Zahl von Radsklaven und ständigen Nachschub. Schließlich handelte es sich um eine höchst anstrengende Arbeit, bei der man nicht alt wurde. Nur wenige Radsklaven überleben ihr erstes Jahr unter Deck. Aus diesem Grunde, so erfuhr ich, wandten die Gerichtshöfe von Zanadar die Sklaverei als Standardstrafe für praktisch alles an: Mord, Diebstahl, Unterschlagung, Ehebruch, Vergewaltigung, Mordversuch, Betrug und so ziemlich jedes andere Verbrechen, das man nennen konnte. Und die Sklaverei bedeutete automatisch das Rad.

Wir arbeiteten in Schichten, rund um die Uhr, vier Stunden am Rad, vier Stunden frei. Ein mörderisches Tempo. Nach meinen ersten drei oder vier Schichten am Rad dachte ich, ich würde sterben. Nach ein paar weiteren, wünschte ich mir, ich könnte sterben. Ich hatte nie zuvor geahnt, daß der Körper eine solche bis in die Knochen gehende Erschöpfung empfinden könnte. Ich entdeckte Muskeln, von denen ich gar nicht wußte, das es sie gab.

Aber man fütterte uns herzhaft mit guten Vastodon-Steaks, die wir mit kräftigem roten Wein hinunterspülen konnten. Und im Gegensatz zu den Sklaven an den Rudern der alten Galeeren auf der Erde, war der große Saal, in dem wir arbeiteten und in dessen Ecken wir schliefen, kein schwarzes, stinkendes Loch. Weit offene Jalousien in der Decke gestatteten der Luft den Zugang. Nach einiger Zeit begann ich mich abzuhärten; meine Muskeln strafften sich, und mein Rücken, mein Bauch und meine Brust entwickelten Sehnen wie aus Stahl.

Zwischen den Schichten unterhielt ich mich mit meinen Mitsklaven. Sie waren eine bunt zusammengewürfelte Mannschaft, zur Hälfte schwarzhaarige Zanadier, mit kalkweißer Gesichtshaut. Der Rest setzte sich zusammen aus Angehörigen jedes Stammes und jeder Nation von ganz Thanator. Da gab es silbergraue chitinbedeckte Yathoon wie Koja, wobei sich allerdings herausstellte, daß sie ausnahmslos rivalisierenden Clans angehörten, während von seinen eigenen Leuten keiner an den Rädern der Fregatte fronten. Aber es gab viele der honigfarbenen, rotschopfigen Ku Thad, mit ihren schrägliegenden Smaragdaugen. Außer diesen Vertretern der drei thanatorischen Rassen, die ich während meiner Reisen und Abenteuer auf dem Dschungelmond bereits kennengelernt hatte, gab es da auch noch andere, welche Völkern entstammten, von denen ich noch nicht gehört hatte. Darunter waren viele von einer kräftig gebauten, mürrisch blickenden Rasse, mit strohigem, farblosen Haar, dunkler, schmieriger Haut und gelben Augen. Man sagte mir, daß diese Mitglieder einer Banditenarmee seien, die sich Chac Yuul nannte, die Schwarze Legion. Ehe ich mit meiner Geschichte fertig bin, werde ich über sie noch eine ganze Menge zu berichten haben.

Wir waren auf dem Weg nach Zanadar, der Stadt der Himmelspiraten. Es ging die Rede, daß der glattzüngige Piratenprinz Darloona davon überzeugt hatte, daß er ihr Volk gegen seine Feinde unterstützen wollte, aber um dies zu tun, müsse er zuerst in das Wolkenreich zurückkehren, um seine Streitkräfte zu sammeln. Es ging auch die Rede, daß Thuton ihr heftig den Hof machte, mit dem Ziel, die beiden Reiche zu vereinen. Als ich das hörte, knirschte ich mit den Zähnen und malte mir aus, was ich das nächste Mal tun wollte, wenn ich den Himmelspiraten wieder vor meinem Degen hatte.

Meine Gespräche mit den Radsklaven halfen mir, die Lücken in meinem Wissen von Thanator und seinen Bewohnern zu füllen. Natürlich gab es davon eine ganze Menge.

Ich erfuhr, daß der Planet oder Mond vorwiegend von Land bedeckt war. Thanator besitzt zwei Binnenmeere. Das größere davon, Corund Laj, das ›Größere Meer‹, liegt auf der Nordhälfte des Globus, während Sanmur Laj, das ›Kleinere Meer‹, weit im Süden liegt. Das ›Größere Meer‹ und seine Küste wird von einer Rasse rothäutiger kahlköpfiger Männer beherrscht, Kaufleuten, Händlern und Ladenbesitzern, einer Handelszivilisation wie der des alten Karthago, in kultureller Hinsicht ähnlicher dem mittelalterlichen Persien. Aus irgendeinem Grunde nennt man ihr Reich das ›Helle Reich von Perushtar‹. Es besteht aus den drei Städten von Farz im Norden, Narouk im Westen und Soraba im Süden; seine Hauptstadt, das ruhmreiche Perushtar, liegt auf einer großen Insel vor der Südküste, die den seltenen Vorzug genießt, die einzige Insel auf ganz Thanator zu sein.

Die große Metropole von Shondakor liegt am Fluß Ajand, einhundert *Korads** südlich der See von Corund Laj.

Westlich des Corund Laj und auf etwa dem gleichen Breitengrad erheben sich die Weißen Berge von Varan Hkor. Auf einem der Gipfel dieser Berge ist Zanadar, die Stadt in den Wolken, erbaut. Südlich dieser Berge, westlich von Shondakor und auf etwa der gleichen Breite wie diese Stadt, liegt ein mächtiges Dschungelgebiet, welches sich die Große Kumala nennt. Südlich der Großen Kumala erstrecken sich die Ebenen von Haratha etwa fünfhundert Korad weit, von den Ufern des Sanmur Laj, dem Kleineren Meer im fernen Westen, bis zu den Vorgebirgen der Schwarzen Berge von Rhador, welche die Yathoon-Horde sich zum Ziel genommen hatte. Die Entfernung zwischen dem Lager der Horde und der Stadt der Himmelspiraten war daher ungeheuer – dreihundertundzehn Korads oder zweitausendeinhundertfünfundsiebzig Meilen.

Meine Leser (falls es solche gibt) müssen mir diese Betrachtung über die Geographie Thanators verzeihen, die vielleicht etwas zu lang geraten ist. Aber da dieser Bericht meiner Abenteuer auf

* Das *Korad* ist das wichtigste Längenmaß auf Callisto. Ein Korad entspricht ungefähr sieben Meilen, der durchschnittlichen Entfernung, die ein Reiter in einer Stunde auf einem frischen Thaptor zurücklegen kann. J. D.

Callisto meinen Leser zu den meisten Orten dieser Halbkugel des Dschungelmondes führen wird, hielt ich es für ratsam, die Lage dieser Länder und Städte zu beschreiben, ebenso wie ihre Beziehungen zueinander. Was die gegenüberliegende Halbkugel von Thanator betrifft, so habe ich dazu wenig zu sagen, da ich sie nie gesehen habe. Diese geographischen Kenntnisse übrigens, die ich nur in Gesprächen mit meinen Radkollegen erwarb, erwiesen sich übrigens als höchst wertvoll. Endlich nämlich hatte ich wenigstens eine gewisse Vorstellung davon, wo jene ungemein wichtige Scheibe aus milchiger Jade in ihrem Ring sie bewachender Säulen lag – das Tor-zwischen-den-Welten, das ich irgendwie wiederfinden mußte, wollte ich je zu meiner eigenen Welt zurückkehren. Ihre ungefähre Position habe ich auf dieser einfachen Karte* markiert.

Ich erfuhr auch etwas über die jüngsten Ereignisse auf dieser Welt. Einige Monate vor meinem Eintreffen auf Thanator war die Stadt Shondakor von einem mächtigen Banditenhäuptling namens Arkola, dem Anführer der Chac Yuul, der Schwarzen Legion, die ich etwas früher schon erwähnt habe, erobert worden. Ich kenne keine exakte Entsprechung auf der Erde, mit der ich diese Räuberhorde näher darstellen könnte. In gewissem Sinne handelte es sich bei ihnen um Nomadenkrieger, ähnlich den Don-Kosaken des Rußlands des siebzehnten Jahrhunderts; in anderer Hinsicht gleichen sie vielleicht den wandernden *Condottiere* des Italien des fünfzehnten Jahrhunderts. Professionelle Krieger, die sich unter einem selbst gewählten Kommandeur zusammengerottet haben, ziehen, wohin sie wollen, leben vom Land, greifen hier eine Händlerkarawane an, erobern dort ein Fischerdorf oder eine kleine Bauernortschaft, belagern manchmal das Schloß eines für wohlhabend gehaltenen Herrn und vermieten andernorts als Söldnergruppen wieder ihre Schwerter in

* Hier unterbricht Captain Dark seine Erzählung, um uns eine Skizze von einer Halbkugel von Thanator zu liefern. Die Illustration, die auf der Rückseite des vierundzwanzigsten Blattes seines handgeschriebenen Manuskripts erscheint, habe ich zur Reproduktion neu gezeichnet, und Sie finden sie im Vorspann dieses Buches. Die Ortsangaben sind nur ungefähr wiedergegeben, und die Abstände dazwischen sind zweifellos höchst ungenau, da es praktisch unmöglich ist, die konvexe Oberfläche eines Planeten auf einem ebenen Blatt Papier wiederzugeben, ohne dazu die komplizierten technischen Methoden berufsmäßiger Geographen zu benutzen. Diese Karte sollte aber durchaus ausreichen, um Ihnen eine ungefähre Vorstellung der in dieser Geschichte erwähnten Orte zu geben.

irgendeinem Krieg zwischen den Städten von Thanator. Was sie dazu geführt hatte, eine der strahlendsten aller großen Städte anzugreifen, konnte niemand sagen. Aber jedenfalls hatten sie Shondakor überrascht und die Kontrolle über die Metropole in einem praktisch unblutigen Coup an sich gerissen. Vielleicht war ihr Kriegsherr Arkola des Nomaden-Lebens, der ewigen Märsche und Lageraufenthalte müde geworden und beabsichtigte für sich und seine Legionäre ein Reich aufzubauen – oder besser noch, Herr und Meister eines Königreichs zu werden, das bereits existierte, statt sich selbst eines zu schaffen.

Jedenfalls führte die Prinzessin Darloona, als sie sah, daß die gefürchtete Schwarze Legion bereits innerhalb ihrer Tore weilte und daß weiterer Widerstand sinnlos geworden war, den größten Teil ihres Volkes aus der Stadt in die Dschungel der Großen Kumala. Vorsicht ist, wie es heißt, der bessere Teil der Tapferkeit; zweifellos hielt Darloona es für klüger, ein Massaker ihres Volkes zu vermeiden, indem sie praktisch mit der ganzen Streitmacht vor der Legion floh. Sobald sie einmal in den weg- und pfadlosen Tiefen der Großen Kumala verschwunden war, konnte sie ihre Streitkräfte neu formieren, Pläne schmieden und versuchen, ihre Stadt zurückzuerobern. Die Kumala mißt von Osten nach Westen zweitausendfünfhundert Meilen und an ihrer breitesten Stelle von Norden nach Süden eintausendfünfhundert Meilen. Es ist leicht vorstellbar, wie man in dieser ungeheuren Wildnis ein oder zwei Armeen so verstecken kann, daß nicht die geringste Chance besteht, sie aufzufinden. Wenn man beinahe vier Millionen Quadratmeilen dichtesten Dschungels zur Verfügung hat, kann man ein paar mittelgroße Königreiche in der Großen Kumala verstecken, und sie werden nie wieder gefunden.

Erst viel später erfuhr ich die Umstände, die dazu geführt hatten, daß ich Darloona alleine im Kampfe gegen das Vastodon in jenen Dschungeln gefunden hatte; sie erzählte mir die Geschichte. Ihre Jagdgesellschaft war von ein paar Yathribs auseinandergetrieben worden und hatte sich in alle Richtungen verstreut. Wenn ich nicht gekommen wäre und das Vastodon auch nicht, hätte sie zweifellos in einer oder zwei Stunden den Weg zurück zum Rest ihrer Gruppe gefunden.

Ich kam aber und ebenso das Vastodon. Und von solch kleinen Ereignissen hängt manchmal das Schicksal ganzer Welten ab.

Es fällt mir schwer, die Zahl der Tage und Nächte abzuschätzen, die ich als Sklave an den Rädern des fliegenden Schiffes verbrachte. Die Monotonie der nichtendenwollenden Arbeit, die ewige Folge von Arbeits- und Schlafschichten, die einem jedes Zeitgefühl nahmen, die immer größer werdende Müdigkeit, all das hinderte mich daran, den Ablauf der Zeit exakt zu verfolgen. Aber ich weiß jetzt, daß diese so schwerfällig scheinenden Flugmaschinen imstande sind, an einem einzigen Tage wenigstens dreihundert Meilen über Land zurückzulegen. Also arbeitete ich mindestens eine Woche lang an meinem Rad.

Wenn diese Geschwindigkeit, verglichen mit der einer Düsenmaschine auf der Erde, auch nicht bemerkenswert ist, so erregt sie von einem Schiff, das allein von Muskelkraft angetrieben wird, doch Respekt.

Die *Skygull* war das persönliche Flaggschiff oder die Yacht von Prinz Thuton. Ich bezeichne sie als Fregatte, weil sie das als leichtes, schnelles Erkundungsschiff im technischen Sinne war. Ihrem Aussehen nach glich sie freilich eher einer mit schweren Ornamenten versehenen spanischen Galleone. Die *Skygull* war siebenundachtzig Fuß lang, sehr breit gebaut und mit einem flachen Boden versehen. Am Vorschiff und dem Heckkastell war sie sehr hoch: das Vorderschiff ragte gute zweiundvierzig Fuß über die Kielebene, das Heckkastell fünfunddreißig. Die Aufbauten des Vorderkastells wölbten sich zu beiden Seiten aus und bildeten so eine freiliegende Aussichtskabine mit weiten hohen Fenstern, die einen guten Ausblick nach allen drei Seiten bot. Darüber lag ein flaches mit einer Balustrade versehenes Beobachtungsdeck. Die Aussichtskabine diente zugleich als Steuerbrücke, und von dieser Stelle aus wurde die Fregatte gelenkt. Ein Bugspriet stach von der Vorderseite des Beobachtungsdecks über die gewölbte Fensterreihe nach vorne hinaus. Er war mit einer kunstvoll geschnitzten Gallionsfigur verziert, die einen geflügelten Krieger mit einem Fischschwanz darstellte. Weiter unten an der Krümmung des Rumpfes, unter der Steuerbrücke und etwa auf der Höhe, die bei einem Schiff auf See die Wasserlinie gewesen wäre, gab es zwei ausgewölbte Beobachtungsbalkons, einen auf jeder Seite des Rumpfes. Das Heckkastell hatte eine ähnliche Aussichtskabine, die nach hinten wies, und am Ruderschaft darunter war eine senkrechte Steuerflosse befestigt, die wie ein riesenhafter Fächer gerippt war. Die Rudersäule war mit den Heckflossen verbunden, und von dort aus mit dem hinteren Steuergetriebe.

Die mit Scharnieren versehenen Schwingen waren mittschiffs und unter Deck an beiden Seiten befestigt. Ihre Spannweite mußte sicherlich von Flügelspitze zu Flügelspitze, wenn sie ganz ausgespreizt waren, einhundert Fuß betragen haben. Der Teil der Schwingen, der an den Schiffswänden befestigt war, war starr, aber etwa ein Drittel des Weges nach draußen waren die Schwingen in einer höchst geschickten und komplizierten Weise mit Gelenken versehen und zwar mit riesigen Flaschenzügen und Haltetauen, welche die weiter außen liegenden Schwingensegmente bewegten, die tatsächlich auf- und abflatterten. Die Bewegungen dieser Schwingen wurden vom Zwischendeck aus bewerkstelligt und kontrolliert. Die riesigen Räder, die wir Sklaven drehten, lieferten durch in Reihen angeordnete Zahnräder, die mit jeweils wieder größeren Zahnrädern zusammenwirkten, kinetische Energie nach draußen. Und das Ganze war mit Haltetauen von großer Elastizität verbunden. An den Rädern sorgte eine raffinierte Anordnung aus Ratschen und Sparren dafür, daß ein plötzliches Rückwärtsdrehen verhindert wurde, andernfalls hätte eine widrige Bö das ganze Räderwerk zerstören können. Die Haltetaue waren an mächtigen Winden etwa auf der Höhe der Räderdecks befestigt. Die Taue führten durch kreisrunde ›Bullaugen‹ in den Rumpfwänden zu den riesigen Schwingen nach außen.

Der Begriff eines Luftfahrzeuges mit Vogelschwingen war nicht völlig thanatorisch. Ich erinnere mich, daß das Renaissancegenie eines Leonardo da Vinci nicht imstande gewesen war, ein praktisch funktionierendes Modell eines solchen Fahrzeuges zustandezubringen, wenn auch seine Skizzenblocks mit ins Detail gehenden Zeichnungen von Ornithoptern angefüllt sind. Die Hauptprobleme damals lagen im großen Gewicht und der Antriebskraft.

Mich faszinierte die Genialität, mit der die Zanadarier echte Ornithopter praktisch nutzten. So waren beispielsweise die fliegenden Fregatten nicht, wie ich ursprünglich angenommen hatte, aus Holz gefertigt, sondern aus speziell behandeltem Papier. Riesige Blätter aus kräftigem, aus Schilf gewebtem Papyrus wurden mit Klebstoff getränkt und eine Schicht nach der anderen über Formen aus Gips gezogen. Brannte man diese mehrschichtige ›Haut‹ anschließend in Ziegelöfen und streifte man sie dann von den Formen ab, so ergab das am Ende eine Masse, die durchaus mit Plastik vergleichbar war, wenigstens soweit dies ihre praktische Verwendungsmöglichkeiten anging. Die mit Klebstoff imprägnierten Papierwände waren unglaublich dünn, leichter als Plastik, ja sogar leichter als Balsholz, dabei zäh, kräftig und dauerhaft.

Das ganze Schiff bestand, wo immer möglich, aus Papier. Die Maste und der Kiel, der Bugspriet und die Rippen der Schwingen waren hohle Rohre. Selbst die große Gallionsfigur war innen hohl. Die Flügel, zumindest deren bewegliche Teile, waren wie die Schwingen einer gigantischen Fledermaus konstruiert. Dünne, hohle Papierröhren gingen von einer Mittelrippe aus. Zwischen diesen Rippen freilich wurde anstatt des mit Klebstoff imprägnierten Papiers eine Art Seidengespinst benutzt. Zähe Seide wurde straff gespannt und wie ein Trommelfell verpflockt und dann in Wachs getaucht, was sie besonders steif machte. Die einzelnen Stiche und Nähte wurden mit Wachs versiegelt. Papierplatten hatten sich hier als unpraktisch und viel zu schwach erwiesen.

Aber auch der Einsatz dieser raffinierten Papierkonstruktion allein hätte die siebenundachtzig Fuß langen Fregatten nicht flugfähig gemacht, wären die gasgefüllten Kammern nicht gewesen. Das ganze Unterdeck, der Kielraum der Fregatten, war mit einem leichten, natürlich vorkommenden Gas vollgepumpt, dessen Auftrieb die Ornithopter praktisch gewichtslos machte. Man fand Geysire dieses Gases in den Weißen Bergen; diese zapfte man an und pumpte die Kielräume der Fregatten unter Hochdruck mit diesem Gas voll. Dann schraubte man die Ventile von den Füllschläuchen ab, fügte ein einfaches Aufsteckventil hinzu und verwandelte sie damit in eine Art Überdruckhähne, die es erlaubten, wenn nötig, etwas von dem Gas abzulassen, so daß das Schiff tiefer gehen konnte. Sobald der Kielraum gefüllt war, wurde er versiegelt und kalfatert, bis er luftdicht war. Nein, es bestand nicht der geringste Zweifel daran, daß diese Schiffe flugfähig waren.

Es gab zwei Maste, die mittschiffs Seite an Seite standen, nicht vorne und achtern wie bei einem Schoner auf den Meeren der Erde. Von Mast zu Mast verliefen leichte Wanten, ebenso zum Bugspriet und nach achtern, damit man dort Signalwimpel aufziehen konnte, und auch zum Gebrauch der Matrosen, welche in den einsamen, von Winden umbrausten Aussichtskörben am Topp saßen.

Die Schiffe hatten eine Mannschaftsstärke von fünfunddreißig Offizieren und Matrosen sowie achtzig Radsklaven. Die Menge der Radsklaven, die benötigt wurde, um die Schwingen zu betreiben, war es, welche die Zahl der zanadarischen Schiffe knapphielt. Wäre dem nicht so gewesen, so hätten die Zanadarier dank ihrer erstaunlichen technologischen Fortschritte gegenüber den anderen Nationen des Dschungelmondes zweifellos ein Weltreich beherrscht.

Und sollten die Zanadarier je die Dampfmaschine erfinden, dann möge Gott Thanator beistehen!

Zanadar, die Stadt in den Wolken

Es ergab sich, daß wir während einer meiner Freiwachen in der Stadt der Himmelspiraten eintrafen.

Tagelang waren wir in zweitausend Meter Höhe über dem dunkelroten Teppich der Großen Kumala dahingezogen. Gestern gegen Abend hatten wir endlich die Vorgebirge der Varan-Hkor-Berge erreicht, und in der Morgendämmerung tauchten die Türme von Zanadar auf.

Meine Radgruppe schlief in einem kleinen Verschlag im Obergeschoß, unmittelbar unter den Lüftungsklappen. Auf diese Weise bot sich mir ein herrlicher Ausblick auf die Stadt in den Wolken, wie man Zanadar manchmal nannte.

Unmittelbar vor unserem Bug, ein paar Grad nach Backbord, stach ein schroffer Gipfel in den Horizont, hob seinen mit Schlössern und Burgen besetzten Kamm aus dem purpurnen Dämmerlicht in den strahlenden Glanz des Morgens. Die Berge bestanden vorzugsweise aus weißem Mergel, wie schneeweißer Kalk, durchsetzt mit schimmerndem, grauem Quarz; der Gipfel war zackig, die Stadt in verschiedenen Ebenen erbaut; einzelne Türme oder Bollwerke waren mittels luftiger Brücken miteinander verbunden, welche die Abgründe zwischen den imposanten Bauten überspannten. Aus der Ferne sah das aus wie Spinnweben zwischen steifen Grashalmen, benetzt mit dem Juwelengeschmeide des Morgentaues.

Als die Fregatte näherkam, konnte ich die befehlsgewohnte Stimme des ersten Maats hören, der durch sein Megaphon Anweisungen brüllte, alle Leinen zu belegen und die Luken dichtzumachen.

»Ahoi, Achterdeck!« brüllte er mit einer Stimme, die mich an ein Nebelhorn erinnerte. »Signalgasten an den Achterleinen bereithalten! Fahne bereit! Nur lebhaft, dort vorne im Vorschiff –«

Eine schwächere Stimme hallte von der Brücke, und der Erste Maat gab den Befehl nach hinten weiter. »Ruder steuerbord, zwei Strich!« Und dann: »Bewegt euch nur an den Winden! Hinterflächen trimmen – hart am Winde, das Ruder, Männer!«

Ich spürte, wie die ganze Schiffstruktur erzitterte, dann ächzten die großen Winden über mir, und die Haltetaue summten, so straff waren sie gespannt. Ich fand den ungeheuer komplizierten Vorgang, dessen es bedurfte, um die *Skygull* zu fliegen, immer wieder faszinierend. Alles hätte ich darum gegeben, in diesem Augenblick an Deck sein zu dürfen und zuzusehen, wie sie es machten. Ich begriff, daß die Matrosen an den Winden die Neigung und das Tempo der Schwingen kontrollierten, während die Ruderbesatzung das eigentliche Steuermanöver ausführte, indem sie die Ruderfinne entweder nach Backbord oder nach Steuerbord zog; die ganze Operation wurde von der Brücke aus koordiniert, wobei die Befehle des Kapitäns vom Beobachtungsdeck an den Ersten Maat weitergeleitet wurden, der auf einer Art Steuerturm zwischen den Zwillingsmasten stand; er wiederum leitete die Befehle an die Winden- oder Rudermannschaften weiter.

Jetzt drehten wir langsam in den Wind. Die Flügelschläge waren langsamer geworden, die großen Schwingen standen fast still, nur die Luftströmung bewegte sie noch. Unsere Fahrt verlangsamte sich stetig, während die entsprechenden Klappen sich in den Wind legten. Die Takelage ächzte, als die Fregatte sich nach Backbord lehnte, dabei etwas krängte, und dann schwoll die Stimme des Maates noch mehr an, und er brüllte die Windenmannschaft an Steuerbord an, gefälligst zu trimmen. Ich will darauf verzichten, die höllischen Flüche zu übersetzen, mit denen er seinen Befehl würzte.

Zanadar lag jetzt gerade vor uns. Auf der Spitze eines Berges erbaut, brauchte die Stadt der Himmelspiraten keine Mauern oder Bollwerke, ja nicht einmal einen Wachtturm. Die Gebilde, die ich sehen konnte, waren in einem charakteristischen Architekturstil erbaut, der vierseitige Gebäude mit flachen Dächern und durch grellbunt gestreifte Markisen vor dem Licht geschützte Etagen zu bevorzugen schien. Diese Gebäude waren sehr massiv mit kräftigen, ungemein dicken Wänden, und verjüngten sich deutlich vom Boden nach oben hin; ich vermute, daß dieser Baustil von der kalten Luft dieser unwirtlichen Höhenlage diktiert wurde, ebenso auch von den beständigen Winden in Orkanstärke, die uns umtobten. Der Kamm dieses Berges war aufgelöst in eine Anzahl einzelner Gipfel, von denen ein gutes Dutzend künstlich eingeebnet und in Landeflächen für die Ornithopterflotte verwandelt worden war. Ich konnte auf der Landefläche mit Geländer versehene Wege erkennen, die anscheinend unser Ziel waren. Zu beiden Seiten der Fläche gab es eine Art dachlosen Hangars, wie ein Trockendock. Drei solcher Docks waren von Fregatten besetzt, die der unseren vergleichbar waren. Die Docks stiegen über die Höhe der Mitteldecks auf, und die Fregatten wurden von Dockarbeitern mittels Leinen hineingezerrt. Vermutlich gab es an der Unterseite der Schiffe Räder, vielleicht einziehbare, denn die Fahrzeuge landeten allem Anschein nach in der Mitte der Landebahnen und wurden dann über Schienen an die Ankerplätze gezogen, wo sie mit kräftigen Tauen an Pollern festgemacht wurden.

Jetzt schlugen die Flügelspitzen einen leichten schnellen Rhythmus. Bei jeder Bewegung hallten die hohlen Sektionen wie Trommeln. Ein fantastisches Panorama von Türmen und gähnenden Abgründen zog an meiner offenen Luke vorbei. Ich erblickte Dachgärten, auf denen bunte Blumen blühten, Früchte reiften, sah dicke, scharlachrote Blätter, die hinter verglasten Kuppeln vor der bitteren Kälte der Bergluft geschützt waren, während unser Schiff immer näher kam.

Und an jeder Turmspitze entrollten sich farbenprächtige Wimpel mit wappenähnlichen Zeichen. Jetzt sah man glasüberdeckte Boulevards, auf denen buntgekleidete Gruppen zwischen blühenden Bäumen flanierten oder in Rickschas aus vergoldetem Papier und Holz dahinrollten. Später erfuhr ich von Lukor, daß diese obere Etage ›Oberstadt‹ genannt wurde; hier wohnten die Adeligen und Aristokraten und Höflinge mit ihren Satelliten – Minnesängern, Clowns, Jongleuren, Bänkelsängern, Parfumeuren, Papierbildhauern, Maskenkomponisten, Kosmetikmischern. Dies war die wohlhabende Klasse der Untätigen, die von der zweiten Etage und den dort lebenden Arbeitern erhalten wurde.

Als wir jetzt näherkreisten, getragen von der Thermik, flogen wir über das, was Lukor später als die Mittelstadt bezeichnete. Die Straßen hatten hier keine Glasdächer und standen den Winden offen, die Häuser waren niedriger, geduckter, die Gassen von Gasthöfen, Weinläden, Bierkneipen, Geschäften und Spielsälen gesäumt. Bunte Papierlaternen schwangen an langen, nikkenden Stangen im Winde: blau, kupfer, hexengrün, limonenfarben – wie die Augen von Kobolden in der frühen Morgendämmerung. Hier wohnten die großen Piratenkapitäne der Brüderschaft der Wolken: die vornehmen Kaperkapitäne, die ihre eigenen Schiffe führten oder in manchen Fällen ganze Geschwader, wenn es galt, Handelskarawanen anzugreifen, welche die gefährliche Reise über die Bergpässe wagten, oder nahe gelegene Städte zu überfallen. In protzige Mäntel gehüllt, an den Füßen auf Hochglanz polierte Stiefel, mit Samt und Geschmeide herausgeputzte Mädchen am Arm, am Gürtel das Rapier und die dicke Börse, so stolzierten diese Kapitäne in ihrer trunkenen Arroganz durch die winddurchbrausten Straßen und Gassen der Mittelstadt.

Von der Unterstadt sah ich nur wenig: schmutzige Schuppen duckten sich an die Bergwand, bevölkert mit Wächtern mit grimmigen Gesichtern, dahinschlurfenden Arbeitern, herumhuschenden Kindern in Lumpen. Hier wohnten die Sklaven, die Diener, die Diebe und die Ausgestoßenen, die aus den schimmernden Höhen darüber in diesen Pfuhl der Armut abgestürzt waren.

Wir schwebten auf reglosen Schwingen. Der Erste Maat brüllte, Schrauben drehten sich und öffneten Druckventile. Das Zischen entweichenden Gases ertönte. Die Fregatte zitterte, sackte ab, schwebte, sackte wieder ab, und dann knirschte ihr Kiel auf dem Boden der Landebahn. Ich hörte das Poltern von Arbeitstrupps, die gerannt kamen, um die Taue festzumachen. Dann das Mahlen geölter Lager und das Poltern der Schienen, als wir an die Anlegestelle gezogen und vertäut wurden.

Darloona schiffte sich über eine Gangplanke am Oberdeck aus; ich erhaschte nur einen Blick auf sie, wie sie lachend, vor Erregung strahlend, in schimmernde Seide gehüllt, auf Thutons Arm gestützt, dastand, während er vor der Hafenflagge salutierte.

Ich schlurfte unten hinaus, einer in einer Gruppe armseliger Sklaven mit gebeugten Rücken.

Die Sklavenpferche befanden sich in der Unterstadt hinter Wänden, die so dick und so massiv wie Palisaden aus Sequoiastämmen waren. Hier erhielten Koja und ich numerierte Plaketten, die wir an steifem Draht um den Hals tragen mußten. Man wies uns in dem riesigen Gebäude eine kleine Kammer zu. Dort würden wir für den nächsten Korsaren der Lüfte bereitstehen, der frisches Blut für seine Räder brauchte. Bis dahin hatten wir nichts zu tun und durften dahinvegetieren.

Für mich war der Übergang von dem Barbarentum des Hordenlagers zu einer fortgeschrittenen städtischen Zivilisation erschütternd. Wie sehr glich das, was ich hier erlebte, doch dem modernen Stockholm oder London, dachte ich. Schmutzige Slums am Fuße hochaufragender Villen und Paläste; der ferne Klang von Gelächter und Musik aus bunten Vergnügungspavillons weit über uns, der in die dreckigen Gassen und schmierigen Hütten an ihrem Fuße herunterdrang.

Für Koja, der nichts anderes als das Lager, die Jagd und den Krieg kannte, mußte es etwas ungeahnt Neues sein, aber der wortkarge Bursche sprach wenig und gab sich ganz seinen eigenen Gedanken hin.

Unsere Existenz war höchst langweilig. Zweimal am Tage formierten die Wächter uns in Doppelreihen, und wir schlurften hinaus und holten unser Essen aus langen Porzellantrögen, die mit einer lauwarmen fettigen Suppe gefüllt waren, in der Fleischstücke und ein rübenartiges Gemüse schwamm. Jeder von uns hatte eine Holzschüssel, womit wir uns das Essen aus dem Futtertrog schöpften. Der zersprungene schmutzige Verputz der Wände, der schmierige, mit Nahrungsresten besudelte Boden, das Scharren und Klappern der Schüsseln, die verschwommenen müden Gesichter mit den leeren, abgestumpften Augen – welch Unterschied zu den geräumigen Sälen mit den gewachsten glänzenden Böden, wo gepflegte Offiziere und Aristokraten in makellosen, mit Gold und Epauletten verzierten Uniformen – und die Prinzessin von Shondakor – wahrscheinlich dieselben Tage verbrachten, die für uns eine endlose Folge von Monotonie waren.

Gelegentlich drangen Nachrichten aus den erhabenen Höhen der Oberstadt zu uns herunter. Prinz Thuton hatte gelobt, Darloona auf den Thron von Shondakor zurückzuführen. Die Abgesandten von Zanadar trafen sich mit Häuptlingen der Schwarzen Legion, um über Krieg und Frieden zu diskutieren. Die ganze Armada von Ornithoptern wurde für einen Angriff auf die Hauptstadt Darloonas vorbereitet, es sei denn der Usurpator Arkola gäbe vorher freiwillig den usurpierten Thron auf.

Es ging sogar das Gerücht herum, daß eine königliche Hochzeit bevorstünde.

Ich begann die Meinung, die ich mir von Thuton gebildet hatte, zu revidieren. Vielleicht war ich etwas voreilig gewesen. Koja hatte Thutons Motive als gemein, selbstsüchtig und rein politisch motiviert dargestellt. Das war mir damals plausibel vorgekommen und war es vielleicht auch heute noch – aber wurden meine Ansichten nicht stärker von persönlichem Ärger als den mir zugänglichen Beweisen bestimmt? Die Nachrichten klangen nämlich durchaus so, als bemühte Thuton sich ernsthaft, die Schwarze Legion zu vertreiben und Darloona ihr Reich zurückzuerobern.

Ich konnte den glatten, stutzerhaften Burschen nicht leiden. Aber diese Abneigung fußte natürlich auf einer persönlichen Erniedrigung, der Niederlage, die ich im Duell erlitten hatte, und auf meiner Verbitterung darüber, wie er mir Darloona einfach weggenommen hatte.

Zweifellos würde ich Darloona nie wiedersehen. Sie würde ganz bestimmt nicht in den Schmutz der Sklavenpferche hinabsteigen, und die Verachtung und der Abscheu, den sie mir gegenüber empfand – basierten sie auch noch so sehr auf einem Mißverständnis – würden bestimmt jede weitere Beziehung zwischen uns unmöglich machen.

Es ging die Rede, der charmante und elegante Thuton hätte sie ganz für sich gewonnen und würde sie ehe das Jahr sich dem Ende zuneigte, zu seiner Gattin machen.

Vielleicht war es das Beste, wenn ich aufhörte, über sie nachzudenken.

Sie gehörte in die glitzernde Welt des Luxus und der Privilegien weit über mir. Ich hätte ihr nicht helfen können, wohl aber Thuton. Sie empfand nur Abscheu für mich. Vielleicht, so dachte ich, sollte ich meine Gedanken von ihr abwenden und anfangen, für mich selbst etwas zu tun.

Koja war es, der das zerbrochene Gitter entdeckte.

Es hatte einen heftigen Orkan gegeben. Heulende Sturmböen ließen die dicken Wände der Stadt auf dem Berggipfel erzittern. Eisige Regengüsse prasselten auf die Gebäude herab und ließen die Straßen zu Gießbächen werden. Es wurde viel Schaden angerichtet, so viel, daß die dafür bereitstehenden Arbeiter Hilfe brauchten. Jeder dritte Sklave in den Pferchen wurde dazu abkommandiert. In meiner Kammer wurde Koja ausgewählt.

Als er am Abend zurückkehrte, brachte er interessante Nachrichten mit.

Das Dach des Gebäudes, in das wir eingeschlossen waren, hatte Beschädigungen davongetragen; eine Menge Dachziegel war losgerissen worden. Und während Koja damit beschäftigt war, in der Nähe der Dachrinnen neue Dachziegel zu legen, hatte er ein Lüftungsgitter entdeckt, das sich an einer Ecke gelockert hatte.

Der Gestank von viertausend Männern, die wie in einem Ameisenhaufen in schmutzigen Kammern zusammengedrängt waren, war überwältigend. Die unzureichenden sanitären Anlagen trugen natürlich zu dem allgegenwärtigen Hauch von Pestilenz bei. Menschen, die lange so dicht aufeinandergepfercht lebten, entwickelten häufig Lungenkrankheiten.

Aus diesem Grunde hatte man hoch unter dem Dach große, mit Gittern versehene Fenster in die Wände geschlagen. Dicke Eisengitter, die mit dem Mauerwerk fest verbunden waren, sorgten dafür, daß diese Lüftungsschächte nicht zum Fluchtweg wurden.

Aber eines dieser Gitter war nun gebrochen. Die Feuchtigkeit hatte sich durch das Mauerwerk gefressen und dazu geführt, daß die eisernen Bolzen verrostet waren – und erneuert hatte man diese Gitter schon seit Jahrzehnten nicht mehr.

Koja berichtete in seiner würdigen, feierlichen Art, daß ein Mann mit etwas Glück und im richtigen Augenblick durch dieses Gitter ins Freie klettern konnte. Doch ein Fluchtversuch würde zwei Männer erfordern – einen, um das schwere Gitter offenzuhalten, den anderen, der sich durchzwängte.

»Aber wenn man durch ist, was dann?« wandte ich ein. »Wie klettert man denn außen an der Wand hinunter?«

»Überhaupt nicht«, sagte er leise, damit niemand uns hören konnte. »Vom Fenster könnte man auf den Dachsims klettern; der liegt nur ein paar Fuß über dem Gitter. Und das Dach der Sklavenpferche steht in Verbindung mit anderen Gebäuden und höheren Etagen. Dazu dienen diese Luftbrücken, die wir bei der Landung sahen. Es sollte jemandem, der so stark ist wie Jandar, keine Schwierigkeiten bereiten.«

Wir diskutierten noch eine Weile darüber und beschlossen am Ende, es zu versuchen. Selbst wenn der Versuch scheiterte und zu unserem Tode führte, war dies immer noch einem kurzen, qualvollen Leben am Rad vorzuziehen.

Wir beschlossen sogar, unsere Flucht noch in dieser Nacht zu wagen. Jede Verzögerung war gefährlich, denn schließlich konnte schon morgen ein Ornithopter neue Radsklaven für eine Reise brauchen.

Wir schliefen in primitiven Kammern. Diese lagen in Reihen hinter den Balkonen, welche die Wände des riesigen Raumes säumten. Radsklaven werden nicht angekettet, und man überwacht sie auch nur höchst oberflächlich. Ich weiß nicht, ob das so ist, weil man annimmt, daß die entnervende, monotone Fronarbeit am Rad jede Moral bricht und die Persönlichkeit der Sklaven soweit vernichtet, daß ein Radsklave überhaupt unfähig wäre, an Flucht zu denken, oder ob auch andere Rassen von Thanator neben den Arthropoden von Yathoon die tödliche *va lu rokka*-Philosophie teilen. Jedenfalls war es für Koja und mich ein Glück, das dem so war. Wächter schlendern zwar in unregelmäßigen Abständen über die Balkone, aber in den Stunden zwischen Mitternacht und dem Morgen neigen sie dazu, sich in den Wachstuben zu versammeln, mit ihren Liebeskünsten zu prahlen und mit ihren Waffengenossen ein kraftvolles, alkoholisches Getränk, das sich *Quarra* nennt, zu trinken und dabei ihre regelmäßigen Runden zu vernachlässigen. Also wählten wir zwei Uhr morgens als den besten Termin für unsere Flucht.

Als das Tageslicht verblaßte, entzündeten die Wächter flakkernde Öllampen, die abgedichtet waren, um zu verhindern, daß sich jemand an ihnen zu schaffen machte, und die in eisernen Halterungen an den Wänden befestigt waren. Koja und ich zogen deshalb unsere Pritschen zurück und gähnten, als hätte der Schlaf uns übermannt, und streckten uns aus. Rings um uns kratzten sich Sklaven, murrten, schimpften, spuckten und bereiteten sich auf die Nacht vor.

Stundenlang lagen wir reglos da und taten so, als schliefen wir. Gelegentlich schlenderte ein Wächter vorbei, beginnend in der untersten Reihe von Balkonen, die den riesigen düsteren Raum umgaben, stieg dann auf ächzenden Leitern hinauf in die nächste Etage und kam so im Laufe der Zeit an sämtlichen Kammern vorbei. Nach der dritten vollständigen Tour dieser Art wurden die Runden unregelmäßiger, und man hörte schließlich auf, die oberen Balkone zu besuchen.

Zu dem vereinbarten Zeitpunkt schlichen Koja und ich uns leise aus unserer Kammer und stiegen so unauffällig wie möglich hinauf in die oberste Etage. Hier war alles finster, und nur wenige Augen hätten uns sehen können, wäre überhaupt jemand um diese Stunde wach gewesen. Wir kletterten so leise wie möglich in eine leere Kammer direkt unter dem vergitterten Fenster. Koja, der dank seiner langen Arme eine größere Reichweite hatte, sollte das schwere Gitter offenhalten, während ich als der Gelenkigere von uns beiden an ihm emporzuklettern und mich durch die Öffnung zu zwängen hatte. Zum Glück sind die Zanadarianer gewöhnt, sehr dickes Mauerwerk zu bauen, so daß der Fenstersims zwei Fuß breit war und mit genügend Platz zum Stehen bot.

Ich kletterte hinaus, und Koja brachte das Gitter wieder in seine ursprüngliche Stellung, so daß ich die Gitterstangen wie Sprossen einer Leiter benutzen konnte. Es war nicht schwierig, von dem Gitter auf das Dach zu klettern.

Die Nacht war kalt und klar. Europa, den die Thanatorianer Ramavad nennen, stand als leuchtende Kugel am Himmel und tauchte die Umgebung in ein silbernes Licht. Keiner der beiden anderen Monde war bisher auch aufgegangen, aber der kleinste innerste Mond Jupiters, die winzige Amalthea, hing wie eine pulsierende Goldflocke vor dem schwarzen Sternenhimmel. Die Eingeborenen von Thanator nennen sie Juruvad, den »Kleinen Mond«.

Das Dach stand ein paar Fuß über der Gebäudewand und wurde von einem Strebepfeiler gehalten. Ich klammerte mich daran und beugte mich nach innen, um Koja zu helfen. Ich hatte einen Streifen, den ich von meinem Lendentuch gerissen hatte, an das Gitterwerk gebunden und zerrte jetzt daran, wodurch ich das Gitter nach außen zog, so daß mein Kamerad durchklettern konnte.

Aber gerade als ich das tat und Koja seinen Kopf und einen Arm durch die Öffnung streckte, drangen von drinnen ärgerliche Rufe und der Klang stampfender Füße heraus.

Unsere Flucht war entdeckt worden. Über der Straße hängend, mich mit einem Arm am Dach festklammernd, mit dem anderen an dem Gitter ziehend, die Zehen gegen die Wand gestemmt, konnte ich nur wenig tun, um Koja zu helfen. Ich drängte ihn, sich zu beeilen, herauszuklettern – aber die Wächter hatten seine Beine gepackt und zerrten ihn zurück.

Ehe er meinen Augen entschwand, wandte er mir noch einmal das Gesicht zu und sprach ein letztes Lebewohl.

»Die Götter von Gordrimator seien mit dir, Jandar. Versuche nicht, mir zu helfen. Jetzt mußt du deine eigene Freiheit suchen–«

»Koja!« rief ich.

Seine letzten Worte waren: »Rette dich selbst! So entledige ich mich meiner *Uhorz!*«

Und dann rissen sie ihn vom Fenster weg.

Ich hing zwischen Himmel und Erde und wünschte, ihm irgendwie helfen zu können. Aber da schob sich das verzerrte Gesicht eines Wächters durch das Gitter, und der silberne Schein von Ramavad ließ seinen Kupferhelm glänzen, während er mit einem langen Speer nach meinen Beinen stach.

Es nützte Koja nichts, wenn man mich tötete oder gefangennahm, also stieß ich mich von der Wand ab und kletterte über den Dachsims hinauf. Das Gitter ließ ich zurückschnellen, es schlug dem Wächter ins Gesicht und ich hörte ihn heulend zu Boden fallen.

Auf dem Dach angelangt, richtete ich mich auf und sah mich um. Ein Gefühl grimmiger Verzweiflung erfaßte mich. In all den Monaten, die ich jetzt schon auf Thanator weilte, war ich noch nie so völlig allein gewesen wie in diesem Augenblick.

Mein einziger Freund befand sich in den Händen der Aufseher von Zanadar. Ich war allein und ohne Waffen inmitten einer fremden, mir völlig unbekannten Stadt, umgeben von Feinden.

Das Dach war flach und leer. Zwei der luftigen Brücken verbanden es mit den Gebäuden daneben, aber ehe ich auch nur beginnen konnte, auf eine davon zuzulaufen, wurde ich bereits angegriffen und mußte um mein Leben kämpfen.

Im Inneren des Gebäudes, aus dem ich entflohen war, schrillte eine Alarmglocke. Jetzt kam über das Dach ein vierschrötiger Aufseher auf mich zugerannt; die Schöße seines dunklen Umhangs flatterten wie die Flügel einer mächtigen Fledermaus hinter ihm. In seiner Hand glitzerte der nackte Stahl eines Rapiers.

Ich war unbewaffnet und beinahe nackt und duckte mich unter seinem Schlag. Das Schwert pfiff an meinem Ohr vorbei, dann trieb ich ihm die Faust in den Leib. Er krümmte sich stöhnend, und ich versetzte ihm einen so kräftigen Kinnhaken, daß ihm die Füße zwei Zoll hochgerissen wurden. Er stürzte schwer, und der Kopf fiel ihm schlaff zur Seite. Ich sah, daß ich ihn erschlagen hatte.

Ich hatte gewußt, daß meine Muskelkraft der der Arthropoden weit überlegen war, aber daß dies auch für die menschlichen Eingeborenen galt, war mir neu. Die Schwerkraft von Thanator ist etwas geringer als die der Erde. Anscheinend macht da selbst ein geringer Unterschied sehr viel aus und verleiht einem Menschen, der im stärkeren Schwerefeld geboren und aufgewachsen ist, deutliche Vorteile. Mein Schlag hatte jedenfalls dem armen Teufel das Genick gebrochen.

Aber ich hatte jetzt keine Zeit, den Wächter zu beklagen, selbst wenn ich das gewollt hätte. Ich bin kein Pazifist und bin jederzeit bereit, einen Feind zu töten, der einen Unbewaffneten mit dem Schwert angreift, besonders, wenn dieser Unbewaffnete ich selbst bin. Also beugte ich mich über die Leiche und begann sie zu entkleiden. Ich vertauschte mein ausgefranstes Sklaventuch mit seinem Lederhemd, welches das Wappen von Zanadar auf der Brust trug. Wo ein Aufseher ist, können bald auch zwei sein, und wenn ich schon um mein Leben und meine Freiheit kämpfen mußte, so zog ich es vor, dies auch in der Kleidung eines Kämpfers zu tun.

Eine halbe Minute später hatte ich sein Hemd, seine Stiefel, den Waffengurt, den Helm und den Umhang angelegt. Ich wikkelte mein altes Lendentuch um seine Mitte und kippte den Leichnam über den Dachrand. Kurz darauf hörte ich ihn dumpf auf das Kopfsteinpflaster unten aufschlagen. Wenn Aufseher, die einen entkommenen Sklaven suchen, eine Sklavenleiche entdekken, so besteht durchaus Hoffnung, daß dies die Verfolgung aufhebt; vielleicht genügte der Zeitgewinn sogar, um mir die Flucht zu ermöglichen.

In dem bleichen Mondlicht hoffte ich, mich als Zanadorianer ausgeben zu können. Der Kupferhelm würde mein ungewöhnlich gelbes Haar verdecken, und das Visier des Helms würde reichen, meine blauen Augen zu verbergen. Gegen die Bräune meiner Haut konnte ich nichts tun, nur hoffen, daß niemand sie bemerkte.

Ich eilte schnell über das Dach und machte eine bemerkenswerte Entdeckung.

Der Wächter war in einer zweisitzigen Flugmaschine gelandet, die an einem Landemast am hinteren Teil des Daches vertäut war.

Bis jetzt hatte ich noch keinen dieser Miniaturornithopter gesehen, und so verwendete ich einige Augenblicke meiner wertvollen Zeit darauf, ihn zu untersuchen. Er ähnelte den viel größeren Fregatten kaum und wurde natürlich nicht von Radsklaven betrieben, da er ja nur zwölf Fuß lang war. Mich erinnerte das Fahrzeug sehr an ein Kajak, ein ringsum geschlossenes Kanu. Es war vorne und hinten ziemlich hoch und hatte einen gebogenen und verzierten Bugspriet wie eine venezianische Gondel. Statt eines Kielraums, der mit dem leichten Gas gefüllt war, besaß es eine luftdichte Doppelhülle, die es völlig gewichtslos machte. Die Flügelspanne betrug von einer Flügelspitze zur anderen zweiundzwanzig Fuß, und die kleine Maschine bewegte sich offenbar nicht durch Flügelschlag, denn die Schwingen waren zwar mit Scharnieren versehen und konnten durch Pedale bedient werden, die über Außenkabel mit Seilzügen bis zu den Flügelspitzen reichten. Pedalbewegungen allein genügten aber nicht. Ich nahm an, daß es sich bei der kleinen Maschine eher um eine Art Segelflugzeug, nicht einen echten Ornithopter handelte, und daß sie sich die kräftige Thermik der Stadt auf dem Berggipfel zunutze machte.

Wahrscheinlich war es von mir selbstmörderischer Wahnsinn, den Versuch zu machen, dieses Ding zu fliegen. Aber jedenfalls kletterte ich hinein, löste die Vertäuung, stellte meine Füße auf die Pedale und begann die Steuerorgane zu überprüfen, als ein Aufwind mich vom Dach wegriß.

Ich machte mir Vorwürfe und hielt in diesem Augenblick nicht sehr viel von meinen Chancen. Aber wahrscheinlich war gerade meine Unvernunft meine Rettung, denn ehe das Dach unter mir verschwand, sah ich Aufseher aus einer Falltüre quellen und die ganze Umgebung nach mir absuchen.

Wie ein Blatt, das in einen Wasserstrudel gesaugt wird, wurde ich zwischen den hohen Türmen hin- und hergeschleudert. Schmale Luftbrücken zogen an mir vorbei, eine nur wenige Zoll von mir entfernt. In diesen ersten paar Minuten hätte ich leicht das Flugzeug ruinieren können, aber zu meinem Glück kam es nicht dazu.

Die Steuerorgane waren von nicht zu überbietender Einfachheit. Durch Hebel wurde die Anstellfläche der Klappen kontrolliert, ebenso die hintere Ruderflosse. Die mit Gelenken versehenen Flügelspitzen dienten dazu, das Flugzeug ganz nach Wunsch mitten im Fluge zu drehen. Was auch immer das für ein Gas sein mochte, mit dem der Hohlraum gefüllt war, jedenfalls hatte es beträchtlichen Auftrieb und machte die kleine Maschine völlig gewichtslos. Nie zuvor hatte ich ein so vollkommenes Gefühl des Fliegens gehabt; es war wie im Traum, in dem man überhaupt kein Gewicht verspürt und auch nicht den Eindruck hat, sich anstrengen zu müssen, sondern gleichsam wie auf einer Wolke dahinschwebt.

Sobald ich mich mit den Steuerorganen vertraut gemacht hatte, drehte ich den Bugspriet herum und nahm Kurs auf die Mittelstadt. Falls Sie die Schnelligkeit, mit der ich es lernte, das Flugzeug zu beherrschen, erstaunt, muß ich bekennen, daß ich einige Erfahrung im Steuern von Segelflugzeugen habe und die Prinzipien des Segelfluges voll beherrsche.

Zweifellos war mein Entschluß, die untere Stadt zu verlassen, klug. Später hörte Lukor, daß meine List, die Leiche des Aufsehers als die meine auszugeben, mir wenigstens eine Stunde Vorsprung verschafft hatte. Erst als der Sklavenmeister aus seinem benebelten Schlaf geweckt worden war, nämlich kurz vor der Morgendämmerung, wurde meine Flucht offenbar. Und dies, weil der Aufseher als Zanadarier natürlich nicht mein gelbes Haar, meine blauen Augen und meine gebräunte Haut hatte. Auch erfuhr ich, daß man selbst nachher, als man entdeckt hatte, daß einer der Radsklaven aus den Pferchen entflohen war, nicht einmal im Traum daran dachte, daß der Flüchtling in die Mittelstadt entkommen sei, und so beschränkte sich die Suche nach mir weiterhin auf die unteren Etagen, wobei man vermutete, daß ich mich in irgendeiner Hütte versteckt hatte. Die Luftbrücken, die zur Mittelstadt führen, werden aus Sorge vor Dieben aus den Slums gründlich bewacht, und demzufolge schien es unmöglich, daß ich sie unentdeckt passiert haben konnte. Der Diebstahl der Flugmaschine war zu der Zeit noch nicht bekannt.

Ich erreichte die Mittelstadt, wenn auch nur um Haaresbreite. Eine plötzliche Bö fegte mich gegen die geschnitzten Greifen und Dämonen an einem vielfältig verzierten Balkon. Es gab einen lauten Knall, und meine Hülle platzte. Ich brauchte das Zischen entweichenden Gases gar nicht zu hören, um zu wissen, daß mein Fahrzeug nicht mehr flugtüchtig war, denn es sackte förmlich unter mir weg, und ich hatte gerade noch Zeit, auf eine der Brücken zu springen, ehe es ganz den Auftrieb verlor und wie ein abgeschossener Vogel in die dunklen Abgründe zwischen den mächtigen Bauten stürzte.

Es war beinahe vier Uhr morgens. Ich mußte irgendeinen Unterschlupf finden, um mich darin zu verstecken, und zwar ehe es hell wurde, denn bei Tageslicht würde jeder meine fremdartigen Färbungen erkennen.

Ich beschloß, die Wächteruniform wegzuwerfen. Ich konnte es nicht riskieren, einem »Kollegen« zu begegnen, schließlich kannte ich die Ränge der Wächtertruppe nicht und auch nicht die Losungsworte und den üblichen Gruß. Ich behielt nur das gewöhnliche Lederhemd an und den Gürtel, den die meisten thanatorischen Krieger tragen, ebenso den Umhang, die Stiefel und das Wehrgehänge. Aber den Kupferhelm und das Stadtwappen warf ich in eine Abfalltonne. Der Umhang war ein gewöhnliches unmarkiertes Kleidungsstück aus dunkler Wolle mit einer Kapuze, die ich mir über den Kopf zog, so daß auch mein Gesicht davon beschattet wurde. Dann machte ich mich daran, die verschlungenen Wege der Stadt in den Wolken zu erforschen.

Als die Morgendämmerung die Himmel heller zu färben begann, ging ich eine breite Avenue hinunter, wobei ich bemüht war, mich vorwiegend im Schatten zu halten und den Blicken gelegentlicher Spaziergänger zu entziehen. Plötzlich bot sich meinen

Augen eine dramatische Szene.

Eine finstere Seitengasse kreuzte den breiten Boulevard. Die Gasse führte in einen umschlossenen Hof. Und dort kämpfte ein einzelner Mann gegen eine grölende Gruppe von Gegnern um sein Leben.

Meine Sympathie hat schon immer den Schwächeren gegolten, und ich bin noch nie einer ordentlichen Rauferei aus dem Wege gegangen. Außerdem verbot es mir mein Gewissen, mich einfach abzuwenden und so zu tun, als hätte ich nicht gesehen, daß hier ein Mitmensch mutig gegen eine Übermacht kämpfte.

Er war ein älterer Mann, dünn und schlank, mittelgroß, mit einem kurzen, sauber gestutzten, eisengrauen Bart und einer Löwenmähne, in der sich noch so manche schwarze Strähne zeigte. Er hatte kühle, nachdenkliche Augen und ein kantiges Kinn und stand jetzt mit dem Rücken zur Wand, ohne sich dazu herabzulassen, um Hilfe zu rufen. Sein blitzender Degen hielt ein Dutzend grobgesichtige Burschen, die mit Säbeln und Knüppeln bewaffnet waren, in Schach. Er hatte bereits vier der Angreifer getötet, die jetzt zu seinen Füßen lagen. Als ich den Schauplatz des Geschehens erreichte, wich er gerade dem Schlag des kräftigsten seiner Feinde aus, unterlief den Burschen mit einer geschickten Drehung seines Handgelenks, und sein Degen fuhr dem anderen in die Brust und mit einer elegant wirkenden, aber auf lange Übung deutenden Handbewegung wieder heraus.

Während der hünenhafte Bursche, ehe er auf das Pflaster krachte, noch schwankte und ein Blutstrom aus seinem Munde brach, sprang ich mit gezogenem Rapier in den Hof. Auf die Kämpfenden mußte ich wie eine Geistererscheinung gewirkt haben, die plötzlich aus dem Nichts auftauchte, so schnell und so leise war ich nähergekommen. Der mir am nächsten stehende Mann fuhr zusammen, drehte sich erschreckt herum. Die Augen traten ihm fast aus den Höhlen, als ich vorsprang und ihm das Rapier durch die Schulter trieb. Sein Säbel fiel klirrend zu Boden, und sein heiserer Schrei, in dem sich Entsetzen und Schmerz mischten, warnte die anderen vor mir.

Die Überraschung ist stets eine wertvolle Hilfe bei jedem Kampf, und so gelang es mir, zwei der Burschen niederzuschlagen, ehe sich genügend andere mir zuwandten. Im Gegensatz zu meinem letzten Versuch im Degenkampf – der erniedrigenden Schlappe, die Prinz Thuton mir zugefügt hatte –, bei dem ich aber auch mit einem fremdartigen Yathoon-Peitschenschwert belastet gewesen war, kämpfte ich nun mit einem dünnen Rapier, das ich dem getöteten Aufseher abgenommen hatte, einer Waffe, die meinen Vorstellungen viel eher entsprach. Ich band also ihre Klingen und kämpfte bald ebenso wie der Grauhaarige um mein Leben.

Der ältere Mann, dem ich zu Hilfe gekommen war, warf mir einen kurzen Blick zu und lächelte grimmig.

»Ich weiß nicht, woher Ihr kommt, junger Freund, aber Ihr seid mir jedenfalls willkommen«, begrüßte er mich.

Ich grinste. »Wahrscheinlich ist mein Sinn für Fairness eines Tages noch mein Tod, Herr, aber ich dachte, Ihr würdet vielleicht nicht so eigensüchtig sein und diesen Kampf ganz allein führen wollen.«

Er lachte: »Ich bin ganz selbstlos – bitte bedient Euch!«

Und dann hatten wir keine Zeit mehr für muntere Reden. Eine Weile kämpften wir Rücken an Rücken und erledigten dabei jeder von uns zwei weitere Angreifer. Am Ende, glücklicherweise kurz bevor mein Arm zu erlahmen begann, kamen die Desperados zu der Ansicht, daß es ihnen reichte und lösten sich von uns. Wir ließen sie fliehen, ohne sie zu verfolgen, und wandten uns dann einander zu, um uns zu begrüßen.

»Eure Unterstützung kam im richtigen Augenblick, Herr, und ich danke Euch dafür«, sagte mein Kampfgefährte und neigte lächelnd den Kopf.

»Keine Ursache; ich fand immer schon zwölf gegen einen etwas unfair, und außerdem hatte ich das Gefühl, etwas Übung nötig zu haben«, erwiderte ich – schließlich war mir inzwischen klargemacht worden, daß auf Thanator ein Krieger seine eigene Geschicklichkeit als unbedeutend darstellt.

»Ich war auf dem Wege nach Hause von einer späten Theatervorstellung und hatte mich unklugerweise von meinen Begleitern verabschiedet und ging daher allein durch eine Gegend, die nicht ganz sicher ist. Zweifellos verwechselte diese Bande mich mit einem wohlhabenden Mann und wäre höchst enttäuscht gewesen, feststellen zu müssen, daß meine Börse wahrscheinlich dünner ist als die ihre«, erklärte der ältere Herr.

»Auch nicht magerer als die meine«, grinste ich. »Wenn wir beide gefallen wären, wäre die ganze Mühe von denen umsonst gewesen.«

»Ich wohne nicht weit von hier. Wollt Ihr meine Gastfreundschaft in Anspruch nehmen? Ein warmer Herd und ein Becher Wein wäre Euch sicher?« fragte er höflich.

»Das würde ich sehr gerne tun, da es anfängt kalt zu werden und ich weit von meinem Haus entfernt bin«, sagte ich dankbar. Wir gingen durch eine schmale Straße in einen weiteren Hof, in dem ein rotschwarzer Soradbaum seine glänzenden Blätter in die ersten Strahlen der Morgendämmerung reckte. Mein Begleiter schloß eine Türe auf und ließ mir mit einer Handbewegung den Vortritt.

»Seid willkommen, Freund, im armseligen Hause von Lukor, dem Schwertmeister, Besitzer der Fechtakademie Lukor und gleichzeitig ihr einziger Instruktor in der edlen Kunst des Degens«, sagte er mir und wies mir einen bequemen Sessel vor dem Feuer zu. Ich stellte mich als Jandar vor, erwähnte aber keine Heimstatt und sagte nur, daß ich ein Reisender aus einem fernen Lande sei. Mein Gastgeber war zu höflich, um nach weiteren Einzelheiten zu fragen.

Wir befanden uns in einem kahlen, spartanisch wirkenden Raum, der makellos sauber und aufgeräumt war. Die wenigen Möbelstücke waren von bester Qualität, und die Kunstgegenstände deuteten auf meisterhaftes Handwerk hin. Dies war offenbar die Wohnung eines gebildeten Junggesellen von aristokratischer Geburt und geringem Vermögen. Der Schwertmeister nahm meinen Mantel, hängte ihn in einen Schrank und verließ den Raum, nicht ohne mich aufzufordern, es mir vor dem Feuer bequem zu machen.

Kurz darauf kehrte er mit einem Weinservice aus gutem, wenn auch etwas abgewetztem Silber zurück, zwei hohen Bechern und einer gekühlten Karaffe, die einen leichten, trockenen ausgezeichneten Wein enthielt. Zugleich erblickte ich in seinen Händen eine kleine Platte mit kaltem Aufschnitt, mit fremden kandierten Früchten und höchst delikaten knusprigen Keksen. Diese Mahlzeit war mir besonders willkommen, hatte ich doch schon länger nur schmierigen Eintopf aus einem Sklaventrog gegessen.

Wir prosteten uns einander zu und entspannten uns in der flackernden Wärme des Feuers. Der Raum, in dem wir uns befanden, war irgendwie gemütlich, hinter den Fenstern schimmerte das Licht der Morgendämmerung und der Duft zarten Räucherwerks hing in der Luft. Ich fühlte mich völlig entspannt und wohl.

»Ihr seid also ein Schwertmeister? Eigentlich hätte ich das ahnen müssen, der Geschicklichkeit nach zu schließen, mit der Ihr Euch gegen ein Dutzend Feinde verteidigt habt.«

»So ist es, mein Freund. Mein Name ist unter den Meistern der Kunst nicht ganz unbekannt, muß ich gestehen; obwohl die jungen Adeligen dieser Stadt leider die letzten Feinheiten der Fechtkunst als überflüssig betrachten. Aber erlaubt mir, Euch das Kompliment zurückzugeben, Ihr scheint durchaus auch mit dem Degen umgehen zu können, wenn es auch unverkennbar ist, daß Ihr in letzter Zeit wenig Übung hattet. Verzeiht mir diese Bemerkung, das Auge des Fachmanns ist hier zu streng, und ich fürchte, ich war etwas unhöflich gegenüber meinem mutigen Retter.«

Ich lächelte und meinte, ich hätte in letzter Zeit tatsächlich zu wenig Muße gehabt, um zu üben. »Euren Worten entnehme ich«, fuhr ich fort, »daß die Fechtakademie Lukor neu in dieser Stadt ist, und daß Zanadar nicht das Land Eurer Geburt darstellt?«

»Ganz richtig, ich bin Ganatolianer«, erwiderte er und erwähnte damit eine kleine Stadt zwischen Shondakor und Narouk im östlichen Teil der Weißen Berge. »In meiner Heimatstadt gibt es schon zwei Fechtschulen, und deshalb habe ich meinen Wohnsitz ins Reich der kriegerischen Himmelspiraten verlegt, in der Hoffnung, hier Arbeit zu finden. Doch leider habe ich nur wenige Schüler und verdiene nicht genug, um mir auch nur einen zweiten Instruktor leisten zu können.«

Dann musterte er mich mit höflichem Interesse und lenkte das Gespräch auf meine Person: »Aber Ihr seid offenbar auch kein Eingeborener von Zanadar, denn bis jetzt ist mir noch kein Herr mit Eurer ungewöhnlichen Haar-, Haut- und Augenfarbe begegnet. Darf man fragen, ohne Euch zu nahezutreten, wo Eure Heimat liegt?«

»Ich bin hier auch ein Fremder«, meinte ich. Und dann fuhr ich in einem Anfall von Ehrlichkeit fort zu erklären, daß ich zwar in Rio geboren und in Yale erzogen worden sei, aber in letzter Zeit in Vietnam gelebt hätte, ehe ich hierher gekommen sei.

Diese irdischen Namen waren ihm natürlich fremd. Lukor überlegte und meinte dann: »Von diesen Ländern habe ich noch nie gehört. Sie müssen sehr fern liegen. Ich vermute, daß die

Leute aus Ihrer Heimat diese Gegend nur höchst selten besuchen.«

»Ja, höchst selten«, sagte ich – durchaus wahrheitsgemäß. »Ich glaube sogar, daß ich der erste Besucher aus meiner Heimat bin in dieser Gegend.«

Dann verstummte unser Gespräch. Der ausgezeichnete Wein und die Wärme des Feuers förderten meine Müdigkeit. Es mag sogar sein, daß ich etwas döste – schließlich hatte ich bis jetzt seit gestern noch kein Auge zugetan. Jedenfalls merkte ich plötzlich, wie mein Gastgeber an meiner Schulter rüttelte.

»Der Morgen ist da und ich will zu Bett; ich muß noch vor Mittag in die Zitadelle, da ich die jungen Lords Marak und Eykor in der Kunst des Degens unterweise. Wollt Ihr hier schlafen, anstatt den langen Weg zu Eurer eigenen Wohnung anzutreten?«

Ich brachte höflich Einwände vor und meinte, ich fiele ihm lästig, aber der Schwertmeister ließ es sich nicht ausreden, mir ein Bett anzubieten.

Und da ich tatsächlich keine andere Wohnung hatte, nahm ich das Angebot an, zog mich aus und war bald eingeschlafen.

So wendete sich das Unglück zu meinem Vorteil und ich gewann meinen ersten Freund in Zanadar. Nie wieder werde ich die geringsten Zweifel hegen, daß es sich lohnt, einem Fremden beizuspringen, der in Not ist, wenn man bedenkt, wie sehr Lukors Freundschaft mir noch hilfreich sein sollte.

Lukor, der Schwertmeister

Mein Gastgeber war ein älterer Herr von etwa sechzig Jahren, aber schlank und sehnig, aufrecht wie ein Speer, und er bewegte sich mit der Agilität und der elastischen Eleganz eines durchtrainierten Sportlers, wie man es ja schließlich auch von jemandem erwarten konnte, der sein Leben der Kunst des Degens verschrieben hatte.

Er wollte nichts davon hören, daß ich ihn verließ. In der Stadt in den Wolken hatte es sich herumgesprochen, daß ein Radsklave mit gebräunter Haut, gelbem Haar und blauen Augen entsprungen war. Man würde mich sofort verhaften, wenn man mich sah, und Lukor wollte nicht zulassen, daß der Mann, der sein Leben gerettet hatte, von dem ersten Aufseher, der des Weges kam, verhaftet wurde. Ich wußte, daß ich ihm vertrauen durfte, denn er war einer jener seltenen Menschen, denen man beim ersten Zusammentreffen ansieht, daß sie ehrlich und anständig sind. Er hatte ein offenes Ohr für meine Sorgen und gelobte, daß sein Haus mir zur Verfügung stünde, solange ich bleiben wollte.

Das Haus Lukors blickte hinten auf einen kleinen abgeschlossenen Hof; vorne grenzte es an eine der Hauptstraßen der mittleren Stadt. Es war zwei Stockwerke hoch; im Erdgeschoß befand sich Lukors Wohnung, im Obergeschoß die Fechtschule, die er unterhielt. Dieser Raum hatte eine hohe Decke, und eine Wand bestand aus einer einzigen Spiegelfläche. An der anderen waren zahllose Haken und Regale angebracht, in denen Fechtmasken, gepolsterte Handschuhe und eine Vielzahl von Schwertern lagen. Säbel, Degen, Schwerter, Dolche, Floretts jeder Art hingen dort und blitzten gepflegt. Kein Stäubchen und kein Rostflecken war zu sehen. Lukor hatte wenige Schüler, und seine Fechtakademie hatte deshalb einige Mühe, sich über Wasser zu halten. Die Söhne einiger Kaufleute und Lokalbesitzer, die nach Höherem strebten, kamen jeden Tag zu kurzen Lektionen zu ihm. Zweimal die Woche machte er sich auf den langen Weg zur königlichen Zitadelle in der Oberstadt, wo er zwei jungen Höflingen, die zu stolz waren, um sich in die Mittelstadt zu begeben, Privatstunden gab.

Da ich nicht hoffen konnte, völlig unsichtbar zu bleiben, bat mein neugefundener Freund seinen Bekannten Irivor, mich kosmetisch zu behandeln. Irivor arbeitete hinter der Bühne eines Theaters in der Mittelstadt, wo abenteuerliche Melodramen aufgeführt wurden, bei denen viel gefochten wurde, so daß ein Fechtmeister nötig war, der die Schauspieler in dieser Kunst unterwies. Über ihn besorgte Lukor sich eine Bleichcreme, die meine Haut milchigweiß färbte, sowie eine Haarfarbe, die das Gelb meiner Locken in ein seidiges Schwarz verwandelten. Gegen die ungewöhnliche Farbe meiner Augen ließ sich nichts machen, ansonsten ähnelte ich jetzt aber dem durchschnittlichen Bewohner Zanadars.

An Tagen, an denen Lukor keine Schüler hatte, prüfte er mein Geschick in dem Fechtsaal. Ich war gespannt, zu erfahren, wie weit die Kunst des Degens auf dem Dschungelmond sich vom Standard auf der Erde unterschied. Wir machten die Oberkörper frei, schützten die Gesichter mit Fechtmasken, wählten uns dünne Floretts mit durch Knöpfen geschützten Spitzen und gingen ans Werk.

Wenn man Lukor mit dem Florett in der Hand ansah, konnte man sich nur schwer vorstellen, daß er sechzig Jahre alt war, mit solcher Eleganz und Schnelligkeit bewegte sich sein schlanker und durchtrainierter Körper. Er hatte ein Handgelenk aus Stahl und einen Arm, der nie zu ermüden schien. Binnen Sekunden hallte der Saal vom Klirren der Degen wider.

Wahrscheinlich ist es logisch, daß zwei Welten, die von menschlichen Wesen bewohnt sind und im Prinzip dieselbe Art Degen benutzen, auch praktisch identische Fechtmethoden entwickeln. Jedenfalls sah ich, daß die Thanatorier die Terz, die *Coupé*, die acht Paraden, ja sogar die *quinte par dessus les armes* kannten, die seit Jahrhunderten auch zum festen Bestand der Fechtkunst auf der Erde gehören. Ich probierte nacheinander sämtliche Tricks, die ich kannte, jedoch nur, um festzustellen, daß Lukor sie alle mit fast an Zauberei grenzender Geschicklichkeit parierte. Er war immun gegenüber doppelten und dreifachen Finten und den geschicktesten Taktiken. Wir unterbrachen unsere Übung, um auszuruhen, und erfrischten uns mit gekühltem Wein. Ich, der jüngere und kräftigere, dessen Sehnen von der Fron an den Sklavenrädern gestählt waren, stellte fest, daß ich über und über mit Schweiß bedeckt war und daß mein Atem schneller ging, während mein älterer Gegner ruhig und überhaupt nicht angestrengt wirkte. Es war beschämend: kein einziges Mal hatte meine Florettspitze ihn berührt.

Als wir den zweiten Gang eröffneten, begann ich mit einer schnellen *Glizade*. Einen Augenblick klirrten unsere Klingen und schienen ineinander zu verschmelzen. Von den Wänden hallte das klingende Lied von Stahl auf Stahl zurück. Dann beugte ich mich aus der *Sixte* vor, um mit einer Terz zuzustoßen. Meine Klinge glitt an der seinen vorbei und ich hatte das Glück, ihn über dem Herzen zu berühren.

Wir lösten uns voneinander. Lukor lachte vergnügt, und seine scharfen Augen blitzten.

»Gut gemacht, mein junger Freund! Das war hervorragend – mein Kompliment! Ich hätte nicht erwartet, daß Ihr mich vor dem dritten Gang berühren würdet. Ich seid für das Fechten geboren und habt ernsthaft unter einem Meister studiert.«

»Ein glücklicher Stoß, nicht mehr als das«, sagte ich, bemüht, bescheiden zu wirken, obwohl ich tatsächich in hohem Maße zufrieden war. Er schüttelte den Kopf.

»Zum Teil war es Glück, aber nur zum Teil. Ihr habt ein gutes Handgelenk, einen geübten Arm und einen kühlen Kopf. Ihr könnt beim Fechten denken und den nächsten Schlag planen, und das ist es, was den Meisterfechter macht. Wenn Ihr fleißig übt, werdet Ihr Euch auch das noch erwerben, was Euch im Augenblick fehlt – Erfahrung und Gelassenheit. Noch einen Gang?«

Beim dritten Gang gelang es mir nicht mehr, ihn zu berühren, und im vierten zitterte ich vor Erschöpfung. Wir hörten auf.

Die Aufseher kämmten immer noch Zanadar nach dem entlaufenen Sklaven durch, und es ging das Gerücht herum, daß Prinz Thuton großen Wert darauf legte, daß man mich festnahm. Also wurde beschlossen, daß ich bei meinem neuen Freunde blieb. Ich fühlte mich aber nicht ganz wohl bei dem Gedanken, daß ich in seinem Gästebett schlief und an seinem Tische aß, ohne irgendwie meine Schuld bei ihm abtragen zu können. Lukor, ein ungemein taktvoller und gebildeter Herr, wurde sich dessen bald bewußt und machte mir den Vorschlag, ihm bei seinem Unterricht zu helfen. Er hatte aber so wenige Schüler, daß es überflüssig schien, einen zweiten Instruktor aufzunehmen, doch er erklärte, daß immer ein paar Neulinge hinzukämen und es für ihn sehr angenehm wäre, wenn er sich ganz den fortgeschrittenen Zöglingen widmen könne. Da meine Verkleidung ausreichte, um mich vor zufälliger Entdeckung zu bewahren, verfiel er auf die Idee, mich als seinen Neffen auszugeben, der soeben erst aus Ganatol eingetroffen sei. Mein neuer Name lautete Lykon.

Ein Tag folgte dem anderen, ohne daß es irgendwelche Zwischenfälle gegeben hätte. Die Unterweisung, die ich den Anfängern erteilte, und meine gelegentlichen Übungsstunden mit Lukor verhalfen mir dazu, mich schnell zu einem brillanten Fechter zu entwickeln. Das bestätigte mir Lukor häufig selbst.

Es waren glückliche Tage – meine glücklichsten auf Thanator. Ich blicke gern auf sie zurück. Zwischen der Arbeit und den Übungsstunden und dem Training entspannten wir uns in einer Weinkneipe, die von Theaterleuten, Jongleuren und Zauberkünstlern besucht wurde. Manchmal verbrachten wir den Abend im Theater, manchmal schlenderten wir in den Parks der Oberstadt herum. Lukor hatte dort dank eines Medaillons, das man ihm wegen seiner Privatstunden verliehen hatte, Zutritt.

Da meine Pläne noch höchst unbestimmt waren, blieb ich länger als einen Monat in der Fechtakademie Lukors. Das Geschick der Prinzessin von Shondakor lag jetzt in Händen, die viel besser dazu geeignet waren, ihre Sache zu unterstützen, als die meinen. Freund Koja war zweifellos tot. Abgesehen von der Hoffnung, irgendwie den Weg zurück zum Tor-zwischen-den-Welten zu finden, hatte ich keine Pläne für die Zukunft.

Zweitausend Meilen Gebirge und Dschungel lagen zwischen der Stadt in den Wolken und dem Kreis aus Monolithen, mit dem sich meine einzige Hoffnung verknüpfte, je zur Erde zurückzukehren. Allein und zu Fuß, wie ich war, schien es mir unmöglich, dieses Unterfangen zu wagen.

Also blieb ich, und war im Begriffe, ein großer Fechter zu werden.

Die geheime *Botte* entdeckte ich folgendermaßen:

Eines Abends war ich als Gast eines meiner jungen Schüler, des Sohnes eines angesehenen Kaufmannes, ins Theater gegangen. Lukor hatte an jenem Abend seinen Freund Irivor zu Gast. Das Stück, das aufgeführt wurde, war eine romantische Komödie, in der nicht gefochten wurde; der Fechtmeister hatte also einen Abend frei. Die alten Kameraden kamen wenigstens einmal in der Woche zusammen, um ein paar Flaschen zu leeren und über alte Zeiten zu plaudern. Als ich am Morgen nach Hause zurückkehrte, fand ich weder meinen Gastgeber noch seinen Freund in der Wohnung, hörte aber aus dem Übungssaal darüber das Klirren der Klingen. Ich ging die Treppe hinauf und fand die beiden betrunken mit nackten Oberkörpern miteinander fechtend vor, wobei sie sich gegenseitig die ganze Zeit grölend Bemerkungen über ihren jeweiligen Stil zuriefen.

Ein paar Minuten sah ich mir aus meinem Versteck das Duell grinsend an. Dann machte der fette, rotgesichtige Irivor irgendeine beißende Bemerkung, die Lukor in Wut versetzte. Der Schwertmeister vollführte vor meinen Augen eine ungewöhnlich geschickte und schnelle Folge von Schlägen, die dazu führte, daß seine Knopfspitze den erstaunten Irivor über dem Herzen berührte.

Ich hatte nie zuvor eine solche Schlagfolge gesehen, und sie überraschte mich. Am nächsten Tage fragte ich Lukor danach, und er schien irgendwie darüber verstört, daß ich Zeuge ihres nächtlichen Duells geworden war. Als ich in ihn drang, gab er zu, daß er sich zu dieser Attacke selbst in dem spielerischen Duell mit seinem Freund nicht hätte hinreißen lassen dürfen. Er hätte es auch bestimmt nicht getan, wäre er nicht betrunken gewesen.

»Das ist eine geheime *Botte*, die nur die größten Schwertmeister kennen und die gewöhnlichen Schülern nie beigebracht oder auch nur gezeigt werden«, gestand er beschämt. »Ihr werdet verstehen, Jandar, daß ein Lehrer der Fechtkunst sich nicht duellieren darf, da es ja einem Mord gleichkäme, wollte er sein professionelles Geschick gegen einen gewöhnlichen Fechter einsetzen. Vor einigen Generationen hat ein großer Meister des Schwertes namens Kamad von Tharkol eine geheime Botte entdeckt, gegen die es keine Abwehr gibt – die Botte von Kamad nennen wir sie, und sie ist ein Geheimnis unseres Berufes. Es ist mir nicht erlaubt, darüber zu sprechen, also bitte ich Euch, nicht weiter in mich zu dringen.«

Natürlich erklärte ich mich sofort damit einverstanden, was ja schließlich nur ein Gebot der Höflichkeit war. Trotzdem ließ mich meine Entdeckung nicht ruhen. Ich versuchte, mich an die genaue Folge der Bewegungen zu erinnern, die ich bei Lukor gesehen hatte. Alleine übte ich das vor dem Spiegel, woran ich mich erinnerte, und eines Nachmittags ertappte mich dabei Lukor. Ich wurde rot, aber er wischte meine Verlegenheit mit einer Handbewegung weg und sagte, meine Neugierde sei schließlich ganz natürlich. Und da nun offenkundig war, daß ich den geheimen Trick nicht vergessen würde, machte er sich daran, ihn mich doch zu lehren.

Die Kunst des Fechtens besteht aus einer Folge von Attacken und Paraden. Man greift an, der Gegner pariert die Attacke, und während man sich selbst zurückzieht, greift er an; dann pariert man, greift erneut an und so weiter. Die wahre Meisterschaft entwickelt sich aus einem höheren Maße an Wissen über die Formen und die Vielfalt von Angriff und Parade, und aus der Fähigkeit, *während des Kämpfens zu denken.*

Lukor unterwies mich geduldig in der geheimen Botte, die zugleich erstaunlich simpel und bemerkenswert kompliziert war. Da die thanatorischen Fechtausdrücke für meine Leser unverständlich wären, werde ich seine Anweisungen, soweit ich mich ihrer exakt erinnern kann, in irdischen Begriffen ausdrücken.

»Zuerst, Jandar, beginnt Ihr mit einer Terz, die Euer Gegner vermutlich mit einer Demi-contre erwidern wird. Anschließend kontert Ihr mit einem Stoß in der Quinte, und wenn Ihr pariert, greift Ihr tiefer an – so – und während man Euch pariert, gerät Euer Gegner etwas aus dem Gleichgewicht, sein Arm ist dann *hier*, seine Spitze *dort*. Wie Ihr seht, ist es äußerst schwierig für ihn, sich rechtzeitig auf Euren nächsten Stoß einzustellen – und wenn Ihr mit der Spitze in der Quarte kommt, ist das physisch sogar unmöglich.«

Wir übten. Die Stoßfolge war in ihrer Einfachheit unglaublich schön und narrensicher. Und das sagte ich auch. Er antwortete:

»Ganz richtig. Aus diesem Grund hält die Gilde der Schwertmeister sie auch streng geheim. Mit dieser einfachen Technik könnt Ihr jeden lebenden Fechter besiegen – selbst einen Schwertmeister, der, so gut er auch den Trick kennen mag, physisch einfach außerstande ist, ihm zu widerstehen. Die meisten Meister wenden ihn nach dem vierten Schlag an. Aber wenn Ihr wollt, könnt Ihr auch nach dem fünften zustoßen, doch das wäre ungewöhnlich.«

»Meister – könnte man die Botte nicht auch ebensogut nach einer Doppelfinte einsetzen?«

Lukors Augen blitzten.

»Ah! Sehr gut. Ihr denkt, Jandar! Ja, man kann sie nach einer doppelten oder sogar nach einer dreifachen Finte einsetzen, wenn die Zeit knapp ist, und Ihr nicht wißt, ob Ihr für die ganze Sequenz Muße haben werdet. Aber jetzt muß ich Euch verpflichten, die Botte von Kamad streng geheimzuhalten. Ich bitte Euch nicht, mir zu versprechen, daß Ihr sie nie im Duell einsetzen werdet, denn wenn das eigene Leben auf dem Spiel steht, sind solche Gelöbnisse unsinnig. Aber ich verlange von Euch, daß Ihr mir einen Eid bei Eurer Ehre ablegt, daß Ihr diese Botte nie an einen anderen weitergeben werdet.«

Obwohl ich dank meiner Verkleidung kommen und gehen konnte, wie es mir beliebte, war Lukor immer noch mein wichtigstes Bindeglied zur Welt draußen; insbesondere zur Oberstadt.

Ich hätte vielleicht schon früher erklären sollen, daß der alte Schwertmeister keineswegs ein Freund des Regimes Thutons war. Der Prinz hatte erst vor ein oder zwei Jahren den Thron seines Vaters Gryphan bestiegen, und dieser hatte sich des Throns bemächtigt gehabt, indem er das letzte Mitglied der wahren Dynastie von Zanadar bei einer Palastrevolution erschlagen hatte. Er war also ein Usurpator. Lukor hatte den alten König unterstützt und betrachtete sich als Feind der gegenwärtigen Usurpatorenfamilie. Er leistete zwar seinen Lehenseid dem Prinzen Thuton, verabscheute aber diesen und vertraute ihm nicht.

Ich hatte Lukor die Geschichte meiner jüngsten Abenteuer erzählt, mein Sklavendasein bei der Yathoon-Horde, die Rettung der Prinzessin Darloona vor dem Vastodon, unsere Gefangennahme durch den *Komor* Gamchan, unsere Flucht, unsere neuerliche Ergreifung durch die Fregatte *Skygull*. Zuletzt hatte ich ihm mit Ausnahme der Tatsache, daß ich kein eingeborener Thanatorier war, nichts verschwiegen.

Wenn er von seinen Besuchen in der Oberstadt zurückkehrte, berichtete er oft Neuigkeiten über die Prinzessin von Shondakor. Er war persönlich davon überzeugt, daß Thuton die Prinzessin nur deshalb heiraten wollte, um legitime Ansprüche auf den Thron von Shondakor zu erwerben, den er unter dem Vorwand, für Darloona zu kämpfen, den Chac Yuul-Krieger entreißen wollte. Dabei handelte es sich aber lediglich um Lukors Meinung. Ich selbst neigte dazu, mein eigenes Mißtrauen zu unterdrücken und mich der Hoffnung hinzugeben, daß der Prinz es ehrlich meinte gegenüber Darloona.

Lukor versah mich gelegentlich auch mit Palastklatsch. Thuton, so erzählte man sich in der Oberstadt, trage auf beiden Schultern, er verhandele insgeheim mit Arkola von der Schwarzen Legion, während er gleichzeitig nach außen hin so tue, als stelle er Streitkräfte zusammen, um die Stadt Shondakor zu belagern.

»Worüber Verhandlungen?« fragte ich Lukor.

»Ganz einfach, mein vertrauensseliger junger Freund«, erklärte er entschieden. »Wenn Arkola genügend Gold aufbringen kann, um Darloona zu kaufen, wird Thuton sie ohne jeden Skrupel verkaufen. Wenn nicht, wird er sich von ihr die Heirat versprechen lassen und dann mit seiner fliegenden Flotte die Invasion wagen, die Schwarze Legion durch die Macht seiner Waffen besiegen und sich selbst zum Herrn von Shondakor machen. Davon weiß die Prinzessin natürlich nichts.«

Ich schüttelte ungläubig den Kopf. »Hast du dafür Beweise? (Wir waren inzwischen zum vertrauten Du übergegangen) Nein,

Lukor, das kann ich nicht glauben. Die Götter wissen, daß ich keinen Anlaß habe, Thuton zu lieben, aber selbst er ist eines derart schurkischen Benehmens nicht fähig.«

Er brummte nur: »Eines Tages wirst du mir glauben, hoffentlich ist es dann nicht zu spät.«

Lukor mußte sich zwingen, nicht enttäuscht zu sein, weil ich nicht mit geschwungenem Degen auszog, um meine Prinzessin allein aus dem Gewahrsam ihrer Feinde zu befreien. Ich versuchte ihm darzulegen, daß es so etwas nur in romantischen Melodramen gäbe. Aber er zuckte vielsagend die Achseln.

»Dann könnte das Leben ein wenig von der Bühne lernen«, meinte er.

Und dann erfuhren wir, wo Koja sich aufhielt, und die Idylle meines Lebens in der Fechtakademie Lukor fand ein jähes Ende.

Jedes Jahr halten die Himmelspiraten von Zanadar in dem riesigen Amphitheater hinter der Zitadelle ausgedehnte Gladiatorenspiele ab, die eine Woche dauern.

Im wesentlichen bestehen diese Spiele aus bewaffneten Kämpfen zwischen hochfavorisierten Gladiatoren. Es gibt aber auch Thaptorrennen, Wagenrennen und athletische Wettbewerbe.

Doch das größte Vergnügen bereitet den Bürgern von Zanadar die Veranstaltung am letzten Tage der Spiele. Dann werden nämlich verurteilte Verbrecher getötet, deren Untaten so groß sind, daß die gewöhnliche Strafe der Sklaverei an den Rädern der fliegenden Galeeren für sie zu gering wäre.

Die Gefangenen werden in der Arena von wilden Tieren zerrissen, und das geschieht vor den Augen tausender blutdürstiger Zanadarianer, die sich an den Todesschreien dieser Unglücklichen ergötzen.

Eine Liste dieser Verbrecher und der von ihnen begangenen Untaten wird eine Woche vor diesem Tag des Blutes öffentlich ausgehängt. So nennt man dieses barbarische Fest, an dem die verurteilten Männer (und manchmal auch Frauen) mit bloßen Händen gegen wilde Dschungelungeheuer kämpfen müssen.

Auf einer solchen Liste entdeckte Lukor Kojas Namen.

Ich war nicht genügend mit der Schrift von Thanator vertraut, um sie lesen zu können. Lukor aber sah den Namen des *Komor* der Yathoon, der auf dieser fremden Welt mein erster Freund geworden war, und teilte mir das Entsetzliche mit.

Es war tatsächlich entsetzlich. Ich hatte angenommen, daß Koja bei seinem gescheiterten Fluchtversuch von den Wächtern erschlagen worden sei. Jetzt schien es, daß sein Vergehen – das doch der Regel des *va lu Rokka* so völlig zuwiderlief – ihn zu einer Art Superverbrecher gemacht hatte und daß ihm deshalb am Tage des Blutes der Tod in der Arena bestimmt war.

Was konnte ich tun, um ihm zu helfen? Denn daß ich ihm helfen mußte, dies zumindest versuchen mußte, daran bestand für mich keinen Augenblick lang der geringste Zweifel.

Es gab nur eine Chance.

Das Ganze war in hohem Maße riskant, aber das focht mich nicht an.

Lukors Medaillon gab ihm das Recht, zu jeder Tages- oder Nachtzeit die Oberstadt und die königliche Zitadelle zu betreten. Ein halbes Jahr lang hatte er jetzt den Königspalast aufgesucht und den jungen Adeligen Privatstunden erteilt. Die Wächter der Zitadelle waren es gewöhnt, den hochgewachsenen alten Mann mit dem gepflegten grauen Bart und der aufrechten Haltung zu sehen. Sie würden nichts dabei finden, wenn er seinen Unterricht selbst während der Spiele fortsetzte. Das hofften wir wenigstens.

Aber was konnten wir tun, wenn wir uns einmal im Inneren der Zitadelle befanden, um Koja zu befreien? Vielleicht viel, vielleicht auch wenig. Doch den Versuch war es wert. Die Verliese unter der Zitadelle standen nämlich in direkter Verbindung mit den Pferchen der Arena, die hinter dem Palast lag.

Und Lukor kannte einen Geheimgang durch die Wände…

Das Gesicht im Kristall

Es war eine rauhe windige Nacht.

Die kalte, smaragdgrüne Scheibe von Io, den die Thanatorier Orovad nannten, den Grünen Mond, leuchtete hoch am westlichen Himmel, während der Rote Mond, Imavad, den wir Erdenbewohner als Ganymed kennen, über dem Horizont stand, und die mächtige Kugel des Jupiter noch nicht aufgegangen war.

Hier in den Höhen der Oberstadt heulte der Wind über den Turmspitzen und pfiff durch die Straßen, die von der Mittelstadt unter unseren Füßen nach oben führten.

Von Kopf bis Fuß in mit Kapuzen versehene Umhänge aus warmen dunklem Wollstoff gehüllt, näherten wir beide uns dem Seiteneingang der Zitadelle, den der Schwertmeister häufig benutzte. Der hohe Bogen war hell erleuchtet, sechs oder sieben Wächter hielten sich dort auf. Dies waren nicht die einfachen, ungebildeten Burschen in ihren Kupferhelmen, welche die Slums am Fuße der Stadt auf dem Berge durchstreiften, sondern die Elite, die Creme der Wächter von Zanadar. Sie trugen mit Flügeln versehene Silberhelme, und ihre Umhänge waren aus indigofarbener Seide, gesäumt mit wertvollem weißen Pelz.

Als wir ins Licht traten, schob Lukor seine Kapuze zurück, damit die Wächter sein Gesicht sehen konnten.

»Oho, bei den Wächtern von Gordrimator, wenn das nicht der alte Schwertmeister selbst ist!« rief einer von ihnen aus. »Ist es die Möglichkeit, Meister Lukor, daß Eure edlen Schüler so erpicht darauf sind, die Kunst des Schwertes zu lernen, daß sie selbst eine Festnacht auf Euren Unterricht verwenden?«

»Ich muß annehmen, daß es so ist, Hauptmann Yanthar; zumindest haben sie mich gerufen und ich muß gehorchen, obwohl ich viel lieber in der Kneipe eine Flasche leeren würde«, antwortete Lukor freundlich. Der Offizier lachte.

»Aber wer ist Euer Begleiter?«

»Mein Neffe, Lykon von Ganatol, der kürzlich als Instruktor in meine Akademie eingetreten ist«, erwiderte Lukor. »Vielleicht habt Ihr gehört, daß ich einen zusätzlichen Schwertmeister als Lehrer für Anfänger eingestellt habe. Der Herr Marak war so freundlich, den Wunsch zu äußern, diesen Jungen, der die Zitadelle noch nie gesehen hat, kennenzulernen, und so dachte ich, ich würde die Gelegenheit benutzen, um zwei Zells mit einem Pfeil zu treffen.«

»Hmm, ja, ich glaube, davon habe ich gehört. So, die Fechtschule blüht und gedeiht also? Tritt nach vorne, Junge, damit ich Sie sehen kann.«

Ich trat ins Licht. Ich hatte mir an diesem Tage besondere Mühe mit meiner Kosmetik gegeben und meine Gesichtszüge sowie die bloßen Arme und Beine völlig mit der bleichenden Creme bedeckt. Mein Haar war kohlschwarz gefärbt, und auch die Augenbrauen hatte ich nicht vergessen. Freilich gab es nichts gegen das auffällige Blau meiner Augen, also hielt ich sie gesenkt, als fürchtete ich den Blick des Wächters. Der Offizier musterte mich gleichgültig.

»Ein gut gebauter Bursche, Meister Lukor, wenn auch etwas scheu. Nun, dann geht und tut Eure Pflicht.«

Lukor verbeugte sich und reichte dem Offizier eine Münze.

»Vielen Dank und ein gutes Fest für Euch alle. Vielleicht wollt Ihr dieses kleine Geschenk als Zeichen meiner Wertschätzung annehmen. Darf ich Euch und Eure Männer bitten, ein Glas auf meine Gesundheit zu leeren?«

Hauptmann Yanthar drehte die Münze in den Fingern; es war eine goldene *Bice*, eine Münze von beträchtlichem Wert, die auf der einen Seite im Relief das Gesicht von Prinz Thuton, auf der anderen die geballte Faust mit den Schwingen, das Symbol der Königsfamilie von Zanadar, zeigte.

»Ihr seid großzügig, Meister Lukor. Es scheint tatsächlich zu stimmen, daß Eure Schule gedeiht. Wir werden mit Vergnügen auf Eure Gesundheit trinken – und auch Euch beiden ein frohes Fest!« Der Hauptmann lächelte und ließ uns mit einer Handbewegung passieren. Ich wagte wieder zu atmen.

»Dein Freund Irivor wird überrascht sein, wenn ich ihm sage, was für ein begabter Schauspieler du bist«, grinste ich. Lukors Gesicht rötete sich, und er schnaubte durch die Nase.

»Unsinn, mein Junge!« Aber ich sah, daß er sich freute. Im Herzen war der alte Fechtmeister ein unheilbarer Romantiker, und ich wußte, daß ihm die ganze Aktion ungeheures Vergnügen bereitete. Das war der Stoff, aus dem Melodramen entstanden! Sich verkleidet in den Palast einzuschleichen – ein abenteuerlicher Rettungsversuch um Mitternacht – er war glücklich wie ein kleiner Junge.

Selbst um diese Stunde herrschte im Palast reges Leben. Würdige Herren in Hoftracht, geschmückt mit Wappenzeichen, schritten an uns vorbei, schöne Frauen in bizarren Kostümen schienen unablässig marmorne Wendeltreppen hinauf- und hinunterzuschreiten. Goldene Statuetten und silberne Schalen blitzten im Lichte von Kristallkandelabern. Die seidenen Teppiche unter meinen Halbstiefeln waren tief und weich wie feinster Plüsch. Tausende milchiger Kerzen hüllten das Ganze in schwach goldenen, romantischen Schein. Wandteppiche zeigten Jagdszenen und Schlachtenbilder, und der Duft von Parfüm, Räucherstäbchen, Kerzenwachs und frisch geschnittenen Blumen erfüllte die Luft.

Lukor verbeugte sich unablässig, lächelte und begrüßte die Hälfte der so großartig an uns vorbeiziehenden Persönlichkeiten. Der Schwertmeister war hier noch aus den Tagen der letzten Dynastie wohlbekannt, und ich empfand so etwas wie Skrupel darüber, wie schrecklich es wäre, sollte offenkundig werden, daß er meinen übereilten Versuch unterstützte, Koja aus den Verliesen zu befreien.

Langsam und unauffällig lenkten wir unsere Schritte in die tiefer liegenden Etagen des Palastes. Mich erfüllte beständige Angst, Darloona in einem dieser prunkvollen Gemächer zu sehen; aber dazu kam es nicht.

Schließlich erreichten wir einen Korridor, der leer war. Lukor zog einen alten Teppich zur Seite, der geschmückt war mit einer Szene aus dem Leben von Prinz Maradol, einem Monarchen aus der früheren Dynastie. Dann tastete er die Wand dahinter ab. Unwillkürlich stieß er einen kleinen Schrei aus – irgendetwas klickte – und eine schwarze Öffnung gähnte vor uns, in die wir ohne zu zögern hineintraten.

Einige Zeit lang bewegten wir uns in völliger Dunkelheit, tasteten uns vorsichtig zwischen Wänden aus roh behauenem Stein hindurch. Das war nicht so schwierig, wie das jetzt klingen mag – wir bewegten uns immerhin auf einer Ebene, so dunkel es auch sein mochte. Aber als wir schließlich eine Wendeltreppe mit steinernen Stufen erreichten, und ich dreimal gestolpert war und einmal beinahe gestürzt wäre, begann ich mir zu wünschen, daß der Erfindergeist der Zanadarianer auch schon die Taschenlampe entwickelt hätte.

Nach einer Ewigkeit des Stolperns und Strauchelns auf schmalen Stufen erreichten wir einen offenen Korridor. Hier, so meinte Lukor, könnte niemand uns sehen, und es war deshalb ungefährlich, Licht zu machen. Während er unter zahlreichen Flüchen mit Feuerstein und Stahl hantierte, erklärte er, daß sich in den Mauern der Gänge, durch die wir geeilt seien, Gucklöcher befänden und ein Licht deshalb hätte Verdacht erwecken können, wenn draußen zufällig jemand auf die Wand geachtet hätte.

Es dauerte nicht lange, und mein Begleiter hatte eine kleine Öllampe entfacht. Von nun an bereitete uns das Gehen keine Schwierigkeiten mehr. Er ging voraus, um den Weg zu beleuchten, und ich folgte dicht hinter ihm.

»Was sind das für Gänge?« fragte ich. »Das ist ja das reinste Labyrinth – ich selbst hätte Angst, hier zu leben und würde dauernd fürchten, daß Mörder in der Finsternis lauern!«

»Ein Labyrinth ist es auch, mein Freund«, erwiderte Lukor. »Dir ist inzwischen sicherlich aufgefallen, daß sehr dicke Wände typisch für die zanadarianische Architektur sind. Zum Teil hat das Wärmegründe, denn die Bergwinde können sehr kalt sein, zum Teil ist es auch eine Frage der Stärke, denn diese Winde sind sehr mächtig. Außerdem erlaubt diese Bauweise die Konstruktion geheimer Gänge und Tunnels. Ich glaube, daß die Gänge, in denen wir uns jetzt befinden, während der dritten Dynastie der zanadarianischen Könige gebaut wurden, unter dem Regime von Warlak, dem Verrückten. Dieser Monarch lebte in der Wahnvorstellung, sein Leben befinde sich in dauernder Gefahr und es gäbe hundert Komplotte, ihn zu ermorden. Als er diesen Teil der Zitadelle erbauen ließ, veranlaßte er deshalb, daß ein Netz von Geheimgängen eingebaut wurde. Er beschäftigte eine ganze Armee von Spionen, um alle, die er verdächtigte, beständig unter Beobachtung zu halten. Ein alter Freund, der ehemalige Archivar, der schon lange tot ist, hat mir von der Existenz dieser Gänge erzählt. Die augenblickliche Dynastie von Usurpatoren ahnt nicht im Traume, daß es ein solches Spinnennetz von Geheimtunnels in ihren Mauern gibt.«

»Das ist interessant«, sagte ich. »Was ist denn aus dem alten Warlak dem Verrückten geworden?«

Mein Begleiter lachte glucksend. »Sein ewiger Argwohn und sein mangelndes Vertrauen zu seinen eigenen Adeligen erweckte in diesen schließlich Angst. Sie bestachen einige seiner eigenen Spione, und am Ende wurde Warlak in seinem Bett getötet – von Mördern, die das Netz der zu seinem Schutz erbauten, geheimen Tunnels benutzten.«

Die nächsten paar Minuten schritten wir schweigend dahin. Die Tunnels bogen immer wieder ab und verästelten sich in Seitengänge, schnitten sich mit anderen Tunnels, bis ich völlig desorientiert war. Lukor kannte sich aber aus oder vermochte zumindest den geheimnisvollen Zeichen zu folgen, mit denen die Kreuzungen markiert waren.

Die königliche Zitadelle klebte am höchsten Gipfel des Berges. Etwas weiter unten schloß sich die Arena an. Das Netz geheimer

Gänge stellte eine Verbindung mit den Sklavenverliesen unter der Arena her. Auf Papier liest sich das wahrscheinlich ganz einfach, aber es war ein ziemlich weiter Weg. Meine Beine begannen zu ermüden und mir wurde ziemlich warm – die Tunnels waren sehr schlecht gelüftet. Ich war bis zu den Ohren in einen dicken wollenen Umhang eingehüllt, der gleichzeitig das lange Peitschenschwert von Yathoon verbergen sollte, das ich mir auf den Rücken geschnallt hatte. Mein Rapier trug ich natürlich an der Hüfte. Ich hatte es für klug gehalten, auch Koja eine Waffe mitzubringen. Wie sollte sich der arme Teufel sonst den Weg aus den Verliesen freikämpfen? Zum Glück befanden sich in der Sammlung der Fechtakademie Lukor auch einige ausgezeichnete Peitschenschwerter.

Bis zu diesem Augenblick war alles so glänzend gelaufen, daß ich nun eigentlich auch mit Schwierigkeiten hätte rechnen müssen. Sie kamen. Mein Fehler war, anzunehmen, daß Lukor mit diesen Geheimgängen vertrauter war, als es tatsächlich der Fall war.

Die erste Andeutung davon ergab sich, als Lukor plötzlich einen Schrei ausstieß, verschwand und ich mit dem Kopf gegen eine Wand stieß.

Dieses Hindernis war einen Augenblick zuvor ganz bestimmt noch nicht dagewesen. Lukor war vor mir dahingestapft, der Lichtschein seiner Lampe hatte seinen Schatten an den Wänden beiderseits von uns schwarz und riesig erscheinen lassen. Aber jetzt waren er und die Lampe verschwunden, und vor mir stand eine steinerne Mauer. Ich rief seinen Namen, hörte jedoch keine Antwort. Der Schweiß brach mir aus. Nur Lukor kannte die geheimen Symbole, die es uns ermöglichten, in diesem Labyrinth einen Weg zu finden. Ohne ihn war ich absolut verloren.

Ich trommelte mit beiden Händen gegen die Mauer, aber sie war massiv und ließ sich nicht bewegen. Wieder rief ich seinen Namen, indes, rings um mich war nur Schweigen.

Was war geschehen? Hatte König Warlak der Verrückte in seine Geheimtunnels Fallen einbauen lassen? Hatten wir versehentlich einen Sperrmechanismus ausgelöst? Ich wußte es nicht. Ich konnte nicht sagen, was den alten Schwertmeister von mir getrennt hatte. Jedenfalls war ich lebend unter einem Berg aus massivem Felsgestein begraben.

Schließlich machte ich kehrt und arbeitete mich zu der letzten

Kreuzung zurück, die wir passiert hatten. Ich sah mir die Symbole an – eine Reihe von blauen Kreisen. Ich bog in einen Seitengang ein, in der Hoffnung, daß dieser parallel zu dem jetzt versperrten Tunnel laufen und später wieder in ihn einmünden würde.

Aber der Gang wand sich in zahllosen Kurven um irgendwelche Hindernisse und schien gar nicht daran zu denken, einen anderen Tunnel zu kreuzen. Und als das schließlich doch geschah, trat ich in den neuen Tunnel ein und ging dort wieder zurück, in der Hoffnung Lukor zu finden. Stattdessen verlor ich mich in einem perfekten Labyrinth aus kreuz und quer verlaufenden Gängen, bis ich jede Hoffnung aufgeben mußte, jemals wieder zu der Route zurückzufinden, der wir gefolgt waren.

Bei jeder Kreuzung schimmerten leuchtende Symbole in dem düsteren Licht, aber statt drei blaue Kreise sah ich jetzt zwei rote Pfeilspitzen, eine über der anderen.

Ich beschloß diesen eine Weile zu folgen, um zu sehen, wohin sie mich führten.

Stunden später, so schien es mir wenigstens, begann es langsam heller zu werden. Es war nur eine Andeutung von Licht.

Schließlich sah ich, wo dieses schwache Leuchten herkam. Das Licht drang durch kleine Löcher von der Größe eines Vierteldollars, die in Abständen von etwa zwanzig Schritten an einer Wand angebracht waren, in den Tunnel herein.

Mein Puls ging jetzt schneller!

Das mußten die Gucklöcher sein, von denen Lukor gesprochen hatte. Und sie deuteten darauf hin, daß ich irgendwie den Weg zurückgefunden hatte und mich wieder in bewohnten Gefilden der Zitadelle befand, und das wiederum bedeutete, daß ich hier eine Geheimtüre oder dergleichen finden konnte, die mich zu einem Fluchtweg aus diesem düsteren Labyrinth in die hell erleuchteten Hallen des Palastes führte.

Ich preßte mein Auge an eines dieser kleinen Löcher und erlitt einen Schock.

Ich starrte in einen luxuriös ausgestatteten Raum, dessen steinerne Wände mit prunkvollen Teppichen behängt waren. Der Boden war mit dicken Seidenteppichen in kontrastierenden Farben - indigo, lavendel, altrosa und silber - bedeckt. Anstelle von Möbeln lagen überall Berge von gold- und orangefarbenen

Kissen.

Und in der Mitte des Raums, mir unmittelbar gegenüber, stand ein höchst ungewöhnlicher Apparat. Ein Dreibein aus blitzenden Bronzestäben trug eine milchige Kristallkugel, deren Inneres aus tausend glänzenden Facetten zu bestehen schien. Aus der Achse dieser Kristallkugel ragten kupferne Elektroden heraus, an denen isolierte Drahtrollen befestigt waren. Das Instrument glich dem bizarren Zerrbild eines Fernsehempfängers.

Und vor dem Dreifuß saß kein anderer als Prinz Thuton selbst.

Der gutaussehende Herrscher der Stadt in den Wolken war wie zum Karneval gekleidet. Sein enganliegendes Wams war mit goldenen, jadegrün und karminroten Flicken besetzt. Edelsteine blitzten am Ohr und der Stirn, dem Hals und dem Handgelenk. Eine Halbmaske aus schwarzen Perlen lag zu seinen Füßen. Seine Hände waren damit beschäftigt, an Kontrollknöpfen am Sockel des Dreibeins zu drehen.

Und plötzlich ertönte ein schrilles Pfeifen, Lichter flackerten im Inneren der Kristallkugel. Und dann verdichteten sich die Lichter zu den kräftigen Zügen eines Mannes. Ich hatte dieses Gesicht nie zuvor gesehen.

Das Gesicht war breit und fleischig und hatte ein kantiges Kinn und eine kräftige Stirn. Der dicke Nacken verschwand beinahe zwischen den breiten Schultern, die ein Umhang aus schimmernden schwarzem Tuch umhüllte. Unter dem Umhang sah ich das Lederhemd eines Kriegers. Auf der Brust des Hemdes war ein Symbol aufgemalt, das mir nichts sagte – so etwas wie eine Wappenfigur, ähnlich einem schwarzen, gehörnten Schädel mit vorstehenden Zähnen und flammendroten Augen.

Die Gesichtszüge des Mannes waren brutal, roh, aber irgendwie beeindruckend. Er hatte eine ölig wirkende, dunkle Haut und sein Kugelkopf war mit farblosem, strähnigem Haar von seltsamer Konsistenz bedeckt. Goldener Schmuck hing in seinen Ohrläppchen. Unter zusammengezogenen dichten schwarzen Brauen blitzten böse gelbe Augen, wie die eines Löwen.

Eine Aura brutaler Macht umgab dieses düstere Gesicht mit seinen brennenden Augen und den grausamen Lippen. Wer mochte der Mann wohl sein? Und da wurde meine Frage auch schon beantwortet!

Thuton sprach das Gesicht in der Kugel nämlich mit spöttisch klingender Stimme an: »Schon wieder unterhalten wir uns miteinander, Arkola, und wieder ohne Sinn und Zweck – es sei denn, du hast den Preis erhöht, den du für die Person der Prinzessin Darloona zu zahlen bereit bist.«

Ich zuckte zusammen. Lukor hatte also recht gehabt – und auch meine eigenen Ahnungen waren nicht falsch gewesen. Dieser spöttische Prinz des Königreichs in den Wolken war tatsächlich bereit, die Prinzessin von Shondakor für hartes Gold zu verkaufen. Mein Blut kochte über den zynischen Spott in Thutons Stimme, und es dürstete mich danach, den falschen Hund vor meiner Schwertspitze zu haben. Unser nächstes Duell würde anders enden als das letzte!

Mit harter, knirschender Stimme und einem eigenartig lispelndem Akzent antwortete der Mann, den Thuton als Arkola angesprochen hatte: »Ich sage dir noch einmal, Zanadarianer, einhunderttausend goldene Bice sind mein letztes Angebot. Ich wiederhole, daß der Besitz des Mädchens für die Chac Yuul ein Luxus ist, keineswegs eine Notwendigkeit. Denn, vergiß nicht, ich halte die Stadt Shondakor mit zehntausend Kriegern der Schwarzen Legion besetzt – wozu brauche ich denn das Mädchen? Höchstens als ein Mittel, um meine Autorität über ihr gefangenes Volk noch zu verstärken und sie als Marionette für meine Wünsche zu benutzen. Du verlangst einen zu hohen Preis, Prinz, für etwas, das ich in Wirklichkeit nicht benötige. Ich bin hier der Eroberer, und ich sitzte hier fest im Sattel.«

Thuton lachte: »Rühme dich deiner Eroberung nicht zu laut, o Herr der Schwarzen Legion«, meinte er mit glatter Stimme. »Ich glaube, ich habe gehört, daß die Stadt Shondakor wegen des Verrates eines Priesters namens Ool an die Chuc Yuul gefallen ist, und nicht infolge der Kriegskunst des Häuptlings Arkola. Aber zweifellos ist das ein Mißverständnis meinerseits und du wirst meinen Fehler korrigieren.«

Das grimmige Gesicht im Kristall rötete sich verärgert. Ich erinnerte mich, daß ich etwas von diesem Priester der Schwarzen Legion, Ool, gehört hatte, welcher der geistige Anführer der Banditenlegion zu sein schien. Lukor hatte ihn erwähnt, aber ich hatte dem keine besondere Aufmerksamkeit geschenkt.

Diese Erwähnung eines Priesters erinnerte mich an etwas, das mir an den verschiedenen Zivilisationen von Thanator seltsam vorgekommen war. Für einen Planeten oder besser gesagt, Mond, der von Rassen bewohnt ist, die kaum über das Niveau der Bronzezeit hinausgekommen sind (abgesehen natürlich von den gebildeten Himmelspiraten), haben die Callistaner erstaunlich wenig mit Göttern und Tempeln und Priestern zu tun. In dieser Beziehung, so finde ich, unterscheiden sie sich auffällig von ähnlichen Barbarenkulturen in der Geschichte der Erde, die eine Vielzahl göttlicher Wesen verehrten. Die Thanatorier haben natürlich Götter, aber sie denken und reden nur höchst selten von ihnen, wenigstens scheint es einem Fremden so. Die Götter von Callisto werden als »die Herren von Gordrimator« bezeichnet. Gordrimator ist der Name, den die Callistaner ihrem Zentralplaneten Jupiter gegeben haben. Tatsächlich scheinen sie, abgesehen von gelegentlichen Flüchen, in denen der Name Gordrimator fällt, nur sehr wenig mit höheren Gewalten im Sinn zu haben. Bis jetzt jedenfalls habe ich bei all meinen Wanderungen noch keinen Tempel und keinen Schrein gesehen, geschweige denn einen Priester getroffen. Aber das ist nur eines der vielen verblüffenden Geheimnisse von Callisto.

Während meine Gedanken so abgeschweift waren, war das Gespräch zwischen Thuton von Zanadar und Arkola weitergelaufen, und mir waren einige Worte entgangen. Sie hatten um den Preis gefeilscht, den der Prinz der Himmelspiraten für die Prinzessin von Shondakor verlangt hatte, und als ich jetzt meine Aufmerksamkeit wieder der Szene hinter dem Guckloch zuwandte, endete die Auseinandersetzung abrupt, indem Arkola einfach abschaltete. Sein Gesicht verblaßte im Kristall. Thuton wandte sich mit einem leisen Lachen von der Kugel ab und verließ den Raum.

Und jetzt wußte ich, daß ich Darloona aus den Klauen dieses verräterischen, käuflichen Prinzen befreien mußte, der sie an die Eroberer ihrer Stadt verkaufen wollte, wenn nur der Preis stimmte.

Ein Lächeln ohne eine Spur von Humor zuckte um meine Lippen.

Damit mußte ich *zwei* Leute befreien – und ich selbst war noch ein Gefangener in diesem geheimen Labyrinth aus Stein!

Wenn es tatsächlich einen geheimen Ausgang gab, durch den ich das Labyrinth verlassen und wieder in die bewohnten Teile der Zitadelle gelangen konnte, so fand ich ihn jedenfalls nicht. Zweifellos kannte Lukor solche Türen, aber er war entweder selbst verloren oder gefangen, möglicherweise sogar tot – von der steinernen Mauer erschlagen, die sich zwischen uns geschoben hatte.

Bald hatte ich mich wieder in dem finsteren Labyrinth verlaufen.

Stundenlang ging ich durch die sich windenden schmalen Korridore aus Stein. Inzwischen war bestimmt bereits der Morgen heraufgezogen. Bald würde man die verurteilten Gefangenen in das Tageslicht hinaustreiben, einem schrecklichen Tode entgegen.

Nach endlosen Stunden des Irrens gelangte ich schließlich in einen kleinen Raum ohne Ausgang.

In der gegenüberliegenden Wand war ein vergittertes Fenster, das erste, das ich in dem Labyrinth entdeckte. Als ich es sah, stieg meine Hoffnung.

Ich richtete mich auf, als hätte ich damit die Verzweiflung von mir abschütteln können, die auf meinen Schultern lastete, und trat in die kleine Zelle. Das war vielleicht der Weg in die Freiheit – der Weg zu meinem Freunde Koja, den nur ich noch retten konnte.

Als ich in den Raum trat, stieß mein Fuß an ein kleines Hindernis am Boden, und ich verlor das Gleichgewicht, stürzte und stieß mit der Stirn gegen den Boden. Ich hatte alle meine Ziele verfehlt.

Wie der Held eines romantischen Melodramas war ich in die Zitadelle gerannt – ganz alleine hatte ich einen gefangenen, dem Untergang geweihten Freund retten wollen.

Zuerst war mir Lukor verlustig gegangen, dann hatte ich mich selbst rettungslos verlaufen, und jetzt, am Ende, stürzte ich so dumm, daß ich das Bewußtsein verlor.

Ich fiel in endlose Schwärze, und während mein Bewußtsein schwand, verspürte ich den bitteren Geschmack des Versagens und der Niederlage auf der Zunge.

Koja mußte meinetwegen dem Tod in der Arena entgegengehen. Jetzt, in der Stunde seiner größten Not, hatte ich ihn aufs neue im Stich gelassen.

Einen kurzen Augenblick lang empfand ich Verzweiflung in dem Wissen, daß ich hilflos war, außerstande, auf Thanator das erste lebende Geschöpf vor dem Untergang zu retten, das mir seine Freundschaft geboten hatte.

Und dann wußte ich nichts mehr.

Ein Geräusch weckte mich, ob es Augenblicke oder Stunden später war, konnte ich nicht sagen.

Ein donnernder, anschwellender Laut, ansteigend und wieder fallend wie die See – eine dröhnende Brandung von Lärm.

Ich setzte mich steif auf und griff mir an den Kopf. Pochender Schmerz nagte in meinem Schädel, im Gleichklang mit dem Ansteigen und Fallen der Schallwellen.

Zuerst hatte ich keine Ahnung, wo ich mich befand. Ich blinzelte, versuchte mich zu orientieren, sah den kleinen rechteckigen Raum aus rohbehauenem Stein. Und dann lebten die Erinnerungen wieder auf – Lukor, die Falle, die endlosen Stunden, in denen ich durch das schwarze Labyrinth getaumelt war.

Aber das war keine Schwärze mehr, keine Düsternis, die mich umgab, das war Licht! *Das Licht des Tages!*

Und jenes stumpfe Dröhnen, das anschwoll und wieder nachließ, so wie die Brandung des Meeres – jetzt wußte ich, was das war. Das Gewirr vieler hunderter menschlicher Stimmen! Der Applaus!

Wo *war* ich?

Ich sprang auf, achtete nicht auf den nagenden Schmerz in meinem Kopf und blickte durch das kleine vergitterte Fenster hinaus auf eine blendende Szene von kreisförmig angeordneten Sitzreihen, in denen sich buntgekleidete Zanadarianer drängten – zu ihren Füßen ein sandiger Boden, auf dem Männer mit bloßen Händen gegen riesige Bestien kämpften.

Diese Steinzelle blickte auf die Arena selbst hinaus. Ironie der Ironien – ich konnte Koja nicht helfen, mußte aber hilflos zusehen, wie er in den Rachen des Todes schritt.

Ich tobte, weinte, zerrte am Gitter, welches das kleine Fenster sicherte, aber es war zu stark, selbst meine irdischen Muskeln konnten es nicht sprengen. Ich war völlig hilflos.

Wie war ich in diesen winzigen Raum geraten? Ich versuchte mich zu erinnern, und langsam gelang mir das. Ich hatte das Fenster entdeckt, war unvorsichtig darauf zugegangen, dabei hatte sich mein Fuß an irgendeinem Hindernis am Boden verfangen, und ich war nach vorne gegen die Mauer geprallt.

Ich blickte nach unten, und das Herz machte einen Hüpfer, als meine Augen einen eisernen Ring am Boden entdeckten.

Der eiserne Ring war das Hindernis, das mich zu Fall gebracht hatte.

Und jetzt würde er sich vielleicht als Schlüssel zur Flucht aus diesem Verlies der Verzweiflung erweisen. Auf der Erde zumindest pflegten solche Ringe auf Falltüren hinzudeuten.

Ich kauerte mich nieder und untersuchte sorgfältig den Steinboden rings um den Ring. Das wenige Licht, das durch die Gitterstäbe des schmalen Fensters hereinfiel, reichte nicht aus, also setzte ich meinen Tastsinn ein, strich mit den empfindlichen Fingerspitzen über den staubigen Boden.

Es stimmte – meine Finger ertasteten den rechteckigen Umriß einer Falltüre.

Ich griff nach dem Ring und bemühte mich, die Türe zu öffnen, während das Gebrüll der Menschenmenge in den Raum drang. Der Schweiß stand mir auf der Stirn. Ich zerrte an diesem eisernen Ring, bis meine Muskeln zu reißen drohten. Aber es half nichts.

Ich ließ den Ring los und kauerte mich nieder, um ein bißchen auszuruhen und meine Kräfte zu sammeln.

Dann nahm ich all meine Kräfte zusammen, spannte sämtliche Muskeln am Rücken, der Brust, den Armen, den Schultern, und zog, zog mit aller Gewalt, deren ich fähig war.

Bildete ich es mir ein oder war die Ritze im Boden breiter geworden?

Immer wieder mühte ich mich ab, jenes Rechteck aus massivem Stein hochzuheben. Das Blut brauste mir in den Ohren, alle Sehnen waren gespannt und vor Anstrengung dem Zerreißen nahe.

Und dann hörte ich endlich ein splitterndes Geräusch – in der steinernen Zelle erschreckend laut – und von was auch immer die Falltüre festgehalten worden war, es löste sich. Im Boden zu meinen Füßen gähnte eine schwarze Öffnung. Die steinerne Falltüre fiel mit einem Krachen, das den ganzen Raum erschütterte, nach hinten. Jetzt sah ich, was sich meinen Bemühungen widersetzt hatte. Die Unterseite der Falltüre war mit dickem Mörtel überzogen. Zweifellos war der Korridor oder die Kammer dort unten von Arbeitern, die nicht wußten, daß es eine Falltüre in der Decke gab, neu verputzt worden.

Ich warf mich zu Boden und spähte in das schwarze Loch, aber das Licht war so schwach, daß ich nichts erkennen konnte. Der

Lärm des Publikums in der Ferne brandete weiterhin gegen mich an, und ich wußte, daß ich nicht mehr viel Zeit hatte. Vielleicht stand schon in diesem Augenblick mein mutiger, getreuer Koja mit bloßen Händen dem geifernden Rachen irgendeines Ungeheuers gegenüber, während ich hier zögerte und überlegte, was zu tun war.

Ich glitt durch die Öffnung, fiel mit den Füßen voran in die Finsternis –

– und landete rittlings auf irgendetwas Riesigem und – Lebendem. Es bäumte sich unter dem unerwarteten Gewicht auf. Instinktiv klammerte ich mich mit den Beinen an dem mächtigen Rumpf fest. Es war stockfinster; hier galt wirklich der Satz, daß ich die Hand nicht vor den Augen sehen konnte. Aber dafür drang mir der heiße, feuchte Geruch von auf engem Raum zusammengedrängten Tieren in die Nase, und ich vermutete, daß ich in die Raubtierpferche gefallen war, wo die wilden, ungeheuerlichen Räuber des Dschungels gehalten wurden und darauf warteten, daß man ihnen Gelegenheit bot, die hilfslosen, unbewaffneten, verurteilten Gefangenen unten in der Arena in Stücke zu reißen.

Wie es mir gelang, mich auf dem Rücken der unbekannten Bestie festzuhalten, werde ich wohl nie ergründen. Es bockte und sprang und versuchte mich abzustreifen. Das Schnappen ihres Maules und der faulige Geruch ihres heißen Atems verrieten mir, daß die unsichtbare Bestie sich umdrehte und versuchte, seine Fänge in mich zu schlagen. Wenn ich das zuließ, würde ich aus der relativen Sicherheit meines Sitzplatzes auf seinen Schultern heruntergerissen und zertrampelt werden.

Es gab wenig genug, was ich in der Finsternis dagegen tun konnte, aber das wenige unternahm ich. Das Dschungelbiest hatte eine Mähne aus grobem stacheligen Haar, in dieser verkrampfte ich meine Fäuste und klammerte mich fest, während das Vieh sprang und schnaubte und sich in dem verzweifelten Versuch, mich loszuwerden, von links nach rechts und von rechts nach links warf.

Wie lange ich mich auf meinem Sitzplatz noch hätte halten können weiß ich nicht. Es dauerte nämlich nur noch ein paar Augenblicke, bis mich der plötzliche grelle Schein des Tageslichts blendete. Scharniere ächzten, eine schwere Tür schwang auf, draußen lag nackter Sand in hellem Sonnenschein und mein wildes Reittier machte einen mächtigen Satz, setze über die Türschwelle hinweg – und stand in der Arena.

Wie in einem Kaleidoskop nahm ich die Dinge wahr, die mich umgaben: ovale ansteigende Reihen von steinernen Bänken ringsum, angefüllt mit staunenden, gaffenden Gesichtern – darüber der flammend goldene Himmel mit drei Monden – eine glatte Ebene aus gelbem Sand, zertrampelt, aufgewühlt, blutbesudelt – in der Mitte vielleicht fünzig Männer, nackt, nur mit Lendentuch und Stiefeln bekleidet. Und meine Bestie war jetzt wie von Sinnen in dem Bemühen, mich abzuschütteln.

Zuerst raste sie wie der Blitz geradewegs auf die jämmerliche Schar unbewaffneter Sklaven zu. Dann sprang sie senkrecht hoch, landete auf den Hinterbeinen, sprang wieder. Irgendwie gelang es mir trotz der schlimmsten Verrenkungen immer noch, mich auf ihrem Rücken zu halten. Eine Hand in die grobe Mähne gekrallt, suchte ich mit der anderen nach dem Griff meines Degens. Wenn das Vieh auf die Idee kam, sich im Sand zu wälzen, war ich verloren, denn das Scheusal wog bestimmt ein paar Tonnen. Sicherlich wäre ich zerdrückt worden. Aber sein winziges Gehirn war von rotglühender Wut erhitzt, und das schadete seinem natürlichen Verstand. Es fuhr fort, wild auf- und abzuhüpfen wie ein ungezähmtes Pferd im schlimmsten Alptraum eines Cowboys.

Eine Horde weiterer Tiere war in demselben schwarzen Verlies eingepfercht gewesen, und die drängten jetzt heulend und brüllend hinter uns her. Das unerwartete Auftauchen meiner Person auf dem Rücken des größten Tieres der Herde mußte die Zuschauer völlig verblüfft haben, denn von einem Augenblick auf den anderen lag die grell erleuchtete Arena in atemlosem Schweigen da. Wäre durch mein Erscheinen nicht der Verlauf der Dinge unterbrochen worden, so hätte die Horde von Bestien nun die Verurteilten angegriffen, sie sofort überwältigt und mit Fängen und Klauen in Stücke gerissen. Aber mein Auftauchen änderte die Dinge völlig. Zum einen hatte die unerwartete Beleidigung, eine Last tragen zu müssen, mein Reittier so wütend gemacht, daß es die Verurteilten völlig ignorierte und in wilden Sprüngen und Sätzen rings um die ovale Arena raste und mich abzuschütteln versuchte. Gleichzeitig beunruhigte dieses Schauspiel die anderen Bestien, die uns aus dem Verlies gefolgt waren. Es handelte sich großenteils um eine Sammlung seltsam geformter Geschöpfe – schuppenbedeckter Reptilien. Sie hopsten auf kräftigen Hinterbeinen in phantastischen Sprüngen herum wie kleine Tyrannosaurier, die sich in blutschänderischer Manier mit großen Kängeruhs gepaart hatten. Und mein wütendes Reittier raste zwischen ihnen hindurch und fegte sie mit seinen riesigen Klauen beiseite. Eines der Geschwister geriet ihm in den Weg, und mein Scheusal riß ihm mit einem einzigen Biß die Kehle auf.

Das herausschießende Blut machte den Rest der Herde wild. Offensichtlich hatte man sie in Vorbereitung dieses Tages wochenlang hungern lassen. Ohne sich weiter um die dicht zusammengedrängten Gefangenen zu kümmern, fielen sie über ihren gestürzten Bruder her und rissen ihn in Stücke.

Dann gingen sie aufeinander los, fetzten und rissen, und ihre langen Schlangenhälse zuckten, ihre Rachen füllten die Arena mit lautem Gebrüll.

Endlich war es mir gelungen, das Schwert herauszureißen, und ich hackte jetzt ziemlich sinnlos auf mein wütendes Reittier ein. Die Bestie ähnelte ganz entfernt einem riesigen Tiger, war fast zwanzig Fuß lang und hatte einen hin- und herschlagenden, peitschenähnlichen Schwanz mit zackigen, verhärteten Spitzen, die diesen Schweif zu einem schrecklichen Instrument des Todes machten. Auch ihr Gesicht war tigerähnlich, ebenso die runzelige Schnauze und die flammenden Augen. Aber damit hörte die Ähnlichkeit auf. Das Scheusal war nämlich von zottigem scharlachrotem Haar bedeckt, und aus seiner flachen, keilförmigen Stirn ragten zwei phantastisch verdrehte Hörner. Diese Züge im Verein mit dem steifen Pelzkragen am Hals, der einen unwillkürlich an die gestärkten Kragen auf historischen Gemälden erinnerte, ließ das Biest wie die Ausgeburt eines Alptraums erscheinen. Aus Beschreibungen, die ich gehört hatte, wußte ich, daß es sich bei den Bestien um ein *Deltagar* handelte, einen der schrecklichsten und gefürchtesten Räuber des Dschungels.

Mein Degen fügte ihm lange Wunden am Hals und an den Schultern zu, aber der Pelz war so dick und die stählernen Muskeln, die darunter spielten, so hart, daß sie es mir unmöglich machten, ihm einen entscheidenden Schlag zu versetzen. Tatsächlich dienten diese Wunden nur dazu, die Bestie noch wütender zu machen. Schaum tropfte von seinen geifernden Fängen, benetzte den Pelz an seinem Hals, und seine wütenden Schreie wurden immer lauter.

In seiner verzweifelten Wut sprang die Bestie an der Mauer hoch, welche die Arena umgab. Die Besucher, die dort hinter der Mauer saßen, flohen schreiend und trampelten schwächere oder langsamere Zuschauer einfach nieder. Offenbar befürchteten sie, daß der Deltagar im nächsten Augenblick in ihrer Mitte landen würde. Aber er plumpste mit einem alle Knochen erschütternden Krachen in den festgetrampelten Sand der Arena zurück.

Auf den Rängen schrien die Menschen und rannten den Ausgängen zu. Inmitten des Gewühls sah ich Soldaten mit grimmigen Gesichtern die Treppen herunterhetzen. Einige der mutigeren unter ihnen kletterten an Seilen die Wände herunter, um den wild gewordenen Deltagar mit Netzen zu fangen, die sie an langen Stangen trugen. Ich erhaschte einen kurzen Blick auf die Königsloge. Dort thronte Prinz Thuton mit einem Gesicht, in dem sich Wut und Staunen mischten, unter dem Baldachin, der mit den königlichen Insignien von Zanadar geschmückt war.

An seiner Seite saß Darloona und starrte mich aus geweiteten Augen an. Sie war in seidene Roben gehüllt, und in der roten Pracht ihrer fließenden Mähne funkelten Diamanten.

Aber in dieser Minute hatte ich zuviel zu tun, um mich lange solchen Anblicken hinzugeben.

Endlich hatte ich mit einem glücklichen Stoß meines Rapiers ein lebenswichtiges Organ des Scheusals erwischt. Ein gerader Stoß durch die Schädelbasis an der Stelle, wo die Wirbelsäule ins Gehirn tritt, brachte es zu Fall.

Es krachte längs auf den festgetrampelten Sand der Arena. Ich sprang gerade noch rechtzeitig von seinem Rücken, um nicht von der riesigen Masse begraben zu werden. Als ich auf meinen Füßen stand, hatte ich zum ersten Mal Gelegenheit, von vorn einen Blick auf das Monstrum zu werfen, das ich geritten hatte, und wenn mir nicht ohnehin schon alle Glieder gezittert hätten, dann wäre das jetzt eingetreten. Der Deltagar war riesenhaft – beängstigend! Stellen Sie sich drei ausgewachsene bengalische Tiger vor, aus denen man einen gemacht hat, bewaffnet mit Fängen so lang wie Macheten, dann haben Sie etwa einen Eindruck von dem Ding, auf dessen Rücken ich in der Dunkelheit gelandet war.

Die verurteilten Gefangenen hasteten über den Sand der Arena auf mich zu. Ganz vorne stelzte die glänzende Gestalt meines alten Freundes Koja. Jetzt riß ich meinen Umhang herunter und warf ihm das Peitschenschwert zu, das ich die ganze Zeit in der

Scheide auf dem Rücken getragen hatte.

Er prüfte die Klinge, indem er sie durch die heiße, staubige Luft pfeifen ließ, die nach Blut und Schweiß und dem Gestank des Deltagar roch. Wir hatten jetzt keine Zeit, Worte zu wechseln – selbst wenn wir uns in dem tosenden Lärm von den Rängen hätten verständigen können – und so drückte er mir nur in stummem Dank die Hand.

Und dann wandten wir uns um, und ein erstaunliches Bild bot sich uns.

Die Gefangenen, die dazu verurteilt waren, gemeinsam mit Koja in den Tod zu gehen, waren eine wild zusammengewürfelte Gruppe. Da gab es weißhäutige, schwarzhaarige Zanadarianer, ein paar finstere Chac Yuul-Banditen mit farblosem Haar, und sogar einige der haarlosen, rothäutigen Männer aus dem hellen Reich Perushtar. Eine abgerissene, armselige Schar, und wenn man sie so ansah, konnte man sich lebhaft vorstellen, wie man sie ausgehungert, geschlagen und in den Sklavenverliesen miserabel behandelt hatte. Aber jetzt hatten sie eine Chance, die Freiheit zu erringen, und nichts konnte sie daran hindern, bis zum letzten Blutstropfen zu kämpfen.

Die Verwirrung ausnutzend, sprangen sie von hinten die zanadarianischen Soldaten an, die sich darum bemühten, die wildgewordenen Tiere einzufangen oder zu töten. Binnen weniger Sekunden lagen drei oder vier Uniformierte am Boden, und die halbnackten Gefangenen wandten sich mit den Schwertern, die sie ihnen entrissen hatten, gegen die anderen. Ich wechselte einen erfreuten Blick mit Koja, und dann zögerten auch wir zwei keinen Augenblick mehr, uns in den ungleichen Kampf zu stürzen.

Die Soldaten waren besser ernährt, besser ausgebildet und besser bewaffnet als die halbverhungerten Sklaven. Aber das hatte nichts zu sagen. Die Sklaven hatten nichts als einen grausamen Tod vor sich gesehen, hatten damit gerechnet, im Sand der Arena zum Vergnügen der blutrünstigen Zanadarianer von den Bestien zerrissen zu werden – also kämpften sie wild und rücksichtslos und gingen Risiken ein, die kein gewöhnlicher Krieger je auf sich genommen hätte.

Und dann gab es hier noch einen Faktor. Die Soldaten kämpften nur, um sich selbst zu schützen. Die Gefangenen hingegen kämpften um das wertvollste Gut, das es gibt, wertvoller noch als das Leben selbst – *die Freiheit.* Aus diesem Grunde bestand kein Zweifel, daß sie siegen würden – und das taten sie auch. In kürzerer Zeit, als ich dazu brauchen würde, um es zu schildern, war die Hälfte der Soldaten niedergeschlagen oder zertrampelt oder ernsthaft verletzt. Die andere Hälfte warf Schwerter und Helme beiseite und rannte auf die Kletterseile zu, die immer noch an den Mauern der Arena baumelten. Wenige – sehr wenige – erreichten sie lebend. Die siegreichen Gefangenen jetzt mit den weggeworfenen Waffen der Soldaten gut ausgerüstet, kletterten selbst an diesen Seilen empor. Da auf den Rängen völliges Chaos herrschte, fiel es ihnen leicht, sich unter die panisch erschreckte Menge zu mischen, und ich zweifelte nicht daran, daß viele von ihnen auf diese Weise unversehrt in der unteren Stadt ihre Freiheit fanden.

Was mich betraf, so hatte ich ein anderes Ziel.

Hand über Hand zog ich mich am Seil hoch, überwand die Mauer und rannte dann, gefolgt von Koja, die steinernen Stufen empor. Mein Weg führte geradewegs auf die Königsloge zu. Dort befanden sich immer noch Thuton und Darloona, außerstande sich den Weg durch die wogende Menschenmasse zu bahnen.

Jetzt hatte ich endlich die Gelegenheit, die flammenhaarige Prinzessin von Shondakor vor dem Verräter zu retten, den sie für einen Freund hielt. Hier bot sich auch die Möglichkeit, dem Prinzen gegenüberzutreten und mich für die grausame Erniedrigung zu rächen, die ich von seiner Hand erlitten hatte, als wir die Schwerter gekreuzt hatten.

Damals war ich erschöpft, verletzt und mit einer Waffe versehen gewesen, mit der ich überhaupt nicht vertraut war. Er hatte mich gründlich deklassiert, aber was noch viel schlimmer war, er hatte mich verspottet und gedemütigt und in den Augen der Frau, deren Freundschaft ich schätzte und deren Respekt ich mir erwerben wollte, lächerlich gemacht. Während all der qualvollen Stunden am Sklavenrad der Fregatte Skygull, im Gestank der Sklavenpferche von Zanadar und während der Wochen, die ich als Gast Lukors, des Schwertmeisters verbracht hatte, hatte ich danach gedürstet, ihm noch einmal mit dem Schwert in der Hand gegenübertreten zu können.

Und dieser Moment war jetzt gekommen.

Während ich über die niedrige Brustwehr in die Königsloge sprang, hörte ich, wie Darloona einen erstaunten Laut ausstieß. Ich wandte mich um, lächelte und salutierte mit dem bloßen Schwert.

»So begegnen wir uns wieder, Prinzessin«, sagte ich. Sie musterte mich mit einer Mischung aus Staunen und Ärger – und vielleicht verriet ihr Blick aber auch eine Spur freudiger Erleichterung, denn ich hatte keinen Grund zu der Annahme, daß sie mir übel wollte.

»Jandar – Ihr?« fragte sie verblüfft. »Ihr ward es, der den Deltagar tötete und die Sklavenrevolte auslöste?«

Ich lächelte und nickte. Es war, wie ich es erwartet hatte. Unter der Schminke, die mir von Lukors Freund aufgetragen worden war, und mit meinem gefärbten Haaren hatte die Prinzessin mich nicht erkennen können. Jetzt fühlte ich den Grund ihres Erstaunens. Infolge der verschiedenen Mißverständnisse, die es zwischen uns gegeben hatte, hatte sie mich entweder für einen raffinierten, verräterischen Schurken oder für einen Feigling gehalten.

Und nun stand ich ihr in der Rolle des Helden gegenüber!

Für sie mußte das ein verblüffender Widerspruch sein. Ihr Begleiter in der Königsloge hingegen schien das ganz anders zu empfinden. Thutons ölige Stimme ertönte hinter mir, und ich wandte mich von meiner Prinzessin ab, um seinen spöttischen Blick zu erwidern.

»Der Barbar kehrt also zurück, wie?« spottete er. »Ich hatte geglaubt, der Sklavendienst wäre deinem niedrigen Rang und deinen schlechten Manieren besser angepaßt, als daß du dich unter Leute mischst, die höher stehen als du!«

Ich spürte hinter seinen herablassenden Worten die Wut, die nach außen drängte, und beschloß, ihn noch etwas anzustacheln, ehe wir endlich die Schwerter kreuzten.

»Abgesehen von der Prinzessin Darloona und einem einzigen Mann ist mir in dieser Stadt noch keiner begegnet, der mehr wert wäre als ich«, erwiderte ich ruhig. »Euch jedenfalls brauche ich in diesen Vergleich nicht einzubeziehen, seit ich weiß, daß Ihr Euren königlichen Gast an ihre ärgsten Feinde verkaufen wollt.«

Seine Augen verengten sich, das Blut schoß ihm in die weißen

Wangen. Jetzt verlor seine Stimme ihren öligen Klang und wurde härter, drohender.

»Hüte deine Zunge, Bursche, in der Gegenwart der Prinzessin, und unterlasse diese widerlichen Lügen oder –« Und nun suchte seine kräftige weiße Hand den Griff des Degens »– war vielleicht die Lektion, die ich dir das letzte Mal erteilte, unzureichend und du brauchst noch einmal eine?«

Ich lachte vergnügt. »Ja, ich erinnere mich wohl, wie gründlich Ihr mich besiegtet, als wir miteinander fochten«, bemerkte ich gleichgültig. »Aber an Eurer Stelle würde ich nicht zuviel Gewicht diesem Duell beimessen, Thuton. Meine Arme waren damals müde, Sklavenarme, die angekettet gewesen waren. Außerdem schwächte mich eine Wunde am Unterarm, die mir ein Vastodon zugefügt hatte, das ich tötete, um die Prinzessin vor dem sicheren Tode zu bewahren.«

Mein Blick wurde kühl und herausfordernd, musterte ihn von Kopf bis zum Fuß, verweilte kurz an der leichten Andeutung eines Bauches, die sich über dem juwelenbesetzten Gürtel zeigte, an den dunklen Ringen um seine Augen und seiner geckenhaften, fast weibischen Eleganz.

»Heute findet Ihr mich vielleicht in besserer Verfassung«, deutete ich an. »Es könnte mir sogar gelingen, Euch eine Lektion zu erteilen – Euch Manieren beizubringen.«

Sein Gesicht wurde hart und häßlich, und seine Hand fuhr zum Degengriff. Aber hinter mir hörte ich einen Ausruf Darloonas.

»Welche Unverschämtheit!« sagte sie und ihre Stimme klang schneidend. Mein Herzschlag stockte. Ich hatte gehofft, in ihrer Wertschätzung zu steigen. Aber dabei hatte ich den Code ritterlichen Verhaltens vergessen, den die Krieger Thanators mit fast religiöser Strenge einhalten. Gegen das wichtigste Gebot hatte ich verstoßen – auf Callisto rühmt man sich nicht seiner Geschicklichkeit, sondern bleibt stumm und läßt seine Taten für sich sprechen.

Als Thuton ihre Reaktion bemerkte, grinste er.

»Soll ich diesem Tölpel noch einmal eine Lektion erteilen, Mylady?« fragte er. Darloona musterte mich hochmütig und nickte. Er verbeugte sich spöttisch vor mir und zog bombastisch das Schwert. Wir salutierten voreinander nicht mehr, sondern banden sofort die Klingen.

Rings um uns herrschte Getöse, brüllten Soldaten, schrien die hysterischen Besucher und kämpften Sklaven um ihre Freiheit. Aber ich vergaß sie bald und konzentrierte mich ganz auf das lächelnde Gesicht Thutons. Das ganze Universum rings um uns schrumpfte zusammen, bis wir drei – die Prinzessin, der Himmelspirat und ich selbst – in eine eigene Welt, die nur uns gehörte, eingeschlossen waren, von allem anderen isoliert, das sich rings um uns abspielte. Wir konnten nur noch das Klirren unserer Waffen hören, tasteten einander ab, hörten das Scharren unserer Stiefel auf dem Steinboden, unseren schweren Atem. Ich konzentrierte mich ganz auf das lächelnde weiße Gesicht, das vor mir hinter den flirrenden Klingen tanzte. Ich sehnte mich danach, lechzte förmlich danach, dieses Grinsen wegzuwischen, Schweiß auf diese glatte Stirn zu treiben und Angst in den spöttischen Augen meines Gegners zu sehen.

Zuerst band Thuton meine Klinge gleichgültig, fast sorglos. Offenbar glaubte er, einem blutigen Anfänger gegenüberzustehen, der kaum das eine Ende seines Degens vom anderen unterscheiden konnte. Ich hielt mich zurück und begnügte mich für den Augenblick damit, seine Degenspitze abzuwenden, wenn sie mir nahekam; ich spielte nur die Rolle des Verteidigers.

Aber es dauerte nicht lange, und es wurde ihm bewußt, daß ich jeden Schlag parierte. Er wurde wütend über den Verlauf unseres Duells und überschüttete mich mit blitzschnellen Schlägen, von denen jeder einzelne mein Tod hätte sein können, hätte ich ihn nicht mit geübtem Handgelenk abgewehrt. Er funkelte mich an, als unsere Degen sich voneinander lösten, und ich lächelte ruhig und erwartete seine nächste Attacke.

Er sprang vor und schlug eine Terz. Ich konterte leicht mit einer Demi-contre, und während ich parierte, glitt meine Spitze an seiner Abwehr vorbei und versetzte ihm einen leichten Stich über dem Herzen, der sein Hemd aufriß.

Darloona stöhnte, und Thuton riß erschreckt die Augen auf. Ich lächelte nur und wartete auf den nächsten Angriff.

Diesmal schlug er eine Quinte, die ich mühelos abwehrte – und wieder erreichte ihn meine Spitze und zeichnete ihn, diesmal an der Wange. Er sprang mit bemerkenswerter Eleganz zurück und starrte mich erstaunt an. Ich hob ironisch eine Braue und wartete wieder.

Es war ganz offenkundig, daß mein fast müheloses Geschick

ihn verunsicherte. Noch mehr aber mußte ihn verblüffen, daß ich die beiden Male, da ich seine Abwehr durchdrungen hatte, darauf verzichtet hatte, ihn ernsthaft zu verletzen oder zu töten. Wieder band er meine Spitze vorsichtig, und Stahl klirrte auf Stahl.

Sein gerötetes Gesicht und seine verstörten Augen bereiteten mir großes Vergnügen. Insbesondere aber freute mich, daß ihm jetzt der Schweiß vom Haaransatz ins Gesicht rann und sich mit dem Blut aus dem kleinen Kratzer mischte, den ich ihm an der linken Wange zugefügt hatte.

Er beschränkte sich jetzt ganz auf die Verteidigung, so wie ich das vorher getan hatte. Ich löste also meine Klinge von der seinen und schlug eine Sixte, die er parierte, wobei er aber darauf verzichtete, einen Gegenangriff zu machen. Da schob ich schnell den Arm vor und zeichnete ihn auf der *rechten* Wange!

Thuton schrie erschreckt auf, löste den Degen ungeschickt von dem meinen und taumelte zurück, darauf bedacht, meiner Degenspitze zu entgehen. Als ich mich ihm wieder zuwandte, sah ich Darloonas Gesichtsausdruck.

War das – Bewunderung?

Thuton pfiff jetzt auf alle Vorsicht und ließ einen Hagel von Schlägen auf meinen Degen heruntergehen. Er drängte mich mit einer schnellen Glizade zurück, einer atemberaubenden Folge von Schlägen, und ich wich zurück, aber nicht ohne über seine Art zu kämpfen, spöttisch zu lächeln. Ich wußte nicht, in welcher Schule der Fechtkunst der Prinz seine Ausbildung erhalten hatte, aber er kämpfte laut und sehr auf Schau bedacht, mit viel Stampfen und Gestikulieren, scharfen, kleinen Schreien und hingebellten Bemerkungen, und verzerrte dabei das Gesicht zu angsterregenden Grimassen – alle für die Zuschauer höchst eindrucksvoll, aber für meinen Geschmack etwas zu vulgär. Ich meinerseits kämpfte ruhig, gelockert, mit einem Minimum an Bewegungen oder Gesten und begnügte mich damit, seine Ausfälle einen nach dem anderen, mit geschickten Handbewegungen abzuwehren.

Zweimal umkreisten wir die Loge und stießen dabei mit den Füßen die Stühle weg. Ich ließ mich von ihm zurückdrängen, weil ich wußte, daß er dieses Tempo nicht lange gehen konnte. Und damit hatte ich recht. Bald ging ihm die Luft aus, sein Handgelenk und sein Arm ermüdeten, sein Degen begann zu zittern. Er versuchte, sich von mir zu lösen und auszuruhen, aber jetzt war ich an der Reihe, ihm zuzusetzen, und ich durchdrang seine Abwehr und versetzte ihm einen weiteren Kratzer über dem Herzen. Diesmal zog ich den Degen gerade von links nach rechts, so daß sein Hemd bis auf die bloße Haut aufgeschlitzt wurde.

Ich bedrängte ihn weiter und schlitzte wenige Augenblicke später sein Hemd an der einen und kurz darauf an der anderen Schulter auf, während er sich die ganze Zeit prustend wie ein aufgetauchter Wal bemühte, mich abzuwehren. Am Ende war er praktisch hilflos. Ich hatte ihm die ganze Vorderseite des Hemdes weggeschnitten, so daß er bis zum Nabel nackt war. Sein Degenarm zitterte jetzt vor Erschöpfung, und endlich flackerte in seinen Augen die Furcht.

Thuton war ein ausgezeichneter Fechter und hatte bei einem Meister gelernt. Ich war ihm keineswegs weit überlegen. Ich hatte aber den ganzen letzten Monat mit einem Anfänger nach dem anderen geübt und jeden Tag mit einem Duell gegen einen der hervorragendsten Fechtmeister, die dieser Planet je hervorgebracht hatte, beendet. Natürlich war mein Arm daher dem Thutons überlegen, und meine Fechtkunst, in Stunden um Stunden endloser Übung gereift, besser als die seine.

Jetzt, da ich ihn bis zu den Hüften entblößt hatte, begann ich seine Brust – auf welcher der Schweiß glänzte – mit Stichen zu verzieren. Ich markierte ihn an beiden Schultern, zog eine scharlachrote Linie auf beiden Seiten bis zu den Rippen herunter und versuchte vorsichtig »Jandar« zwischen seine Brustwarzen zu schreiben, als ihn der Mut verließ und plötzlich der Feigling in ihm durchbrach.

Wie eine von Panik erfaßte Frau kreischend, *warf* er mir den Degen förmlich ins Gesicht und sprang ungeschickt aus der Loge, stürzte einige Stufen hinunter und suchte seine Zuflucht inmitten der Menschenmasse. Das war ein Akt fast unerhörter Feigheit, und selbst ich staunte. Ein Fechter flieht einfach nicht auf diese Weise vor seinem Gegner – zumindest nicht auf Thanator. Selbst wenn einem ein turmhoch überlegener Mann gegenübersteht, verlangt der Ehrenkodex von Callisto, daß man stehenbleibt und wenn nötig stirbt, ehe man vor einem Duell flieht. Aber wie immer, ich hatte Thutons Mut gebrochen, und er hatte seine Feigheit offen gezeigt. Ich hatte die Schlappe ausgelöscht, die er mir zugefügt hatte und bedauerte jetzt nur, ihn nicht getötet zu haben.

Um es ehrlich zu sagen, jetzt war mein rechter Arm auch etwas müde, denn das Duell war ein endloses Katz- und Maus-Spiel gewesen, und ich hatte in der Nacht zuvor nicht viel Schlaf gefunden. Ich stützte mich also auf meinen Degen, atmete tief und sah zu, wie Thuton inmitten des Mobs Zuflucht suchte. Ob es mir wohl gelungen wäre, ihm meinen Namen auf die Brust zu schreiben, wenn er nicht auf so feige Art geflohen wäre?

Die Sprache von Thanator wird kursiv geschrieben und besteht aus vielen Haken und Schwänzen, aus Buchstaben also, vergleichbar den arabischen und mit der Schwertspitze sehr schwer zu schreiben. Es wäre nicht schwierig gewesen, in römischen Großbuchstaben »JANDAR« zu schreiben, aber die komplizierte Natur des hiesigen Alphabetes hätte es mir wahrscheinlich unmöglich gemacht, meinen Namen auf Thutons Brust zu verewigen. Nun gut, vielleicht würden Thuton und ich einander später wieder einmal gegenübertreten, dann konnte ich ja mein Werk fortsetzen.

Da mein Degen mit Thutons Blut beschmiert war, bückte ich mich und benutzte seinen Umhang, den er weggeworfen hatte, dazu, den Degen abzuwischen.

Die ganze Zeit beobachtete Darloona mich mit unergründlicher Miene.

Ich war so von meiner Leistung in dem jetzt beendeten Kampf überzeugt, daß ich aus diesem Ausdruck ganz natürlich höchste Bewunderung, die sie mir entgegenbrachte, las.

Doch dies war ein Irrtum, über den sie mich nicht im Zweifel ließ. Zwar hatte ich eine hervorragende Leistung mit dem Degen geboten und auch das Bild von meiner Männlichkeit, meinem Mut und meiner Fechtkust zurechtgerückt, aber die weibliche Psyche schätzte ich völlig falsch ein. Sie fixierte mich nämlich mit einem durchbohrenden Blick, in dem sich Wut und Verachtung mischten.

»Ich weiß nicht, warum du so an meinen Absätzen klebst, du Barbar«, sagte sie leise, wobei ihre Stimme vor Wut zitterte, »aber ich wünschte, ich wäre dich los.«

Die Welt vollführte einen verrückten Tanz vor meinen Augen, und ich fürchte, daß ich sie mit offenem Mund angestarrt habe. Ich weiß nicht, welche Reaktion ich von ihr auf meinen jüngsten Sieg erwartet hatte, aber ganz bestimmt waren es nicht Wut und

Verachtung.

»Was – warum –?« Mir fehlten die Worte.

»Die Herren von Gordrimator haben mich bestimmt für meine Sünden verflucht«, fuhr sie jetzt fast unter Tränen fort. »Warum müßt Ihr Euch eigentlich ständig in meine Angelegenheiten mischen, und das zu meinem ewigen Schaden?«

Ihre Wut war mir unverständlich. Lob hatte ich erwartet, vielleicht sogar Bewunderung – aber keine Tränen!

»Meine Prinzessin, warum –?«

Sie stampfte wütend mit dem Fuß auf.

»Hört auf, mich das zu nennen, Ihr – Ihr *Horeb*!« schrie sie und gebrauchte dabei den Namen eines besonders ekelhaften thanatorischen Aasfressers, der einer rosafarbenen nackten Ratte von der Größe eines kleinen Hundes ähnlich war.

Ehe mir eine Antwort einfiel, fuhr sie fort, mich anzuschreien! »Ich bin *nicht* ›Eure Prinzessin‹! Ich will *nichts* mit Euch zu tun haben, versteht Ihr?«

»Ich – ich höre gut«, stammelte ich verstört, »aber ich – ich begreife nicht. Was habe ich getan, um Euch zu beleidigen?«

Sie brach in Tränen aus und wandte sich dem würdig dreinblickenden Koja zu, der die ganze Zeit ruhig dagestanden hatte und zweifellos über die seltsamen Umgangsgewohnheiten der menschlichen Rasse nachdachte, die den leidenschaftslosen Methoden seines eigenen Volkes so unähnlich waren.

»Hört ihn Euch an!« wütete sie. »Hier bin ich, ein Gast der Zitadelle des mächtigen Prinzen von Zanadar, den zu heiraten ich mich endlich bereit erklärt habe und den ich dazu überredet habe, mir seine hervorragende fliegende Streitmacht zu leihen – die mächtigste Streitmacht, die es auf der ganzen Welt gibt. Mit ihr hoffte ich, mein Königreich aus den Händen der Schwarzen Legion zurückzugewinnen – und da taucht dieser lästige Tölpel wieder auf, mischt sich in meine Angelegenheiten ein und macht all meine Pläne zunichte.« Die Tränen traten ihr in die Augen.

Ich war völlig verstört, aber jetzt begriff ich wenigstens. Ich hatte einen Augenblick lang vergessen, daß nur Lukor und ich die Wahrheit kannten. Natürlich hatte die Prinzessin mein Verhalten falsch einschätzen müssen. Ich versuchte, ihr die wirkliche Lage zu erklären, aber sie stampfte wieder wütend mit dem Fuß auf und schüttelte den Kopf, bis ihr Haar wie eine flammende Wolke um sie flog. Sie weigerte sich, meine »plumpen Lügen«

anzuhören, wie sie sich ausdrückte.

In diesem Augenblick lenkte Koja meine Aufmerksamkeit auf eine höchst unglückliche Entwicklung.

Endlich hatten die zanadarianischen Soldaten wieder so etwas wie Ordnung in ihre Reihen gebracht und rückten jetzt auf die königliche Loge vor, zweifellos in der Absicht, Koja und mich, die Rädelsführer der Sklavenrevolte, dingfest zu machen.

Alle Leidensgenossen Kojas waren inzwischen entweder entflohen, indem sie sich erfolgreich unter die Menge gemischt hatten, oder sie waren wieder eingefangen und auf der Stelle getötet worden. So blieben jetzt nur noch Koja und ich. Wir standen zwanzig Männern gegenüber, die mit Schwertern, Piken und Armbrüsten bewaffnet waren. Sie trugen Kettenpanzer, Helme und lange rautenförmige Schilde, wie die Normannen sie benutzt hatten.

In ein oder zwei Minuten würden sie uns erreichen. Ich verfluchte meine närrische Rachsucht, die mich dazu veranlaßt hatte, mein Duell mit Thuton so in die Länge zu ziehen. Hätte ich ihn einfach durchbohrt, als ich ihn das erste Mal vor dem Schwert gehabt hatte, hätten wir alle aus der Arena fliehen und sicher in die Mittelstadt gelangen können, wo wir zweifellos in der Fechtschule Zuflucht gefunden hätten, zu der ich den Schlüssel besaß.

Aber nein! Ich hatte Katz und Maus spielen, das Duell in die Länge ziehen müssen, um mit meiner Fechtkunst vor der Frau, die mich faszinierte, zu glänzen, statt das einzig Vernünftige zu tun und zu fliehen, solange sich dazu die Chance bot.

Ich unterdrückte einen Fluch und dachte kurz über die fatale Tatsache nach, daß ich zwar meist die edelsten Motive hatte, bewunderswerte Motive, die an das Heroische grenzten, es aber doch immer irgendwie schafften, jede Chance zunichte zu machen, etwas wirklich Vernünftiges zu erreichen.

Indem ich erneut in nahezu aussichtsloser Lage versucht hatte, meinen Freund Koja und die Prinzessin Darloona zu befreien, hatte ich die ganze Geschichte verpatzt und jetzt sowohl mich selbst, als auch sie und Koja in eine schlimmere Gefahr gebracht als zuvor.

Es gab keine Hoffnung mehr, Koja und ich mußten uns zwanzig bewaffneten Männern stellen und gegen sie kämpfen. Ein anderer Weg stand uns nicht offen.

Ich verfluchte bitter meinen Stolz, meine Arroganz und wünschte mir, tot zu sein... wissend, daß mir dieser Wunsch bald in Erfüllung gehen würde.

Die Reiter der Winde

Die Wächter hatten uns jetzt fast erreicht. Ich konnte schon ganz deutlich ihre grimmigen Blicke sehen, die kalte Rachsucht in ihren Augen. Koja und ich standen mit den Schwertern in der Hand da, bereit, die Prinzessin von Shondakor bis zum Letzten zu verteidigen, aber lange würde dieses Letzte nicht auf sich warten lassen, das wußte ich. Denn, mochte meine Fechtkunst auch noch so groß sein, sie würde nicht ausreichen, um zwanzig frische, gut bewaffnete Soldaten in Schach zu halten.

Aber dann fiel ein seltsamer Schatten über die Loge mit ihrem Baldachin, und wir blickten erstaunt zu einem phantastischen, fliegenden Ungeheuer auf.

Einen Augenblick lang – so völlig ungewohnt war dieses Gebilde in den Lüften – waren meine Augen einfach nicht imstande, das Ding richtig zu erfassen. Aber dann sah ich, daß es ein Ornithopter war. Keine der achtzig Fuß langen Monstrositäten wie die Fregatte, die uns hierhergetragen hatte, eher vergleichbar dem kleinen Flugzeug, mit dem ich aus den Sklavenpferchen in die Mittelstadt entkommen war.

Diese besondere Art von Ornithopter war mir neu. Es war ein Viermannaufklärer, gute fünfundzwanzig Fuß lang, mit vier Plätzen, wie ein zu groß geratenes Kajak. Tatsächlich glich es einer etwas mißglückten Version eines polynesischen Auslegerkanus. Ich benutze diesen sich anbietenden Vergleich, weil das heliumähnliche Gas, das dem Gebilde Auftrieb gab, in zwei langen Pontons unter dem Kiel, zu beiden Seiten des Rumpfes, untergebracht war. Irgendwie erinnerte dieser Unterbau an die Kufen eines Schlittens.

Diese phantastische Flugmaschine mochte ziemlich lächerlich wirken, aber daß sie flog, war offenkundig.

Und ebenso wichtig war, daß sie uns einen Ausweg aus unserem augenblicklichen Dilemma bot.

Auf dem linken Sitz grinste nämlich jemand auf mich herunter, den ich gut kannte – *Lukor!*

Nur die Herren von Gordrimator wissen, was aus ihm geworden war, nachdem wir in dem Labyrinth von Geheimgängen unter der königlichen Zitadelle voneinander getrennt worden waren. Ich hatte angenommen, daß er entweder in einer Fallgrube den Tod gefunden oder sich irgendwo in dem Labyrinth von Tunnels verlaufen hatte.

Der tapfere alte Fechtmeister war aber aus dem Labyrinth entkommen, hatte es irgendwie geschafft, die Zitadelle zu verlassen, und hatte in der Nähe der Arena darauf gewartet, Koja und mir bei der Flucht helfen zu können. Irgendwie hatte er den Ornithopter aufgestöbert, wahrscheinlich auf einer der Wachstationen auf dem Dach, ähnlich der Station auf dem Dach des Sklavengefängnisses, wo ich vor einem Monat die zweisitzige Maschine gefunden hatte. Aber er konnte mir ja später von seinen Abenteuern berichten. Jetzt kam es darauf an, daß er uns eine Möglichkeit zur Flucht bot.

Die viersitzige Flugmaschine schwebte mit zuckenden Schwingen direkt über der Königsloge. Lukor hatte eine Hand am Steuer und ließ mit der anderen eine Strickleiter herunter. Das Ende der Leiter wischte über den Baldachin.

Ich wandte mich Darloona zu.

»Schnell jetzt, Prinzessin«, sagte ich. »Steigt Ihr als erste die Leiter hinauf. Koja und ich halten die Wachen im Schach, bis Ihr sicher an Bord seid und wir Euch folgen können.«

Sie starrte mich an, ihre schräg liegenden Smaragdaugen weiteten sich in verächtlichem Erstaunen.

»Seid Ihr völlig wahnsinnig, Jandar?« fragte sie hitzig. »Warum sollte ich aus der Stadt meiner Freunde fliehen wollen? Ich habe Euch schon gesagt, daß Prinz Thuton und ich heiraten werden und er mir den Einsatz seiner Streitmacht versprochen hat, um die Schwarze Legion zu vernichten, die meine Stadt besetzt hält. Ihr mögt entkommen, wenn Ihr wünscht, aber ich beabsichtige hierzubleiben und meinen Thron zurückzugewinnen.«

Die Ungeduld ließ mich ziemlich unhöflich werden.

»Das ist alles Unsinn, Darloona. Thuton ist ein verräterischer Lügner. Er hat Euch mit falschen Versprechungen eingelullt. In Wirklichkeit hat er Euch zum Verkauf angeboten. Er will 300000 Goldbice von Arkola von den Chac Yuul für Euch haben.«

»Das ist eine schmutzige, gemeine Lüge!«

Ich weiß nicht, wielange wir noch gestritten hätten, wäre der würdige Koja nicht dazwischengetreten.

»Kann diese Kontroverse nicht fortgeführt werden, wenn wir alle in Sicherheit sind?« fragte er mit seiner schrillen, metallischen Stimme. »Denn, schau, Jandar, die Wachen sind schon fast hier.«

Er hatte recht. Ich hatte keine Zeit, meine Auseinandersetzung mit dem heißblütigen Mädchen fortzusetzen, zumal sie mir ja ohnehin nicht glaubte. Also tat ich etwas, das vielleicht nicht besonders weise war, mir aber im Augenblick als die einzige Lösung erschien.

Ich verpaßte ihr einen Kinnhaken und schlug sie damit bewußtlos.

Sie klappte einfach in der Mitte zusammen, ich fing sie auf, warf sie mir über die Schultern und sprang auf die Logenbrüstung, fand im Schnitzwerk der Pfosten, die den Baldachin trugen, einen Halt für meinen Fuß und kletterte so auf das Dach der Loge, von wo aus ich die unterste Sprosse der Strickleiter erwischte.

Rasch kletterte ich die Leiter empor.

Ich bezweifle, ob ein anderer als ein berufsmäßiger Akrobat auf der Erde ähnliches hätte vollbringen können. Mir gelang es nur wegen des geringen Unterschiedes zwischen den Schwerefeldern der Erde und Thanators, und weil meine Muskeln, welche die größere Schwerkraft meiner Heimatwelt gewöhnt waren, mir Kräfte verliehen, die weit über der menschlichen Norm auf Thanator lagen.

Trotzdem würde ich es nicht gerne noch einmal versuchen. Ich kann nicht sagen, wie erleichtert ich war, als ich endlich die oberste Leitersprosse erreichte und in Lukors grinsendes Gesicht blickte.

»Lukor!« rief ich aus. »Ich war mein ganzes Leben lang noch nie so froh, jemanden zu sehen! Hier, nimm das Mädchen! Geht das?«

Er zerrte sie von meinen Schultern und ließ sie ziemlich unsanft in den zweiten vorderen Sitz neben dem seinen plumpsen. Dann half er mir dabei, den Sitz hinter ihm zu erreichen. Mir ging von der schwierigen Kletterpartie, welche durch die Last des Mädchens wahrhaft strapaziös genug gewesen war, der Atem noch schwer, und ich brauchte einige Minuten, um mich zu erholen.

Der alte Schwertmeister war bester Laune. Er schwatzte unaufhörlich, hatte jedoch Mühe, sich gegen den Lärm unserer tosenden Schwingen mit seiner Stimme durchzusetzen.

»Oho, Junge!« rief er. »Ich war nicht sicher, ob du noch am Leben warst oder schon tot, aber ich hätte wissen müssen, daß du irgendwie einen Ausweg aus diesem verdammten Labyrinth finden würdest. Du hast das Glück des geborenen Helden.«

Der Alte genoß sichtlich jede Sekunde dieses Abenteuers. Seine Wangen waren gerötet, seine scharfen, alten Augen blitzten vor Vergnügen, seine grauen Locken flogen im Wind der schlagenden Schwingen. Er sah zwanzig Jahre jünger aus, und ich war so froh, ihn wiedergefunden zu haben, daß ich dem alten Burschen am liebsten einen Kuß gegeben hätte. Sein fast gallischer Sinn für Ritterlichkeit und Romantik war jetzt geweckt und ließ ihn unser Abenteuer genießen – das war es, wonach er lechzte, Rettung in letzter Minute vor dem sicheren Tode zu bringen, die Helden dem Griff der Feinde zu entreißen, tapferen Kriegern, die gegen hundertfache Übermacht kämpften, beizustehen.

»Als wir im Labyrinth getrennt wurden, folgte ich dem Tunnel zum nächsten Ausgang und schwindelte mich zu einem Landeplatz auf dem Dach durch«, fuhr er fort. »Ich ging davon aus, daß du dich wahrscheinlich hoffnungslos in das Labyrinth verlaufen hattest und dachte mir, das mindeste, was ich tun könnte, wäre, deinen Yathoon-Kameraden zu befreien und ihn in der Akademie zu verstecken. Irgendwie, so glaubte ich, würden wir beide dich dann schon später in den Geheimgängen finden.«

Ich dankte ihm aufrichtig für die Rettung, die buchstäblich in letzter Sekunde gekommen war, und blickte nach unten, um zu sehen, wie es dem getreuen Koja erging.

Er lieferte den Kampf seines Lebens, hielt zwanzig Krieger mit seinem tödlichen Yathoon-Peitschenschwert in Schach.

Lukor blickte fasziniert nach unten und rief Koja aufmunternde Worte zu. Das Peitschenschwert war die einzige Waffe Thanators, mit welcher der alte Schwertmeister nicht vertraut war, denn die ungewöhnliche Länge und das Gewicht der peitschenartigen Stahlklinge erforderte den besonderen Körperbau und die Muskulatur eines Arthropoden, damit wirklich alle Vorteile dieser Waffe ins Spiel gebracht werden konnten.

Während Lukor lauthals Koja applaudierte, schrie ich ihm zu, er soll sich gefälligst beeilen. Aus der Höhe, in der wir uns befanden, konnte ich sehen, daß sich in der ganzen Arena die Soldaten versammelten, von denen viele mit den gefährlichen kleinen Armbrüsten ausgerüstet waren – Waffen, deren kugelartige Stahlbolzen leicht unsere Pontons durchlöchern oder eine unserer gemächlich auf- und abschlagenden Schwingen zerstören konnten, so daß unsere Flugmaschine hätte abstürzen müssen.

Aber Koja wußte, was er zu tun hatte. Er drehte sich im Kreise und schlug mit seiner stählernen Peitsche um sich, schaffte sich dabei eine runde Lichtung, als die Soldaten sich unter dem singenden Stahl duckten. Dann faltete er seine durch drei Gelenke unterteilten Beine und katapultierte sich in die Luft. Es war ein phantastischer Satz, Koja sprang bestimmt gut elf Fuß senkrecht in die Höhe. Seine Finger schlossen sich um eine der mittleren Sprossen der Leiter, und im nächsten Augenblick hatten seine unteren Gliedmaßen ebenfalls Halt an einer Sprosse gefunden. Und dann hetzte er Hand über Hand in die Höhe und stieg zu uns in die Maschine.

»Koja, das war großartig. Ich habe noch nie jemand so geschickt mit dem Peitschenschwert umgehen sehen.« Ich lachte, als er sich neben mich in das Boot zwängte und seine langen Glieder etwas ungeschickt auf dem schmalen, engen Sitz verteilte. Er sah mich würdevoll an.

»Ich kann das Kompliment erwidern, Jandar«, schnarrte er mit seiner monotonen, metallisch klingenden Stimme, »mit der Feststellung, daß du, wenn du dich daran machst, einen Kameraden zu befreien, das auf die spektakulärste Art tust, die man sich vorstellen kann.« Und damit deutete er mit einem Zucken seiner langen Fühler auf das Durcheinander, das unten herrschte, die schreiende Menge, die immer noch in panischer Angst floh, die kämpfenden Bestien, die entkommenden Sklaven und die tobenden Soldaten, dic uns in hilfsloser Wut mit den Fäusten drohten. Ich grinste.

»Aber wer ist dieser Mensch, dessen Flugmaschine uns die unerwartete Chance zur Flucht bietet?« erkundigte Koja sich.

Ich stellte Lukor und Koja einander kurz vor, denn in diesem Augenblick war wenig Zeit für solche Formalitäten. Thuton war mit einer Gruppe Armbrustschützen zurückgekehrt, und jetzt flogen stählerne Bolzen in unsere Richtung.

»Festhalten, Freunde – es geht los!« schrie Lukor, packte das Steuer und jagte mit unserer Maschine davon. Wir stiegen in einer atemberaubenden Spirale empor und umkreisten die Arena. Die steinernen Ränge zogen unter uns vorbei, aber plötzlich erzitterte unsere Flugmaschine, als sie gegen ein Hindernis prallte, das ich nicht sehen konnte. Ein Hagel von dicken Glassplittern ging wie ein Regenschauer auf uns hernieder, und dann hielt uns ein heulender Sturm in seinen Klauen, und eisige Winde peitschten uns ins Gesicht.

Die letzte halbe Stunde war so hektisch gewesen, daß ich gar nicht dazugekommen war, darüber nachzudenken, warum es in der Arena so heiß war, nachdem doch gewöhnlich eisige Winde durch die Straßen der Stadt auf dem Berge fegten. Aber jetzt sah ich, daß die ganze Arena mit Glas überdacht war, eine gigantische Kuppel schützte das Amphitheater vor der kalten Luft und den heulenden Winden und machte die Arena zu einem riesigen Gewächshaus, sorgte für Backofenwärme, damit die Besucher es auf den freiliegenden Steintreppen bequem hatten, angenehm. Und durch eine der mächtigen Glasscheiben, aus denen sich die Kuppel dieses Gewächshauses zusammensetzte, hatte sich unsere Flugmaschine gerade gewaltsam den Weg in die Freiheit gebahnt.

»Wohin jetzt, Schwertmeister?« schrie ich und fröstelte, als der bitterkalte Wind meine immer noch schweißnassen Arme und Beine traf. Lukor brüllte, wie ich, zurück, um das Heulen der Winde zu übertönen: »Ich schlage vor, daß wir uns in ein freundlicheres Klima begeben«, schrie er. »Meine Heimatstadt Ganatol dürfte wohl weniger feindselig sein als Zanadar nach all dem Getöse und den verschiedenen Rettungsaktionen!«

Mich erfaßte ein Gefühl der Schuld.

»Aber Lukor! Dein Haus – deine Akademie! Ich kann doch von dir nicht erwarten, daß du alles aufgibst, was du besitzt, nur um mir und meinem Freund aus der Patsche zu helfen.«

Er grinste wie ein unartiger Junge, und seine graue Mähne flog im eisigen Winde.

»Unsinn! Mit dem, was ich hier habe – und hier – kann ich die Fechtakademie überall wieder eröffnen, wo ich hingehe«, sagte er und deutete dabei auf seinen Schwertarm und seine Stirn.

»Aber dein Haus und dein ganzer Besitz!« protestierte ich, weil ich nicht wollte, daß er alles meiner Sache opferte.

»*Pah!* Bis unters Dach mit Hypotheken belastet, mein Junge! Die Akademie hat nie genügend Geld eingebracht. Was meinen Besitz angeht, nun, ein oder zwei Gemälde werde ich vermissen und vielleicht irgendeine Figur, aber sonst ist da nichts, das man nicht im Laufe der Zeit wieder ersetzen könnte. Es wird mir leid tun, daß der wackere Irivor und ich nie wieder zusammen eine Flasche leeren und über die alten Tage reden können, aber das ist so ziemlich alles. Und jetzt keine Widerrede mehr. Ich brauche meinen ganzen Verstand, um uns aus diesen verdammten Aufwinden herauszusteuern.«

Die Türme der Oberstadt zogen an uns vorbei, als Lukor sich nur noch seiner Aufgabe widmete. In dieser Höhe war die Luft beißend und dünn, aber dennoch wehten die Winde mit aller Macht und heulten wie tausend Teufel. Ich duckte mich hinter den Aufbau vor meinem Sitz, zitterte vor Kälte und wünschte, ich hätte meinen warmen Umhang nicht so gleichgültig weggeworfen.

Nach einer Weile fand Lukor eine abwärts gerichtete Luftströmung und flog in weiten Bögen in die Tiefe. Jetzt zogen die Terrassen der Mittelstadt unter uns vorbei, und ich konnte einen flüchtigen Blick auch auf die Slums und die schmutzigen Gassen der Unteren Stadt werfen, ehe sie meinen Blicken entschwanden. Ich hatte die Sklavenpferche erkannt, in denen die Radsklaven schmachteten, und erinnerte mich an meine qualvollen Tage hinter diesen Mauern.

Wie seltsam doch ein Menschenleben ist! Da greift das Schicksal ein, da wendet sich das Blatt und ein Mensch wird von einer Situation in die nächste gestoßen, ohne selbst etwas bestimmen zu können. Ich hatte nie geglaubt, je aus dieser grimmigen Festung herauszukommen, aber kaum war ich durch die Straßen der Mittelstadt geschlichen, in Kleidern, die ich einem von mir getöteten Manne abgenommen hatte, war ich auf der Suche nach einer Zuflucht gewesen. Und dann hatte ich einen unbekannten Mann gegen eine Bande von Straßenräubern ums Leben kämpfen sehen. Wäre ich ihm nicht impulsiv – ja tollkühn – zu Hilfe gekommen, würde ich jetzt nicht in diesem seltsamen Flugapparat durch den Wind ziehen, auf dem Wege zu neuen Abenteuern in fremden Ländern.

Ursache und Wirkung beherrschen das Universum, sagen die Philosophen. Nun, das mag wohl sein. Ich würde freilich meine

Stimme eher dem blinden Zufall als dem wichtigsten Faktor in den Angelegenheiten der Menschen geben. Denn nur der Zufall war es, der mich in die verlorene Stadt in den endlosen Dschungeln von Kambodscha geführt hatte, nur der Zufall, der Koja veranlaßte, wegen der ungewöhnlichen Farbe meines Haares und meiner Augen mein Leben zu schonen, nur der Zufall, der mich Lukor, dem Schwertmeister, über den Weg führte und mir seine Freundschaft sicherte, welcher wir nun unsere Rettung verdankten.

Es dauerte nicht lange, und wir hatten die Stadt in den Wolken hinter uns gelassen und flogen durch die weißen Berge. Mich hielt eine seltsame Mischung aus Nostalgie und Erleichterung umfangen, als ich zusah, wie die Türme von Zanadar hinter unserem Heck verschwanden. Schließlich hatte ich dort nicht nur das Joch der Sklaverei und das schreckliche Dasein eines verfolgten Flüchtlings kennengelernt, sondern auch die Sicherheit eines bequemen Heimes und die Kameradschaft eines Menschen, dem ich etwas bedeutete. Aber dieses Kapitel meiner Abenteuer begann für mich bereits zu verblassen.

Zu beiden Seiten von uns dehnte sich das herrlichste Panorama, das man sich vorstellen konnte: hoch aufsteigende Klippen und schroffe Spitzen aus schneeweißem Mergel, Hochtäler und mit Felsbrocken übersäte Plateaus, durchzogen von tiefen Schluchten. Wir flogen jetzt mit wahrhaft phantastischer Geschwindigkeit, getrieben von einem Sturm, der nach Süden blies, den Vorbergen sowie dem schwarz und karminrot gefärbten Teppich der Großen Kumala entgegen, die dahinter lag.

Inzwischen flogen wir einige tausend Fuß tiefer, aber die heulenden Winde waren immer noch so kalt und beißend, wie eine Messerklinge. Ich duckte mich in meinen Sitz und hielt meine Schultern mit den Händen, als hätte ich mich damit warmhalten können. Trotz der Kälte war dies aber bestimmt eine bessere Art zu reisen, als zu Fuß zu gehen. Wir hätten Tage, ja vielleicht Wochen gebraucht, um uns unseren Weg durch die verlassenen Berge von Varan-Hkor zu bahnen. Und hier zogen wir schnell, wenn auch nicht gerade komfortabel, über sie hinweg.

Ich hielt inne, um über die Wunder nachzudenken, die ich gesehen hatte. Eine phantastische Flugmaschine, wie dieses Auslegerkanu der Lüfte, deutete auf eine ungewöhnlich hochstehende

Technik hin. Die Zivilisation der Zanadarianer war die höchste, die ich in all meinen Monaten auf Thanator erlebt hatte. Wie war es möglich, daß ein Volk wie das der Himmelspiraten, steinerne Städte, Flugschiffe, selbst jenen dreibeinartigen Fernsehkristall, den ich gesehen hatte, als Prinz Thuton sich mit Arkola von der Schwarzen Legion unterhalten hatte, besaß, während ein anderes, wie die Horde von Yathoon, noch so tief unten auf der Stufenleiter der Kultur stand, daß es noch nicht einmal lesen oder schreiben konnte?

Aber solche enormen Unterschiede in der kulturellen Entwicklung sind schließlich auch auf der Erde nichts Ungewöhnliches, wo Überschalldüsenmaschinen über die Dschungel von Neuguinea ziehen, dessen Bewohner kaum die Steinzeit hinter sich gelassen haben. Das ist, teilweise wenigstens, den ungeheuren Entfernungen zuzuschreiben. Auf der Erde trennen endlose Meere und ganze Kontinente solch unterschiedliche Zivilisationen. Auf Thanator ist das aber nicht der Fall, schließlich handelt es sich dabei um einen Mond, der viel kleiner ist als ein Planet. Tatsächlich mißt Thanator nur viertausenddreihunderteinundfünfzig Meilen von Pol zu Pol. Die Zanadarianer und die Yathoon sind praktisch Nachbarn – warum trennt sie dann ein solcher Abgrund in der Entwicklung ihrer Zivilisation?

Auf Thanator, das nur einen Bruchteil der Größe der Erde hatte, waren zwei voneinander völlig unabhängige Zivilisationen entstanden, und zwei völlig differente Spezies hatten sich Seite an Seite zur Vernunft hin entwickelt; getrennt und doch einander nahe.

Nur zweitausend Meilen trennten sie in räumlicher Hinsicht voneinander – und doch lagen, was die Zivilisation betraf, Millionen von Jahren zwischen ihnen.

Die Arthropoden hatten nichts von den Zanadarianern gelernt, nicht einmal die Rudimente ihrer Technik, den Gebrauch des Alphabets oder die einfachsten der menschlichen Emotionen.

Und doch sprachen beide Rassen dieselbe Sprache!

Es war wirklich ein Geheimnis. Ein höchst verblüffendes sogar.

Ich hatte das Gefühl, daß die Lösung dieses Geheimnisses, sollte ich sie einmal finden, sich als überaus erstaunlich erweisen würde.

Darloona erlangte benommen ihr Bewußtsein wieder, als wir gerade die Weißen Berge hinter uns ließen.

Wie nicht anders zu erwarten, war sie wütend auf mich und meine Begleiter. Der Ärger über mich, den sie empfand, war verständlich – schließlich hatte ich sie bewußtlos geschlagen, um sie in die Flugmaschine befördern zu können, etwas, das nun nicht gerade dazu beitrug, unsere persönlichen Beziehungen zu verbessern. Aber die Wut, die sie auf den alten Schwertmeister hatte, war nicht weniger heftig, jedoch viel unbegründeter.

»Ich verlange von Euch, Herr, der Ihr ja sicher ein Ehrenmann sein wollt, diesen Fluchtversuch aufzugeben und nach Zanadar zurückzukehren. Wenn Ihr mich zur Zitadelle zurückbringt, werde ich mich bei Prinz Thuton für Euch verwenden, und ich kann Euch versichern, daß man Euch für Eure Verbrechen nicht bestrafen wird«, gelobte sie.

Lukor sah sie höflich an, schüttelte aber den Kopf.

»Mylady«, sagte er mit freundlicher Stimme, »Sie unterliegen einem gefährlichen Irrtum. Prinz Thuton ist nicht Euer Freund, sondern einer Eurer schlimmsten Feinde – und wir, die wir uns hier bei Euch befinden, sind wahrhaft Eure Freunde.«

»Wie kann es eine freundliche Handlung sein, mich von der Seite eines mächtigen Prinzen zu entführen, der gelobt hat, mir seine Truppen zur Verfügung zu stellen und mich dabei zu unterstützen, meinen Thron zurückzugewinnen?« fragte sie.

Wieder schüttelte Lukor den Kopf. »Nein, Mylady, das ist ja der Irrtum. Ich gebe zu, daß Thuton glatt und verbindlich ist, aber das ist nur oberflächlich – in seinem Inneren ist er ein Verräter, der tausend Ränke schmiedet. Gleichgültig, was er Euch gegenüber gelobt hat, – ich weiß, daß er hinter Eurem Rücken mit Eurem Erzfeind, dem Lord der Schwarzen Legion, verhandelt hat.«

Sie starrte ihn ungläubig an. »Ja! Dieser ›Freund‹, wie Ihr ihn so gerne nennt, hat sich kalt und rücksichtslos erboten, Euch an die Chac Yuul zu *verkaufen* – falls diese seinen Preis akzeptieren!«

Ihre Augen musterten mich, als Lukor das erklärte. Das war genau das, was auch ich ihr in der königlichen Loge gesagt hatte, als ich versucht hatte, sie dazu zu überreden, aus eigenem Antrieb mit mir zu fliehen. Jetzt nickte ich und bestätigte wieder Lukors Worte.

»Er hat recht, Prinzessin, es ist wahr, ich weiß das auch, denn als ich mich verlaufen hatte und durch das Labyrinth von Geheimgängen irrte, welche die Mauern der königlichen Zitadelle durchziehen, hörte ich, wie Thuton über den Preis, den er für Euch verlangte, mit keinem anderen als Arkola selbst sprach.«

»Aber das ist absurd«, widersprach sie, etwas unsicher geworden. »Was würde Arkola denn in Zanadar tun? Er befindet sich doch ganz bestimmt in meiner Stadt, in Shondakor, fast dreihundert *Korats* im Südosten.«

Ich erklärte ihr, so gut ich das in den Grenzen meines thanatorischen Wortschatzes konnte, was ich gesehen hatte. Lukor hatte von solchen Instrumenten gehört – er nannte sie *Palungordra*, was ›weit-sehende-Augen‹ bedeutet –, aber Darloona waren sie unbekannt, und sie blickte deshalb etwas skeptisch. Sie machte jedoch auch keine Einwände mehr und gab den Versuch auf, Lukor zur Umkehr zu überreden; statt dessen versank sie in Nachdenken; offenbar beschäftigten unsere Worte sie. Was ich gesagt hatte, würde sie zweifellos als das Ergebnis von Vorurteil und Ignoranz abtun. Ich glaube zwar nicht, daß sie mich auch jetzt noch als verächtlichen und verräterischen *Amatar* betrachtete, dem jedes Gefühl für Ehre fehlte, aber ganz hatte ich mich in ihren Augen bestimmt noch nicht reingewaschen. Doch Lukor war, wie ich schon an anderer Stelle bemerkte, die Sorte von anständigem und ehrenwertem Mann, der man instinktiv schon beim ersten Zusammentreffen Vertrauen schenkt, und seine Aussage über Thutons Schurkerei konnte sie deshalb nicht so leicht abtun.

Es mußte inzwischen bereits spät am Nachmittag sein. Die goldene Dunstglocke, die Callistos Himmel bildet, leuchtete noch; zwei Monde standen am Firmament, die eisblaue Kugel von Ramavad und die winzige goldene Amalthea oder Juruvad, wie die Thanatorier sie nennen. Bald tauchte auch der mächtige Koloss von Gordrimator, jener scheinbar ganz aus Bändern bestehende Gigant des Himmels, am Horizont auf.

Soweit ich mich erinnere, erklärt Captain Dark nirgends in seinem Manuskript, was der Name der Thanatorier für den Planeten Jupiter-Gordrimator bedeutet. Aber wir sind inzwischen weit genug in die Geschichte eingedrungen, um die Universalsprache, die auf dem Dschungelmond gesprochen wird, einigermaßen zu beherrschen, so daß wir den Versuch einer Interpretation wagen können. Der Autor nennt an verschiedenen Stellen des Manuskripts die Jovianischen Monde. z. B. in der Eröffnung des Kapitels von dem Gesicht im Kristall, wo er uns sagt, daß der thanatorianische Name für Ganymed Imavad lautet, was »Roter Mond« bedeutet. Aus den gemeinsamen Endungen kann man den Schluß ziehen, daß *vad* auf thanatorianisch »Mond« bedeutet. Der Eingeborenenname für Callisto, Thanator, hingegen hat eine andere Endung. Es ist auch nur natürlich, daß die Callistaner ihre Welt als Planeten, nicht als Mond ansehen, und so können wir schließen, daß die Endung *tor* »Welt« bedeutet. Da Gordrimator dieselbe Wortwendung hat, möchte ich die Vermutung anstellen, daß seine enorme Größe so eindrucksvoll ist, daß die Callistaner daraus schließen, daß er ebenfalls ein *tor*, eine »Welt« ist, sonst würden sie ihm ja den Namen Gordrimavad gegeben haben. Da *Ima* auf thanatoriansich »rot« bedeutet, und da weiter oben *Palungordra* als »die-weit-sehenden-Augen« übersetzt wird, glaube ich, daß wir den Namen Gordrimator als *gordra ima tor* interpretieren können, »Welt des roten Auges«, keine ungewöhnliche Bezeichnung, wenn man überlegt, wie eindrucksvoll Jupiters auffälligster Punkt, der berühmte »Rote Fleck« auf jemanden wirken muß, der auf der Oberfläche seines fünften Mondes steht. – L. C.

Stundenlang flogen wir dahin.

Ich begann der erzwungenen Untätigkeit überdrüssig zu werden, und außerdem war mir offengestanden, mein Sitz inzwischen recht unbequem geworden. Ich konnte mich auch gar nicht mehr erinnern, wann ich das letzte Mal etwas gegessen oder getrunken hatte; jedenfalls verlangte mein Magen sein Recht.

Wir bewegten uns mit ziemlichem Tempo. Der Wind über den Vorbergen hatte beachtliche Stärke, und wir würden bei dieser Fahrtgeschwindigkeit bald das Bergland hinter uns lassen und landen und ein Lager für die Nacht aufschlagen können. Vielleicht gelang es sogar, irgendein Stück Wild zu erlegen.

Im Süden dehnte sich der unendlich scheinende schwarzrote Teppich der Großen Kumala, die von Horizont zu Horizont reichte. Nach einer Weile dachte ich, daß Lukor jetzt eigentlich anfangen müßte, nach Osten abzubiegen, denn in dieser Richtung lag die Stadt Ganatol, seine Heimat, die unser Ziel war. Ich beugte mich vor, stieß den Fechtmeister an und schrie ihm meine Meinung ins Ohr. Als er sich zu mir umwandte, wirkte sein Gesicht etwas unsicher.

»Ich bin ganz deiner Ansicht, mein junger Freund«, sagte er. »Glaub mir, ich würde gerne nach Osten biegen, wenn ich nur könnte.«

»Was soll das heißen? Was stimmt denn nicht?«

Er zwang sich zu einem Lächeln.

»Ich habe mir zu meinem Glück gratuliert, eine Luftströmung zu finden, der wir uns anvertrauen konnten«, gestand er. »Aber jetzt hat sich das Glück leider gewendet. Die Luftströmung ist immer stärker geworden. Solange sie uns in die Richtung trug, in der wir reisen wollten, hatte ich nichts dagegen und auch die zunehmende Windstärke störte mich nicht. Aber vor einer Weile fand ich, daß es Zeit wäre, nach Osten abzubiegen – und stellte fest, daß es nicht ging.«

Ich starrte ihn verständnislos an.

»Du meinst, der Wind ist zu stark?«

Er nickte. »Er ist sehr stark. Fast ein Hurrikan. Aber das allein ist es nicht. Die Schwingen des Ornithopters sind aus diesem Grund mit Klappen ausgestattet. Durch Veränderung des Anstellwinkels und der Neigung dieser Flächen sollte es möglich sein, unser Flugzeug selbst inmitten eines Sturms zu manövrieren. Doch es funktioniert nicht – schau – siehst du?«

Ich blickte in die Richtung, die seine Hand mir wies, und sah mir unsere Backbordschwinge an. Die Klappen – oder wie auch immer man die beweglichen Flächen an der Hinterseite der Schwinge korrekt bezeichnet – wurden mit Pedalen bewegt, die unter Lukors Sitz angebracht waren. Diese Pedalen waren durch Drähte und Flaschenzüge mit den Klappen verbunden, wobei die Drähte durch eine Reihe kleiner, bullaugenähnlicher Löcher über dem Tragflächenniveau durch die Rumpfwand geführt werden.

Unsere Flucht aus der Stadt in den Wolken war doch nicht ohne nachteilige Folgen geblieben.

Ein stählener Bolzen aus der Armbrust eines Wachsoldaten hatte sich in der Backbordklappe festgesetzt, so daß man den Draht nicht mehr bewegen konnte.

Es lief mir kalt über den Rücken, als ich begriff, was meine Entdeckung zu bedeuten hatte. Wenn wir diese Klappen nicht mehr bewegen konnten, war es uns unmöglich, unseren Kurs zu verändern. Wir hatten die Kontrolle über unsere Flugmaschine verloren, und der an Geschwindigkeit schnell zunehmende Wind, dem wir jetzt hilflos ausgeliefert waren, würde uns weit von unserem Kurs abbringen... uns in die grenzenlosen Weiten der Großen Kumala hineintragen.

Und die Nacht zog herauf.

Hilflos den orkanstarken Winden ausgeliefert, wurden wir weiter und weiter von unserem Kurse abgetrieben und flogen immer tiefer in südlicher Richtung über den weg- und pfadlosen Dschungel der Großen Kumala.

Die Nacht war inzwischen heraufgezogen, die unwahrscheinlich schnell hereinbrechende Nacht von Thanator. Ich glaube nicht, daß ich in dieser Erzählung schon den seltsamen, fast unglaublich schnellen Übergang von Tag und Nacht auf dem Dschungelmond geschildert habe.

Man könnte meinen, daß Tag und Nacht keine Beziehung zu der Anwesenheit oder der Zahl der Monde am Himmel haben. Jenes seltsame Firmament mit seinem dahintreibenden goldenen Dunst, der aus bernsteingelben Flammen zu bestehen scheint, bleibt etwa zwölf Stunden lang gleichmäßig hell. Dann verdüstert sich der Himmel und wird ohne erkennbaren Grund dunkel. Anschließend herrscht eine Periode der Finsternis, die ebenfalls zwölf Stunden dauert.

Bei dieser kolossalen Entfernung ist die Sonne natürlich viel zu klein, um nennenswerten Einfluß auf die Helligkeit der Oberfläche Callistos zu haben.*

Ich habe schon mehrfach bemerkt, daß der Tageshimmel von Thanator gleichmäßig hell bleibt, wenn keine Monde am Himmel stehen, aber auch, wenn alle vier inneren Monde und selbst die titanenhafte Kugel des Jupiters am Himmel stehen. Daraus kann ich nur schließen, daß Thanator in periodischen Abständen von einer unbekannten Strahlung erfaßt wird, die im goldenen Dunst seiner oberen Atmosphäre einen Leuchteffekt auslöst. Bei dieser oberen Atmosphäre handelt es sich wahrscheinlich um irgendein Edelgas wie Neon, welches zu leuchten beginnt, wenn man es elektrischem Strom aussetzt. Vielleicht sondert Jupiter in regelmäßigen Intervallen einen elektrischen Partikelsturm ab, der mit dem Edelgas in der Stratosphäre von Callisto reagiert. Vielleicht sind aber auch die Leuchtperioden auf irgendeine völ-

* Callisto ist vierhundertundachzig Millionen neunhundertunddreißigtausend Meilen von der Sonne entfernt. Die Erde ist nur dreiundneunzig Millionen Meilen von der Sonne entfernt; folglich ist Callisto gut fünfmal weiter von der Sonne entfernt als unser Planet und empfängt somit auch nur einen Bruchteil der Sonnenstrahlung, die uns zuteil wird. – L. C.

lig unbekannte Kraft und ein fremdartiges Phänomen zurückzuführen. Ich kann das nicht sagen, sondern das Phänomen nur so schildern, wie ich es persönlich beobachtet habe.

Bei Tagesanbruch jedenfalls erfüllt sich die *ganze* Himmelskuppel mit weichem, strahlendem Licht, und es dauert etwa sieben bis acht Minuten, bis aus samtig braunem Schein die volle Helligkeit des Tages wird. Wenn man das zum ersten Mal erlebt, versetzt es einen in großes Erstaunen – es ist gerade, als würde der ganze Himmel von irgendeiner kolossalen Explosion erleuchtet. Dieses Leuchten bleibt konstant und verändert sich nicht. Es ist ein Glühen ohne sichtbare Ursache und hält an bis zur Stunde, in der die Nacht hereinbricht und das Phänomen sich umkehrt. Wieder dauert es etwa sieben bis acht Minuten, soweit ich die Zeit ohne Uhr abschätzen kann, dann wechselt das volle Licht des Tages in samtige braune Finsternis.

Die einzige Wirkung, die dieser Zyklus auf das Aussehen der Monde hat, ist natürlich die, daß sie des Nachts leuchtender erscheinen, wenn sie nicht mit der strahlenden Himmelskuppel wetteifern.

So brach die Nacht plötzlich über uns herein. Es war, als habe irgendein kosmischer Zauberer eine ganze Welt verzaubert, indem er seine Sonne verdunkelte. Ich konnte mir einen Fluch nicht verkneifen.

Schon bei Tag würde es schwierig genug sein, die Kontrolldrähte zu reparieren oder zu entwirren; bei Nacht war das wahrscheinlich völlig unmöglich.

»Kannst du irgend etwas tun, Lukor, um den Draht freizubekommen?«

Er schüttelte grimmig den Kopf.

»Ich habe schon die Pedale betätigt in der Hoffnung, damit den Bolzen loszubekommen, aber es funktioniert nicht«, sagte er.

»Was ist denn? Stimmt etwas nicht?« fragte Darloona plötzlich. Lukor und ich hatten uns im Flüsterton unterhalten, um keine Panik aufkommen zu lassen. Das Mädchen, das seinen eigenen Gedanken nachhing, hatte unsere gefährliche Lage nicht mitbekommen. Aber es mußte uns reden gehört haben, denn jetzt sah es unseren Piloten fragend an. Lukor erklärte Darloona das Problem in kurzen Worten.

»Und so werden wir jede Sekunde weiter nach Süden getrieben«, schloß er. »Wir fliegen jetzt schon viele *Korads* in dieser Richtung und dringen mit jedem Augenblick tiefer in den Luftraum über der Großen Kumala ein. Wenn es mir nicht gelingt, irgendwie die Klappe freizubekommen und unsere Flugmaschine wieder auf Ostkurs zu setzen, enden wir am Pol.«

»Gibt irgend etwas irgendetwas, was du tun kannst?« fragte Koja mit seiner ausdruckslosen Stimme.

»Nichts«, erklärte Lukor mit grimmiger Endgültigkeit. »Ich wage nicht, die Pedale noch einmal zu betätigen, aus Sorge, die Drähte könnten reißen. Sie sind durch den Bolzen irgendwie ineinander verwirrt und vielleicht schon angeschabt. Aber gerissen sind sie ganz bestimmt noch nicht. Die Klappe scheint auch nicht von dem Bolzen durchbohrt zu sein. Ich glaube, das Geschoß steckt in dem Schlitz zwischen der Klappe und der Tragfläche. Wenn es uns nicht gelingt, des Schadens Herr zu werden, bleiben wir hilflos und werden Hunderte von *Korads* vom Kurs abgetrieben werden. Meine Heimatstadt Ganatol liegt inzwischen schon weit hinter uns und östlich von unserem jetzigen Kurs.«

Ich verfluchte die Finsternis, weil sie das, was ich jetzt versuchen mußte, nur noch schwieriger machte.

Ich forderte Lukor auf, den Ornithopter so gut wie möglich im Gleichgewicht zu halten, kletterte aus dem Cockpit und schwang ein Bein über die Bordwand.

»Jandar – was versucht Ihr zu tun?« kreischte Darloona, als das Flugzeug sich unter meinem Gewicht nach Backbord neigte.

Ich zwang mich zu einem gleichgültigen Lachen, wenn mir auch gar nicht danach zumute war.

»Nur ruhig, Prinzessin«, sagte ich munter. »Wenn der Draht zur Klappe sich irgendwo verhängt hat, dann bleibt nichts anderes, als ihn wieder freizumachen. So, vorsichtig jetzt, Lukor –«

Und damit kletterte ich auf die Tragfläche hinaus.

Ich bin in Wirklichkeit kein besonders tapferer Mann, obwohl die Laune des Schicksals oder des Zufalls mir schon gelegentlich diese Rolle aufgezwungen hat. Folglich muß ich in aller Offenheit zugeben, daß ich Angst hatte.

Die Tatsache, daß wir etwa fünfzehnhundert Fuß über einem der dicksten aller Dschungel dahinflogen und mich der winzigste Fehltritt in den sicheren Tod stürzen ließ, war mir nur zu gut bewußt.

Der Wind pfiff an mir vorbei und zerrte mit unsichtbaren Fingern an mir. Meine Augen tränten, bis ich fast blind war. Ich hatte alle Mühe, mich am rumpf festzuhalten.

Wenn mein Griff sich löste, würde ich wie ein Blatt in einem Hurrikan weggeweht werden, und der Wind würde mich wie eine menschliche Bombe auf das Dschungeldach schmettern. Ich erinnerte mich daran, daß ich einmal eine Abenteuergeschichte von Lin Carter gelesen habe, in der sein Held auf einem schmalen Felssims hoch über einem tiefen Bergsee stand. Als der Held schließlich nicht länger sein Gleichgewicht halten konnte und in die Luft sprang, fiel er wie ein Stein in einen See, überlebte den Sturz aber, weil er exakt in dem günstigsten Winkel aufkam, so daß sein Körper die Oberfläche des Sees nur mit minimaler Gewalt traf.*

Aber unter mir gab es jetzt keinen See, und außerdem gab es auch keinen besorgten Autor, der über mein Schicksal wachte, bereit, wenn nötig, die Gesetze der Aerodynamik etwas abzuwandeln, um mich zu retten, sollte ich abstürzen.

Ich stemmte mich gegen den Orkan und bemühte mich, den feststeckenden Armbrustbolzen zu erreichen. Doch meine Arme waren dazu nicht lang genug, meine Finger berührten zwar die innere Kante der Klappe, waren aber um ein paar Zoll zu kurz, um den Bolzen zu erreichen.

Es blieb also nichts anderes übrig, als von der Tragfläche auf das pontonähnliche Untergestell zu klettern. Dieses Untergestell, das ich schon an anderer Stelle erwähnt habe, bestand aus zwei langen Pontons, die beiderseits des Rumpfes angebracht und mit dem komprimierten Tragegas gefüllt waren, das unser Luftfahrzeug flugfähig machte. Wären diese Pontons nicht gewesen, hätte es für mich keine Möglichkeit gegeben, an den Draht zu kommen, denn die Tragfläche selbst hätte mein Gewicht natürlich nicht ausgehalten.

Mit unendlicher Vorsicht, immer noch beide Hände an die Rumpfwand geklammert, ließ ich zuerst ein Bein und dann das andere hinunter, bis ich auf dem Backbordponton stand. Er war mit schmalen Streben mit dem Steuerbordponton verbunden.

* Die Geschichte, auf die Captain Dark sich bezieht, ist ein Roman mit dem Titel *Thongor gegen die Götter*, das Dritte meiner Lemuria-Bücher. Captain Darks Erinnerung stimmt, mit der Ausnahme, daß es die *Heldin*, nicht der Held war, der durch einen glücklichen aerodynamischen Faktor gerettet wurde. – L. C.

Beide hingen am Kiel. Ich hoffte aufrichtig, daß sie stabil genug waren, um mein Gewicht auszuhalten. Wenn nicht, dann würde es jetzt *wirklich* Ärger geben.

Als ich schräg auf dem mit Gas gefüllten Ponton stand, löste ich die Hand vom Rumpf und griff nach der Flügelkante selbst. Ich tat das gleichsam im Zeitlupentempo, weil ich schreckliche Angst hatte, der Wind könne mich losreißen und in die Nacht hinauswirbeln.

Ich sah auf und warf einen Blick auf Darloona. Ihre großen Augen starrten mich angsterfüllt an. Ihr Gesicht war bleich, und sie hielt eine Hand fest gegen die Lippen gepreßt.

Plötzlich kam ich mir ungemein heroisch vor. Die Entdekkung, daß jemand an Bord dieser fliegenden Kiste noch mehr Angst hatte als ich selbst, tat gut.

Ich fragte mich, ob die schöne Prinzessin von Shondakor mich immer noch für einen Feigling hielt. Zweifellos überzeugte sie mein heroischer Rettungsversuch, daß ich ein Held mit einem Löwenherzen war. Ich hätte bei der Vorstellung laut auflachen können. Tatsächlich hatte ich solche Angst, daß meine Knie zitterten.

Jetzt klammerte ich mich mit beiden Händen am Flügelrand fest. Meine Füße standen einer vor dem anderen auf dem Ponton. Wieder mühte ich mich ab, den Bolzen zu erreichen, aber es ging einfach nicht.

Nun, es gab keine andere Möglichkeit, also setzte ich mich auf den Ponton, nahm ihn rittlings unter mich, ließ die Beine zu beiden Seiten herunterbaumeln und hielt mich mit den Händen an der Tragfläche über mir fest.

Dann löste ich zuerst eine Hand und anschließend die andere und klammerte mich an die Streben, die den Ponton unter der Backbordschwinge festhielten.

Ich wünschte mir inbrünstig, daß die Himmelspiraten von Zanadar die *kräftigsten* Papierflugzeuge gebaut hatten, die das Universum kannte.

Jetzt löste ich die linke Hand von der Strebe, lehnte mich weit zur Seite hinaus und tastete nach der Unterseite der Klappe.

Indem ich mich atemberaubende fünfundvierzig Grad zur Seite neigte, gelang es mir schließlich, den verdammten Bolzen zu erreichen. Meine Finger waren von dem eisigen Wind taub, aber ich konnte die Spitze des Bolzens spüren, die im Schlitz zwischen Klappe und Tragfläche steckte.

Mit den Fingerspitzen den Bolzen festhaltend, mit dem Gesicht nach unten über dem Dschungel, der mit atemberaubender Geschwindigkeit unter mir vorbeischoß, hängend, begann ich die Bolzenspitze vor und zurück und wieder vor und zurück zu schieben, bis sie sich langsam lockerte. Als ich schließlich nach einer Ewigkeit den Bolzen soweit hatte, daß er wackelte, griff ich oben um die Klappe herum und tastete mich an dem Bolzen entlang, um festzustellen, ob er sich irgendwo in den Draht verwikkelt hatte.

Dazu mußte ich mich noch mehr strecken, bis der größte Teil meines Körpers über dem Abgrund hing. Ich hielt mich jetzt nur noch mit dem rechten Bein an dem Ponton fest, während mein linkes Bein frei nach unten baumelte.

Meine Finger zitterten vor Anstrengung. Handgelenke und Unterarme waren taub. Mit größter Vorsicht betastete ich das Gewirr von Drähten und zog und zerrte immer wieder an dem Bolzen, bis es mir gelang, ihn Zoll für Zoll zu lösen.

Gott sei Dank benutzten die Armbrustschützen von Zanadar Bolzen mit glatten Spitzen. Wäre dieses Geschoß nämlich mit Widerhaken versehen gewesen, so hätte ich es auch in tausend Jahren nicht in dieser Lage, mit dem Kopf nach unten über dem Abgrund hängend, aus dem Gewirr von Drähten lösen können. Schließlich hielt ich mich nur mit dem rechten Arm fest und konnte nicht einmal sehen, was meine linke Hand tat.

Und dann ertönte ein Sirren der plötzlich wieder straff gespannten Drähte, der Bolzen löste sich und flog weg, und ich fühlte mich wie der Bewohner der Todeszelle, dem man seine Begnadigung in dem Augenblick mitteilt, in dem angefangen wird, ihn auf dem elektrischen Stuhl festzuschnallen.

Die Drähte ächzten, als Lukor seine Pedale testete.

Die Klappe bewegte sich frei auf und ab.

Alles war wieder in Ordnung, und ich konnte anfangen, meinen zerschundenen, frierenden und erschöpften Körper wieder zu dem Ponton zurückzumanövrieren. Ganz langsam vollführte ich jede meiner bisherigen Bewegungen in umgekehrter Reihenfolge, bis ich wieder aufrecht auf dem Ponton stand. Dann bewegte ich meine Hände einen Zoll nach dem anderen – mein ganzer Arm vom Handgelenk bis zur Schulter zitterte vor Anstrengung und Ermüdung. Ich arbeitete mich an der Tragfläche entlang und blickte endlich wieder ins Cockpit. Darloona, Lukor und Koja starrten mich an.

Ich hatte das Gefühl, daß sie alle drei in der ganzen Zeit, die ich draußen gewesen war, den Atem angehalten hatten.

Ich zwängte den halberfrorenen Arm über die Rumpfwand und zog mein linkes Knie bis zur Tragflächenkante empor. Dann stemmte ich mein Gewicht hoch, bis mein rechter Fuß sich von dem Ponton löste.

Und in diesem Augenblick griff die Hand des Schicksals wieder ein, spielte uns einen amüsanten kleinen Streich –

mein rechter Arm, von der Anstrengung steif, rutschte ab, ließ mich nach hinten taumeln –

das rechte Bein, das immer noch ausgestreckt war, krachte herunter und mein ganzes Gewicht lastete auf ihm –

stieß direkt gegen den hohlen Ponton aus Papier, der mit dem Tragegas gefüllt war –

und stieß ein Loch hinein!

Wir sackten nach unten, und unsere Flugmaschine wurde wild herumgerissen, als das wertvolle Gas durch das schreckliche Loch in dem Ponton entströmte.

Die Flugmaschine hing plötzlich nach Backbord durch.

Offenbar enthielten beide Pontons genau dieselbe Menge Gas und lieferten so der Flugmaschine das perfekte Gleichgewicht.

Ebenso offenkundig war, daß wir mit einem aufgerissenen Ponton nicht mehr flugfähig waren.

Ich versuchte, das Loch mit einem Stück Stoff, mit der Handfläche, mit dem Fuß zu verstopfen – aber es nützte nichts. Das Gas entwich schnell. Der Ponton war inzwischen halb leer, und wir verloren schnell an Höhe.

Lukors Hände flogen über die Steuerorgane wie die eines Virtuosen über die Tasten eines Pianos, versuchten die Maschine in den Gleitflug zu zwingen, aber es klappte nicht.

Der Orkan war zu kräftig.

Jetzt taumelten wir wie betrunken nach Backbord, der Orkan fuhr in den Flügel, dieser war der ganzen Wut des Orkans nicht gewachsen und wurde im nächsten Augenblick in Stücke zerfetzt.

Ich wäre beinahe abgestürzt, als das Gewebe, aus dem die Tragflächen bestanden, abgerissen wurde und mich am Kopf traf.

Und dann stürzten wir in langem Bogen auf die Baumwipfel unter uns zu.

In wenigen Augenblicken würden wir die obersten Äste treffen, und bei der Geschwindigkeit, mit der wir fielen, würde unser Fahrzeug in Stücke gerissen werden und wir würden wie Steine nach unten krachen.

Mein Verstand arbeitete mit unglaublicher Geschwindigkeit.

Und plötzlich hatte ich eine gewagte Idee. Die Chance, daß ich mit ihr Erfolg hatte, betrug vielleicht eins zu tausend – aber wenn wir es nicht versuchten, waren unsere Aussichten noch viel schlechter.

Wie ein Verrückter brüllend erklärte ich meinen Begleitern, was es zu tun galt.

Sie müssen mich für wahnsinnig gehalten haben, aber meine Stimme hat in diesem Augenblick anscheinend so überzeugend geklungen, daß sie meinen Anweisungen fast unverzüglich gehorchten.

Wahrscheinlich war es dieses sofortige Reagieren seitens Darloonas, Lukors und Kojas, das uns das Leben rettete.

Es war verrückt, aber wir hatten keine andere Möglichkeit.

Sie kletterten aus dem Rumpf auf den Steuerbordponton, der – den Göttern sei Dank – immer noch luftdicht war.

Kaum hatten sie alle auf dem Ponton Platz gefunden, als ich mich schon wie ein Akrobat unter dem Kiel durchschwang und an einer Strebe festklammerte, bis auch ich an dem Ponton hing.

Und dann hackten wir mit den Schwertern wie Wahnsinnige um uns schlagend den Ponton ab.

Die Baumwipfel waren inzwischen ganz nahe, der eisige Wind blies uns ins Gesicht, und es war ein Wunder, daß es uns gelang, den Ponton noch rechtzeitig von Rumpf und Tragflächen zu trennen.

Jetzt war das Wrack des Rumpfes nur mehr tote Last und wurde von uns weggefegt. Krachend schlug es gegen die Baumwipfel und splitterte dort in tausend Stücke. Seine Geschwindigkeit hatte bestimmt gute hundert Stundenmeilen betragen, als es plötzlich *allen* Auftrieb verlor und mit den Bäumen kollidierte.

Und wir vier verrückten Matrosen der Lüfte klammerten uns mit den Händen an die Stummel der abgehackten Streben. Über uns schwebte der noch intakte Ponton wie ein gewichtsloses

Stück Holz. Befreit von dem nutzlosen Gewicht der Tragflächen, des Rumpfes und des leeren Backbordpontons, reichte die Gasmenge in dem übriggebliebenen Ponton gerade noch aus, um uns in der Luft zu halten.

Wir waren dem Tode so nahe gewesen, daß ich versucht war, unser Glück irgendeiner unbekannten jovianischen Vorsehung zuzuschreiben. Ein paar Sekunden Verzögerung hätten uns den Tod gebracht – wir hätten dann immer noch auf den Streben herumgehackt, während unser Fahrzeug bereits mit den Baumwipfeln kollidierte.

Eine Rettung in allerletzter Sekunde wie diese hatte ich noch nie erlebt, auch noch nie von einer solchen gehört.

Den Rest der Nacht verbrachten wir auf dem Boden und nicht in der Astgabel eines der mächtigen *Borath*bäume, die uns Sicherheit vor den Raubtieren geboten hätten, welche nachts durch den Dschungel strichen. Nein – wir alle hatten genug vom Aufenthalt in luftiger Höhe, genug für ein ganzes Leben. Ich jedenfalls setzte mit Vergnügen mein Leben gegen jedes Geschöpf im Dschungel aufs Spiel, als daß ich noch einmal die Sicherheit der festen Erde aufgegeben hätte.

Das Gas in unserem Ponton hatte natürlich nicht ausgereicht, uns vier lange in der Luft zu halten. Aber es hatte immerhin genügt, um unsere Fallgeschwindigkeit zu bremsen, so daß wir, nur von den Winden hin und her gebeutelt, bodenwärts geschwebt waren und schließlich an kräftigen Ästen nach unten hatten klettern können. Wir hatten ziemlich lange gebraucht, um zum Boden zu finden; schließlich zitterten wir alle vor Müdigkeit und Erschöpfung. Aber am Ende hatten wir unversehrt die gute alte Terra Firma (oder Callista Firma, falls Sie das vorziehen) erreicht.

In diesem Augenblick waren wir zu müde, um uns über irgend etwas Sorgen zu machen, also beschlossen wir, an genau der Stelle, wo wir uns gerade befanden, unser Lager aufzuschlagen. Lukor und ich trugen immer noch Feuerstein und Stahl im Gürtel, also bereitete es uns keine Schwierigkeit, ein ordentliches Feuer aus trockenem Laub und Zweigen zustande zu bringen. Dann rollten wir uns zusammen und schliefen den tiefen traumlosen Schlaf der Erschöpften.

Am nächsten Tage fanden wir einen Strom, dessen kaltes,

herrlich sauberes Wasser uns zur Erfrischung diente. Und Koja, der Jäger, entdeckte einen Wildpfad am Ufer. Während wir uns versteckten, beobachtete er den Pfad, und es dauerte nicht lange, bis einige Vastodons, die elefantenartigen Wildschweine der Dschungel von Thanator, ans Ufer kamen, um zu trinken. Er verließ sein Versteck, zog sein Peitschenschwert und schaffte es, eine Vastodonkuh zu erlegen.

Wir hackten Wildschweinsteaks von unserer Beute und rösteten das tropfende rote Fleisch über einem Feuer. Es schmeckte herrlich. Ich habe in den besten Restaurants der Welt gegessen, angefangen bei Antoine's in New Orleans bis zu Luk Chow's in Hong Kong, aber nie hat mir eine Mahlzeit besser geschmeckt, als jenes halb rohe, halb verkohlte Stück Vastodonsteak, das ich ohne jedes Gewürz, ohne Salz und Pfeffer hinunterschlang.

Es dauerte zwei Tage, bis das Schicksal erneut in unsere Angelegenheiten eingriff.

Wir waren ungefähr in östlicher Richtung marschiert, »ungefähr« deshalb, weil es eben schwierig war, auf einer Welt Richtungen festzustellen, auf der keine Sonne den Himmel erleuchtete. Jedenfalls vermuteten wir die nächste menschliche Ansiedlung ein Dutzend *Korads* in der Richtung, in der wir uns bewegten.

Wir legten in drei Tagen eine ziemliche Strecke zurück. Wir durchquerten den größten Teil der Großen Kumala, um es genau zu sagen. Die Entdeckung eines schnell dahinfließenden Stromes, der aus den Bergen herabströmte und in östlicher Richtung, vermutlich dem Ajand, zustrebte, beschleunigte unsere Reise.

Es war nicht schwierig, Lianen abzuschneiden und aus herumliegenden Baumstämmen ein primitives Floß zu bauen. Die starke Strömung trug uns dahin, und wir kamen viel schneller und bequemer voran, als wenn wir uns einen Weg durch den dichten Busch hätten bahnen müssen. Wir lavierten uns an Hindernissen vorbei und wehrten die Angriffe verschiedener Wasserkreaturen ab. Ich will meinen Leser nicht mit einem in die Länge gezogenen Bericht über unsere Reise flußabwärts langweilen, da das ganze Geschehen sich leicht zusammenfassen läßt.

Gegen Ende des dritten Tages mußten wir den Fluß verlassen und zu Fuß weiterziehen, weil er zu scharf nach Süden abbog.

Und kurz vor Einbruch der Nacht ereilte uns das Unglück.

Ohne die geringste Vorwarnung sprang plötzlich eine gierige Bestie brüllend aus dem Unterholz in unsere Mitte und trieb uns auseinander.

Es war ein ausgewachsener Deltagar, eine gehörnte, scharlachrote, tigerähnliche Bestie, ähnlich der, die ich in der Arena von Zanadar zu Tode geritten hatte, groß wie vier Tiger zusammen, mit Klauen wie stählerne Haken bewaffnet und mit glitzernden freiliegenden Fängen wie nackte Säbel. Ein furchterregender Gegner, selbst für eine schwer bewaffnete Jagdgruppe. Und wir waren nur drei Männer und ein Mädchen – und zudem nur leicht bewaffnet.

Das Monstrum griff Koja und mich an. Der Arthropode riß mich an sich, er klemmte mich buchstäblich unter den Arm und sprang mit mir aus dem Wege. Seine grashüpferähnlichen Beine trugen uns beide mit einem einzigen Satz über die halbe Dschungellichtung.

Verblüfft wirbelte der Deltagar schnaubend herum, um Darloona anzugreifen, die sich auf der anderen Seite der Lichtung befand. Sie machte auf dem Absatz kehrt und lief auf das dichte Unterholz zu, um dem Scheusal zu entgehen. Die Bestie raste hinter ihr her, aber der mutige Lukor sprang ihr in den Weg, fuchtelte mit seinem Degen herum und schrie so laut er konnte, um ihren Angriff auf sich zu ziehen.

Doch das Scheusal schien mehr Appetit auf ein zartes junges Mädchen als auf einen zähen alten Mann zu haben. Im Grunde verständlich. Der Deltagar änderte also seinen Kurs nicht, sondern fegte den Schwertmeister nur mit einem gleichgültigen Schlag seiner mächtigen Tatze beiseite und sprang hinter dem fliehenden Mädchen her. Im nächsten Augenblick hatte der Dschungel beide verschlungen, aber wir konnten hören, wie das Untier sich seinen Weg durch den Busch bahnte und sich dabei weiter und weiter von uns entfernte. Der Prankenschlag des Deltagar hatte den alten Fechtmeister außer Gefecht gesetzt. Er lag mit weißem Gesicht da, und aus einer Kopfwunde quoll es scharlachrot. Koja sprang hinter dem Deltagar her, um Darloona zu suchen, während ich nach Lukor sah. Sobald ich mich vergewissert hatte, daß der alte Mann nicht ernsthaft verletzt war – er hatte nur das Bewußtsein verloren und blutete aus einer halbwegs erträglichen Schädelwunde –, folgte ich Koja, um ihm bei seiner Suche zu helfen. Aber da kehrte er schon auf die Lichtung wieder zurück. Darloona war nicht mehr zu finden gewesen. Sie mußte weit in die Tiefen des Dschungels geflohen sein, um der hungrigen Bestie zu entgehen.

Die nächsten zwei Tage verbrachten wir in verzweifelter Suche nach der verschwundenen Prinzessin von Shondakor. Tag und Nacht kämmten wir den Dschungel durch – vergebens.

Der Deltagar hinterließ wegen seiner riesigen Größe und seines Gewichts deutliche Spuren. Von der Annahme ausgehend, daß die Bestie die Prinzessin verfolgte, verfolgten wir die Bestie. Die Angst drohte mich zu verzehren. denn ich wußte ja, daß Darloona völlig unbewaffnet war.

Am dritten Tage in der Morgendämmerung brachen wir durch das Unterholz und blickten plötzlich auf eine unglaubliche Szene.

Im ersten Moment schien ich Grund zur Hoffnung zu haben. Aber es sollte nicht lange dauern, bis diese Hoffnung sich zur Verzweiflung wandelte.

Der Anblick, der sich uns bot, war nämlich schrecklicher, als bloße Worte ihn zu schildern vermögen...

Darloona – Lebe wohl

Während ich hier in meinem Zelt sitze und Tag für Tag emsig diesen Bericht meiner Abenteuer auf der seltsamen und wunderbaren Welt, die sich Thanator nennt, niederschreibe, erfüllt mich ein seltsames Gefühl der Sinnlosigkeit und der Hoffnungslosigkeit.

Ich sehe zu, wie die strahlenden, vielfarbigen Monde Thanators einer nach dem anderen an dem seltsamen Himmel aus goldenem Dunst emporsteigen. Inzwischen sind sie mir vertraut, diese herrlichen Scheiben aus buntem Feuer – der winzige Juruvad, eine Scheibe aus leuchtendem Gold; der grüne Orovad; die riesenhafte blaue Scheibe des mächtigen Ramavad; der rosarote Globus von Imavad, dem letzten der vier Monde.

Wie die Laternen von Kobolden füllen sie die Welt mit freundlichem Licht und werfen vielfältige Schatten der knorrigen schwarzen Stämme am Rande der Großen Kumala auf den Boden. Wie die funkelnden Augen von Zyklopen starren sie auf mich hernieder, während sie über den Himmel dieses Dschungelmondes ziehen.

Inzwischen sind sie mir alte Freunde geworden. Ich vermisse das runzlige, grausilberne Gesicht des vertrauten Mondes der Erde nicht mehr.

Und dann hebt sich der mächtige Bogen des Jupiter über den Horizont. Stück für Stück schiebt der Herr des Himmels seinen titanenhaften Globus empor. Eine mächtige Fläche aus leuchtendem Gelb und Ocker, so stellt sich sein schimmerndes Gesicht mir dar, überzogen mit waagerechten Streifen auf dunklerem Schwefelgelb, geronnenem Braun und düsterem Blutrot. Und an seiner südlichen Halbkugel flammt der Große Rote Fleck wie ein böses Auge, so riesenhaft, daß selbst die Monde im Vergleich dazu zwergenhaft erscheinen.

Und in der Gegenwart jenes Riesen der Himmel bin ich plötzlich doch wieder ein Fremder auf dieser Welt und sehne mich danach, heimzukehren und unter einem Himmel zu wohnen, der blau ist, nicht golden, und wo nur *ein* Mond die Gezeiten der Finsternis leitet.

Wenn nämlich der mächtige Gordrimator aufgeht, erinnert er mich an die Tatsache, daß ich weiter von meiner Heimat entfernt bin, als je ein anderer lebender Mensch – bin ich doch dreihundertundneunzig Millionen Meilen fern dem Planeten, auf dem ich geboren wurde, und dreihundertundneunzig Millionen Meilen sind eine Menge Meilen.

Obwohl ich nun schon monatelang auf Thanator bin, Freunde gefunden habe, ein Leben, ein Ziel, eine Mission, ist dies doch nicht meine Heimat...

Meine Hände schmerzen vom Schreiben. Seufzend lege ich die Feder beiseite, die ich aus einem Thaptorkiel geschnitten habe, lege den ordentlichen Stoß Papyrus beiseite und trete aus meinem Zelt hinaus auf das karminfarbene Gras, das sich vom Rande des Dschungels nach unten erstreckt.

Wie der verbannte Luzifer zu den verschlossenen Toren des Himmels blickt, so starre ich durch die Dämmerung auf das, was wie ein ewiges Rätsel auf dem Hang unter mir steht.

Ein Ring aus Monolithen, die eine dicke, breite Scheibe aus einer milchigen Substanz umgibt, einer Substanz wie blasser Jade aus Soochow.

Das Tor zwischen den Welten...

Ist es nicht eine Ironie des Schicksals, daß ich es am Ende gefunden habe – jetzt, da ich es nie mehr benutzen kann, um wieder auf die Welt zurückzukehren, wo ich geboren wurde.

Vielleicht bin ich ein Narr. Tatsächlich liegt der Weg offen vor mir – in zwei Nächten, so sagen die Ku Thad, wird sich jene flakkernde Säule aus pulsierendem Licht, die den Abgrund zwischen den Welten überbrückt, aus der Scheibe aus Jade inmitten des Ringes der Steine erheben.

Ich könnte eintreten in dieses Licht, nackt wie bei meinem Kommen, und nach jenem zeitlosen Augenblick atemberaubender Geschwindigkeit, grausamer Kälte und absoluter Finsternis würde ich mich wieder innerhalb der verlorenen Stadt im Dschungel von Kambodscha finden. Dies nehme ich zumindest an. Ob das Tor vielleicht auch noch andere Welten als Callisto und die Erde miteinander verbindet, das weiß ich nicht.

Und warum sollte ich nicht gehen? Diese Welt ist mir fremd, und jeder Mensch, so weit er auch gereist sein mag, wünscht sich am Ende, nach Hause zurückzukehren.

Was also hält mich hier fest? Koja und ich haben schon lange unsere gegenseitige Uhorz-Verpflichtung abgetragen – er hat mich freigegeben und mir, soweit ich mich erinnere, zweimal ein Thaptor zur Verfügung gestellt; ich wiederum rettete ihn unter Einsatz meines eigenen Lebens in der großen Arena von Zanadar vor dem sicheren Tode. Wir sind quitt oder besser gesagt, wir sind jetzt Freunde und schulden einander nichts mehr.

Ich glaube auch nicht, daß ich Lukor etwas schulde, obwohl ich ihm stets für seine Gastfreundschaft und seine Freundschaft dankbar sein werde. Ich mache mir keine Vorwürfe, daß ich der Anlaß war, daß er aus der Stadt in den Wolken floh und sein Heim, seine Arbeit und alles, was er besaß, zurückließ. Er hat das nämlich wirklich gerne getan, freiwillig, aus eigenem Antrieb, mehr von seiner romantischen Liebe zum Abenteuer getrieben, wie ich glaube, als für mich.

Ja... ich könnte übermorgen zwischen diese Säulen aus behauenem Stein treten und wieder in meine Heimat und zum Planeten meiner Geburt zurüpckkehren.

Aber ich kann nicht!

Statt dessen werde ich mir dieses Manuskript noch einmal ansehen und ihm einen Begleitbrief beifügen und darin den Finder bitten, es an meinen alten Freund, Major Gary Hoyt in Saigon, der ihm eine Belohnung auszahlen wird, weiterzuleiten. Und dann werde ich das Bündel eng beschriebener Seiten in den Strahl aus pulsierendem Licht werfen. Der alte Zastro, der weise Mann der Ku Thad, der das fremdartige Phänomen des Todes zwischen den Welten studiert hat, versichert mir, daß nur organische Stoffe im Inneren des Strahles von einer Welt zur nächsten befördert werden können. Das erklärt auch, weshalb ich so nackt wie in der Stunde meiner Geburt auf der Oberfläche Thanators materialisierte. Meine Kleidung, meine Stiefel, alles, selbst meine Erkennungsmarke, meine Armbanduhr waren aus nicht organischen Substanzen, wie Metall oder Plastik oder synthetisches Gewebe. So blieben sie in der verlorenen Stadt von Arangkôr zurück, während ich als eine Wolke entmaterialisierter Kräfte durch das Weltall flog.

Aber das Manuskript ist von völlig organischer Natur – das Papier, ein primitiver Papyrus aus Schilf, die Tinte, ein Destillat aus den flüssigen Abscheidungen eines tintenfischähnlichen Flußtieres. Folglich sollte das Manuskript sicher zur Erde transportiert werden. Mag sein, daß es jahrelang unentdeckt und ungelesen vor sich hinmodert, bis Regen, Sonne und Fäulnis es zerstört haben. Ich kann nur hoffen, daß das nicht so passieren wird, denn mir scheint, daß ich die bemerkenswerteste Folge von Abenteuern erlebt habe, über die je ein Mensch berichten konnte, und ich empfinde es als meine Pflicht, einen Bericht all der Geheimnisse und Wunder zu liefern, denen ich hier auf dieser seltsamsten, schrecklichsten und doch schönsten aller Welten begegnet bin.

Ich werde das Verschwinden meines Manuskripts mit einer Mischung aus vielen Gefühlen verfolgen, wie meine Leser, falls es solche geben wird, sich zweifellos selbst vorstellen können.

Eine Schuld ist noch nicht beglichen. Eine Verpflichtung hält mich hier als hilflosen Gefangenen fest.

Das Wissen, daß ich diese Verpflichtung nicht einfach von mir abstreifen kann, kam mir vor Wochen am Ostrand des schwarzroten Dschungels, als ich mit Koja und Lukor ein Bild namenlosen Schreckens erblickte.

Seitdem ist nichts mehr geschehen, das es wert wäre, aufgezeichnet zu werden. Hoffnungslos wandten meine Kameraden und ich uns von dem Bild ab, das wir erblickt hatten, und drangen wieder in die Große Kumala ein. Tage später begegneten wir einer Jagdgruppe aus Darloonas Volk, den Ku Thad. Zuerst waren wir in Todesgefahr, denn auf diesem Dschungelmond erhebt sich die Hand eines jeden Mannes in ewiger Feindschaft gegen jeden anderen Mann. Als wir aber erklärten, daß wir die Prinzessin von Shonkador aus der Gefangenschaft befreit hatten und ihre Freunde und Beschützer geworden waren, hatten wir gewonnen und waren wir plötzlich inmitten des goldenen Volkes sehr willkommen, dessen Anführer, der Lord Yarrak, Darloonas Onkel, seit langer Zeit seine Nichte, die Prinzessin, von irgendeinem Dschungeltier getötet glaubte.

Und so schlossen wir uns den verbannten Ku Thads an. Als sie hörten, daß es mein Wunsch war, das Tor zwischen den Welten wiederzufinden, begleiteten sie mich dorthin, denn sie kennen es gut, so wie sie auch alle anderen Wege und Pfade dieses mächtigen Dschungels kennen. Und so – welche Ironie des Schicksals – fand ich das, wonach ich schon lange gestrebt hatte, jetzt, da ich selbst es nicht mehr benutzen konnte.

Yarrak macht sich große Sorgen, und doch schützt er mich ob meiner eigenen. Mit großer Geduld brachte er mich dazu, ihm das Schreckliche zu schildern, das wir gesehen hatten – das, was ich immer noch zögere, mit kalten Worten zu beschreiben. Jetzt, da auch er weiß, was ich weiß, begreift er, weshalb ich nicht den geheimnisvollen Flug zwischen den Welten zum Planeten meiner Geburt antreten kann.

Denn ich fühle mich an diese Welt hier gekettet, bis ich die Wahrheit kennen, bis ich erfahren habe, ob die Prinzessin Darloona noch lebt oder ob der Tod ihren jungen, herrlichen Körper vernichtet hat.

Nie werde ich den schrecklichen Moment vergessen, als ich neben Koja und Lukor durch die Bäume am Dschungelrand spähte und auf eine weite Ebene hinausblickte, in deren Mitte eine von Mauern umgebene Stadt aus Stein aufragte.

»Das ist Shondakor selbst«, sagte Koja mit seiner ausdruckslosen, metallischen Stimme. *Shondakor –!*

Ich blickte mit Staunen auf die herrliche Metropole, auf die hochragenden Türme, die wunderbaren Villen und Paläste, die breiten Boulevards, die Gebilde vielfältig verzierter Architektur, versehen mit fratzenhaften Masken, sich hochreckenden Säulen und langen Arkaden. In blassem Gold schimmerte Shondakor unter den leuchtenden Himmeln des Morgens, und seine mächtigen Bauten spiegelten sich in dem breiten Strom, der unter seinen Mauern dahinzog, einem Strom, den ich als den Ajand kannte.

Eine schmale Brücke aus behauenem Stein überspannte die ganze Breite dieses Stromes und endete an den Mauern der Stadt.

Lukor griff mit einem halb erstickten Schrei nach meinem Arm.

»Schau!« rief er. »Ist das nicht –?«

Ich sah hin – und spürte, wie mein Herz sich in ungeheurer Freude weitete. Denn *sie war nicht tot*, von einem geifernden Reptil im endlosen Dschungel verschlungen – *sie lebte*!

Ich sah, wie Darloona über die Brücke ritt, auf die finsteren Tore zu, inmitten einer berittenen Eskorte aus kleinen dunkelhäutigen Soldaten in ledernen Uniformen, auf deren Rückenteilen das Emblem eines gehörnten schwarzen Schädels mit flammendroten Augen prangte.

Und dann erfaßte mich, der ich schon von freudiger Hoffnung erfüllt gewesen war, wieder tiefste Verzweiflung.

Denn das waren die Krieger der Chac Yuul – der Schwarzen Legion!

Ich mußte ohne jede Hoffnung zusehen, wie die Frau, von der ich plötzlich wußte, daß ich sie mehr liebte als mein Leben, als hilflose Gefangene durch die Tore in die Festung ihrer schlimmsten Feinde geschleppt wurde. Es schlossen sich die Tore hinter ihr mit dem Klang schrecklicher Endgültigkeit. Und ich sah sie nie wieder.

Und hier, an diesem Punkt, endet ohne jeden weiteren Hinweis das seltsame Manuskript von Jonathan Andrew Dark. Werden wir je den Rest seines erstaunlichen Berichtes erfahren? Irgendwie bezweifle ich es, denn in all den Monaten bis heute ist von jener fernen geheimnisvollen Welt unbekannter Schrecken kein weiteres Wort zu uns gedrungen. – LIN CARTER

Goldmann Science Fiction
ROBERT SILVERBERG
STEINBOCK-
SPIELE
Science Fiction-Stories

Goldmann Science Fiction
Brian M. Stableford
SELBSTMORD
IM ALL
Science-Fiction-Roman